Os escritos secretos

Sebastian Barry

Os escritos secretos

Tradução

Catharina Epprecht

2ª edição

BERTRAND BRASIL

Rio de Janeiro | 2025

Copyright © 2008 by Sebastian Barry.

Título original: *The Secret Scripture*

Capa: Angelo Allevato Bottino
Imagem de capa: Haywood Magee/Getty Images

Editoração: FA Studio

Texto revisado segundo o novo
Acordo Ortográfico da Língua Portuguesa

2025
Impresso no Brasil
Printed in Brazil

Cip-Brasil. Catalogação na fonte
Sindicato Nacional dos Editores de Livros. RJ

B288e	Barry, Sebastian, 1955-
	Os escritos secretos / Sebastian Barry; tradução Catharina Epprecht — 2ª ed. — Rio de Janeiro: Bertrand Brasil, 2025.
	350p.: 23 cm
	Tradução de: The secret scripture
	ISBN 978-85-286-1556-2
	1. Romance irlandês. I. Epprecht, Catharina. II. Título.
	CDD: 828.99153
12-0911	CDU: 821.111(415)-3

Todos os direitos reservados pela:
EDITORA BERTRAND BRASIL LTDA.
Rua Argentina, 171 — 3º andar — São Cristóvão
20921-380 — Rio de Janeiro — RJ
Tel.: (21) 2585-2070

Atendimento e venda direta ao leitor:
sac@record.com.br

Para Margaret Synge

"A maior das imperfeições está em nosso olhar para o interior, isto é, em sermos fantasmas a nossos próprios olhos."
Sir Thomas Browne, *Christian Morals*

"Entre os que estudam ou, ao menos, leem história, como são poucos os que tiram aprendizados de seu trabalho! [...] Além disso, há muita incerteza, mesmo nas histórias antiga e moderna mais abonadas; e aquele amor pela verdade, inato e imutável em algumas mentes, leva necessariamente ao amor pelas memórias secretas e pelos relatos privados."
Maria Edgeworth, prefácio a *Castle Rackrent*

PARTE I

CAPÍTULO I

Roseanne sobre si mesma
(*Paciente do Hospital Psiquiátrico Regional de Roscommon desde 1957*)

O mundo recomeça a cada nascimento, dizia meu pai. Ele se esqueceu de dizer que a cada morte o mundo termina. Ou talvez pensasse que não precisava. Porque boa parte da vida ele trabalhou em um cemitério.

O lugar em que nasci era uma cidade fria. Até as montanhas se mantinham a distância. Elas próprias não estavam certas, não mais do que eu, sobre aquele lugar obscuro.

Havia um rio negro que corria pela cidade e, se ele não tinha qualquer graça para os mortais, tinha para os cisnes, e muitos cisnes se refugiavam ali e até corriam pelo rio como animais desorientados em uma enchente.

O rio também carregava o lixo para o mar, e pedaços de coisas que haviam pertencido às pessoas e sido arrancadas das margens, e corpos também, e, às vezes, oh, pobres bebês que eram uma vergonha, tempos loucos. A velocidade e a profundidade do rio teriam sido um grande aliado do sigilo.

É da cidade de Sligo que falo.

Sligo me fez e Sligo me desfez, mas então eu deveria ter desistido muito antes, sendo feita e desfeita por cidades humanas, e olhado somente para mim. O terror e o sofrimento da minha história ocorreram porque, quando jovem, eu achava que os outros eram os autores da minha felicidade ou do meu infortúnio; eu não imaginava que uma pessoa poderia sustentar um muro de tijolos e cimento imaginários contra as sombrias artimanhas, horrendas e cruéis, que o tempo investe contra nós e ser, assim, a autora delas.

Não estou lá agora, agora estou em Roscommon. É um velho lugar que, um dia, foi uma mansão, mas hoje tem paredes de cor creme e camas de ferro e trancas nas portas. É o reino de dr. Grene. Dr. Grene é um homem que não entendo, mas de quem não tenho medo. De que religião ele é eu não sei, mas se parece muito com são Tomás, com sua barba e sua calvície.

Estou completamente só, não há quem me conheça neste mundo fora deste lugar, toda a minha gente, os poucos e insignificantes que já existiram, minha mãezinha creio que primeiro, todos se foram. Também se foi a maior parte dos que me perseguiram, acredito, e a razão disso é que sou uma velha, velha mulher agora, posso ter até 100 anos, embora eu não saiba ao certo, ninguém sabe. Sou apenas algo que sobrou, uma remanescente, e nem pareço mais um ser humano, mas um magro trapo de pele e osso de saia e blusa desbotadas e um casaco de lona, e me sento aqui no meu canto como um sabiá que não canta — não, como um rato que morreu sob a lareira, onde estava aquecido, e agora jaz estirado como uma múmia nas pirâmides.

Ninguém sequer sabe que tenho uma história. No ano que vem, na semana que vem, amanhã, sem dúvida terei partido, e será preciso somente um pequeno caixão para mim, uma cova estreita. Jamais haverá lápide sobre minha cabeça, e não importa.

Mas pequenas e estreitas talvez sejam todas as coisas humanas.

Por toda parte há silêncio. Minha mão é boa e tenho uma bela caneta, cheia de tinta azul, que me foi dada por meu amigo, o doutor, porque eu disse que gostava da cor — ele não é um homem mau, na verdade, e talvez seja até um filósofo —, tenho um monte de papel que encontrei em um armário entre outras coisas indesejadas. E é debaixo de uma tábua solta do assoalho que guardo esses tesouros. Escrevo minha vida em papel descartado — excedente ao necessário. Começo com uma folha em branco — com muitas folhas em branco. Eu adoraria deixar afetuosamente um relato, algum tipo de história frágil e sincera sobre mim mesma e, se Deus me der forças para isso, eu contarei essa história e a manterei trancafiada sob a tábua solta e, então, com bastante alegria, partirei para o meu próprio descanso sob o gramado de Roscommon.

Meu pai foi o homem mais limpo de todo o mundo cristão ou, pelo menos, de toda Sligo. Ele me parecia todo amarrado em seu uniforme — não de maneira fortuita, mas regular como um livro de contabilidade. Era o superintendente do cemitério, e, por esse trabalho, foi-lhe dado um uniforme bem resplandecente, ou ao menos assim me parecia quando eu era criança.

Ele tinha em nosso quintal um reservatório que captava água da chuva e, com ela, ele se banhava todos os dias do ano. Ele nos fazia virar o rosto para a parede da cozinha, minha mãe e eu, e ficava ali sem medo de ser visto entre musgos e limos do pátio, totalmente nu, e se lavava sem misericórdia, fizesse chuva ou sol — no mais alto inverno, mugindo como um búfalo.

Sabão carbólico, que poderia limpar todo um assoalho engordurado, ele esfregava em seu terno de espuma, que lhe caía bem, e se raspava com uma pedra cinzenta, que ele enfiava em um nicho da parede quando terminava, e ela ficava meio para fora, parecendo um nariz. Tudo isso eu via de relance, quando virava rapidamente a cabeça, porque naqueles momentos eu era uma filha desonesta, não conseguia obedecer.

Nenhum número de circo me divertiria do mesmo jeito.

Meu pai era um cantor que não podia ser silenciado, ele cantava todas as músicas das operetas daquele tempo. E adorava ler os sermões dos pregadores que há muito haviam partido, porque, como dizia, podia imaginar os sermões frescos em um domingo já esmaecido e as palavras ainda novas nas bocas dos pregadores. Seu próprio pai tinha sido um pregador. Meu pai era um presbiteriano apaixonado, eu poderia dizer até alguém voltado intensamente para as questões celestiais, o que não era uma característica das mais preponderantes em Sligo. Os *Sermões* de John Donne, meu pai os louvava acima de todos, mas seu verdadeiro evangelho era *Religio Medici*, de sir Thomas Browne, livro que ainda guardo em meio aos destroços e ao tumulto de minha vida em um pequeno exemplar surrado. Tenho-o diante de mim, sobre minha cama, com o nome de meu pai escrito em tinta preta, Joe Clear, e a data de 1888, e a cidade de Southampton, porque, em sua tenra juventude, ele fora marinheiro, velejando de porto em porto por toda a cristandade antes dos 17 anos.

Foi em Southampton que ocorreu um dos eventos mais majestosos ou principais de sua vida: ele conheceu minha mãe, Cissy, que era uma camareira da estalagem para marinheiros de que ele mais gostava.

Ele contava uma curiosa história sobre Southampton, e, quando criança, eu a tomava como a verdade do evangelho. E ela pode ter sido mesmo verdadeira, afinal.

Certa vez, quando chegou ao porto, meu pai não encontrou lugar em sua pensão favorita e foi obrigado a procurar mais longe, pelos ermos de varandas e placas, na ventania, e encontrou uma casa vazia e solitária, com uma placa do lado de fora para atrair clientes.

Ele entrou e foi recebido por uma senhora de meia-idade com rosto acinzentado, que lhe deu uma cama no porão da casa.

No meio da noite, ele acordou, pensando ter ouvido a respiração de alguém no cômodo. Perplexo e extremamente desperto, como se fica após tamanho pânico, ouviu um gemido, e alguém se deitava no escuro ao lado dele na cama.

Ele acendeu sua vela. Não havia ninguém para se ver. Mas ele viu a roupa de cama e o colchão afundados, onde uma pessoa pesada se deitara. Ele deu um salto da cama e chamou por alguém, mas não obteve resposta. Foi então que teve, vinda das profundezas de suas entranhas a sensação de estar terrivelmente faminto, algo que nenhum irlandês jamais sentiu desde a Grande Fome. Ele correu para a porta, mas, para seu espanto, ela estava trancada pelo lado de fora. Sentiu-se imensamente ultrajado. *Deixem-me sair! Deixem-me sair!*, gritou, entre o pavor e a afronta. Como aquela bruxa velha se atrevera a trancafiá-lo! Ele esmurrava e esmurrava a porta, até que finalmente a proprietária apareceu e calmamente a destrancou. Ela se desculpou e disse que devia ter trancado inadvertidamente o porão com medo de ladrões. Meu pai lhe contou sobre o distúrbio, mas ela apenas lhe sorriu e nada disse e então subiu para seu quarto. Ele pensou sentir um cheiro estranho de folhas vindo dela, ou de terra e vegetação rasteira, como se ela tivesse rastejado pela mata. Então, tudo se acalmou, e ele soprou sua vela e tentou dormir.

A mesma coisa aconteceu pouco depois. Ele deu outro pulo da cama e acendeu a vela e foi até a porta. Estava trancada de novo! E de novo aquela fome corrosiva em seu estômago. Por alguma razão, talvez por ser ela tão estranha, meu pai não foi capaz de chamar a dona do estabelecimento e, suando e incomodado, ele passou a noite em uma cadeira.

Quando veio a manhã, ele acordou e se vestiu e, ao chegar à porta, ela estava aberta. Pegou suas malas e subiu as escadas. Foi então que notou a decrepitude do lugar, que não ficara tão óbvia na bondosa escuridão da noite. Ele não conseguiu encontrar a dona da casa e, como seu navio ia partir, foi forçado a ir embora sem a ver, jogando alguns xelins no aparador da entrada ao sair.

Da rua, quando olhou para a casa, ele ficou muito perturbado ao ver que várias vidraças das janelas estavam quebradas e havia telhas faltando no telhado empenado.

Meu pai foi até a loja na esquina para se recompor conversando com outro ser humano e indagou ao vendedor sobre a casa. A casa, disse o vendedor, fora fechada havia alguns anos e estava desabitada. O ideal seria derrubá-la, mas ela compartilhava paredes com outras casas. Não havia como meu pai ter passado a noite ali, disse o vendedor. Ninguém morava lá e ninguém nem sequer sonharia em comprar o local, porque uma mulher havia matado o marido lá, trancando-o no porão e deixando-o morrer de fome. A mulher fora julgada e enforcada por assassinato.

Meu pai narrou essa história para minha mãe e para mim com aquela emoção de quem se mostra aliviado por contar algo. A casa lúgubre, a mulher sombria, o fantasma a gemer passavam diante de seus olhos.

— Ainda bem que tínhamos vaga da outra vez que você esteve no porto, Joe — comentou minha mãe, com seu tom neutro.

— Ah, sim, por Deus, sim — disse meu pai.

Uma breve história humana, história de marinheiro, que, de algum modo, ainda trazia em si a beleza realçada de minha mãe e todo o encantamento que tinha aos olhos de meu pai naquela época e sempre.

Porque a beleza de minha mãe era daquele tipo espanhol, de pele e cabelos escuros e olhos verdes como esmeraldas das Américas, da qual nenhum homem consegue se proteger.

E ele se casou com ela e a levou consigo de volta a Sligo e lá viveu sua vida dali em diante, não engendrada naquela escuridão, mas como uma moeda de xelim perdida em um chão de lama, luzindo em desesperança. Uma moça tão bonita Sligo jamais vira, sua pele macia era como plumas e seu busto, generoso e tépido, como pães saídos do forno, puro deleite.

Minha maior alegria quando jovem era andar com minha mãe pelas ruas de Sligo ao anoitecer, porque ela gostava de encontrar meu pai vindo do cemitério a caminho de casa. Foi somente muitos anos mais tarde, quando eu já era mais crescida, que, ao olhar para trás, compreendi que havia certa ansiedade naquela caminhada, como se ela não confiasse muito no tempo ou no desenrolar natural das coisas para trazer meu pai de volta para casa. Por isso, acredito que minha mãe sofria estranhamente sob sua aura de beleza.

Ele era o superintendente do cemitério, como falei a você, e usava um uniforme azul e um quepe pontudo tão preto quanto a penugem de um melro.

Essa foi a época em que houve a Grande Guerra, e a cidade estava cheia de soldados, como se Sligo em si fosse um campo de batalha, mas é claro que não era. O que víamos eram apenas homens em seus dias de folga. Mas eles se pareciam muito com meu pai naquele uniforme, de modo que, a cada momento, parecia que meu pai havia surgido do nada naquelas ruas em que caminhávamos, eu e minha mãe, eu o procurando com tanto afinco quanto ela. Minha felicidade só se completava quando finalmente uma dessas aparições era de fato a dele, vindo do cemitério para casa nas noites escuras de inverno, como tinha que ser, deslizando pela rua. E, logo que me via, ele brincava comigo, divertindo-se como uma criança. E lançavam-lhe muitos olhares, e talvez essa atitude não combinasse muito com a dignidade do chefe dos mortos de Sligo. Mas ele tinha aquela rara capacidade de amansar-se na companhia de uma criança e de ser bobo e alegre à luz crestada.

Ele era o mantenedor dos túmulos, mas, ao mesmo tempo, era ele mesmo e, com seu quepe pontudo e seu uniforme azul, poderia guiar, com solene dignidade, uma pessoa a qualquer jazigo em que estivesse um amigo ou parente, mas, sozinho em sua casa no cemitério, um pequeno templo de concreto, ele poderia ser ouvido a cantar lindamente a ária "I Dreamt that I Dwelt in Marble Halls" [Sonhei que morava entre paredes de mármore], de *The Bohemian Girl*, uma de suas operetas prediletas.

E, nos dias livres, ele saía com sua motocicleta Matchless para correr pelas tortuosas estradas da Irlanda. Se a conquista de minha mãe foi um evento majestoso, o fato de meu pai, em um ano de grande sorte, perto da época de eu nascer, ter corrido o pequeno circuito da Ilha de Man, com sua adorável bicicleta, pelo meio dos campos, sem se matar era fonte constante de lembranças alegres, e tenho certeza de que elas o consolavam em seu templo de concreto no melancólico inverno irlandês envolto como estava por aquelas almas dormentes.

Outra das histórias "famosas" de meu pai, isto é, famosas em nosso pequeno lar, aconteceu em sua época de solteiro, quando ele podia ir aos poucos encontros de motocicletas daquela época. Aconteceu em Tullamore e foi uma história especialmente peculiar.

Ele ia a grande velocidade, e à sua frente havia uma longa colina que levava a uma curva fechada onde a estrada encontrava um muro de pedra, um daqueles inúteis muros altos e largos de pedra construídos durante a Grande Fome para dar trabalho aos desempregados na Irlanda e mantê-los vivos. Em dado momento, o corredor à sua frente, que ia desembestado morro abaixo e ganhando grande velocidade, em vez de começar a frear, pareceu acelerar ainda mais em direção ao muro e, finalmente, com um horrível barulho de fumaça, metal e canhões, bateu implacavelmente. Meu pai, buscando ver por entre seus óculos de proteção empoeirados, quase perdeu o controle da própria moto, tamanho foi seu horror; mas, então, teve uma visão que não conseguiu e jamais seria capaz de explicar: o outro corredor subindo, como se tivesse asas, e cruzando aquele muro imenso em um movimento vivo e suave como o mergulho macio de uma gaivota planando contra o vento. Por um instante, por um instante, meu pai pensou ter visto, de fato, um bater de asas e nunca mais pôde ler sobre anjos em seu livro de orações sem pensar naquela ocasião inacreditável.

Não pensem, por favor, que meu pai era um dissimulado, porque ele era bem incapaz disso. É verdade que, no interior — e até nas cidades —, as pessoas gostam de contar que tiveram visões extraordinárias, como meu marido, Tom, e o cão de duas cabeças na estrada para Enniscrone. É verdade também que tais histórias têm efeito apenas se quem as conta aparenta acreditar totalmente nelas — ou se de fato viu tais assombros. Mas meu pai não era nenhum contador de casos e de mentiras.

Meu pai reduziu sua velocidade e parou e, contornando a muralha, encontrou um daqueles pequenos e belos portais e, ao abrir as portas ferrugentas, correu entre as urtigas e arbustos para encontrar seu amigo milagroso. Lá estava ele, do outro lado do muro, estirado e inconsciente, mas também, jurou meu pai, sem machucados. Finalmente, o homem, um cavalheiro índio que, por toda a costa oeste, vendia lenços e outras coisas que tirava de sua maleta — acordou e sorriu para meu pai. Os dois se admiraram com o episódio inexplicável, que naturalmente se tornou o assunto de Tullamore durante anos. Se você já ouviu essa história, talvez lhe tenha sido contada sob o título de "O anjo índio".

A curiosa felicidade de meu pai ficava evidente a cada vez que ele recontava essa história. Era como se tal acontecimento fosse uma recompensa por ele estar vivo, uma pequena dádiva narrativa que lhe agradava muito e que lhe dava, acordado e em sonhos, uma sensação de privilégio, como se esses fragmentos de histórias e acontecimentos formassem para ele um evangelho esfarrapado. E se fosse realmente escrito um evangelho sobre a vida de meu pai — e por que não haveria de ser, se se diz que a vida de cada pessoa é preciosa para Deus? —, acredito que aquelas asas, vistas em um rápido lampejo nas costas de seu amigo índio, viriam a se tornar mais substanciosas, e as coisas a que meu pai fez meras alusões tomariam forma mais sólida na nova narrativa, narrativa improvável, mas elevada ainda mais para o campo do milagre. Então, tudo e todos se confortariam com a história.

A felicidade de meu pai era uma dádiva preciosa em si mesma, enquanto a ansiedade perpétua de minha mãe ficava simplesmente dando voltas no que ela fazia. Porque minha mãe nunca criou pequenas lendas de sua vida e era uma pessoa particularmente sem histórias, embora eu tenha certeza de que havia ali coisas tão boas a se contar quanto as de meu pai.

É esquisito, mas agora me vem à mente que uma pessoa sem anedotas a alimentar durante sua vida, anedotas que sobrevivem à pessoa, está mais predisposta a se perder completamente, não apenas para a história mas também para a família que viverá depois dela. É claro que esse é o destino da maior parte das almas, reduzir vidas inteiras — não importa quão vívidas e maravilhosas — a nomes tristemente escritos em árvores genealógicas murchas, com datas e pontos de interrogação pendurados nos galhos.

A felicidade de meu pai não apenas o redimiu, mas também o levou às histórias e o manteve ainda hoje vivo em mim, como uma segunda alma, mais paciente e mais agradável dentro de minha pobre alma.

Talvez sua alegria curiosamente não tivesse qualquer motivo. Mas não pode um homem fazer de si mesmo o mais feliz possível nesses estranhos e longos alcances da vida? Acho isso legítimo. No fim das contas, o mundo é de fato belo e, ainda que fôssemos outra criatura que não homens, seríamos, ainda assim, felizes conosco.

O cômodo principal de nossa pequena casa, que já era estreito, dividíamos com dois grandes objetos. Um era a já citada motocicleta, que tinha que ficar abrigada da chuva. Ela vivia em nossa sala de estar uma vida tranquila, como se diz, meu pai podendo, de sua poltrona, polir preguiçosamente os cromados quando quisesse. O outro objeto que quero mencionar era um pequeno piano vertical, legado por um viúvo grato a meu pai por ele lhe ter cavado uma cova para a esposa sem cobrar nada, porque a família da falecida passava por certo aperto. Assim, em uma noite de verão, logo após o enterro, o piano chegou em uma charrete puxada por burros e foi levado para dentro de casa, entre sorrisos e embaraçada alegria do viúvo e seus dois filhos, e colocado em nossa saleta. É possível que o piano nunca tenha valido grande coisa, mas tinha o tom mais bonito de todos e jamais fora tocado antes de chegar a nós, como se poderia perceber pelo estado das teclas, imaculadas. Havia cenas pintadas nos painéis laterais, de lugares que não eram de Sligo, sendo a maioria mais provavelmente de uma Itália imaginária ou algo do gênero, mas que poderiam ser, ainda assim, com montanhas e rios, com pastores e pastoras de pé ao lado de suas ovelhas. Meu pai, tendo crescido sob o ministério religioso de seu próprio pai, sabia tocar aquele encantador instrumento, e seu prazer maior, como já falei, estava nas operetas do século anterior. Ele considerava Balfe* um gênio. Como havia lugar para mim a seu lado no banquinho do piano, e graças a todo o meu amor por meu pai, e para minha própria alegria com toda a habilidade dele, logo comecei a aprender noções do instrumento, e lentamente progredi para verdadeiros feitos, sem sentir que fosse um esforço ou que estava sendo avaliada.

Então, pude tocar para meu pai enquanto ele ficava no meio da sala, como de costume, com sua mão pendente sobre o banco da moto, a outra mão enfiada no casaco, como um Napoleão irlandês, e cantava com perfeição, ou assim me parecia, "Marble Halls" ou outras preciosidades de seu repertório. Havia, aliás, aquelas musiquinhas chamadas napolitanas, que, claro, não eram, como eu pensava, canções

---

* Todas as palavras com asteriscos encontram-se no glossário ao final do livro. (N.E.)

em homenagem a Napoleão, mas sim músicas inventadas nas ruas de Nápoles — melodias agora exiladas em Sligo! Sua voz entrava em minha cabeça como algum tipo de mel, estendendo-se poderosamente, zumbindo, afastando qualquer medo de infância. Quando a voz se erguia, tudo nele fazia o mesmo, braços, bigodes, um pé balançando um pouco sobre o velho carpete com estampa de cachorros, seus olhos transbordando de um estranho contentamento. Nem Napoleão se negaria a admitir que meu pai era um homem de qualidades elevadas. Nesses momentos, meu pai apresentava seus mais belos timbres em partes mais suaves das músicas, que até hoje não vi superado. Muitos bons cantores iam a Sligo quando eu era jovem e cantavam nos salões em dias de chuva, e alguns poucos, entre os mais populares, cheguei a acompanhar ao piano, deixando escapar notas e acordes, talvez mais um desafio do que uma ajuda para eles. Mas nenhum deles me parecia se igualar à estranha reserva da voz de meu pai.

E um homem que pode fazer-se feliz diante dos desastres vindouros que o assaltarão, como em geral fazem os desastres, sem benevolência ou generosidade, é um verdadeiro herói.

CAPÍTULO II

Caderno de anotações do dr. Grene

(Psiquiatra sênior, Hospital Psiquiátrico Regional de Roscommon)

Este prédio está em condições terríveis, mas não sabíamos quão terríveis até o relatório da inspetoria. Os três corajosos homens que escalaram o antigo teto relataram haver muitas vigas prestes a ruir, como se a parte mais alta, a cabeça desta instituição, refletisse a condição de muitos de seus pobres internos. Eu deveria escrever pacientes em vez de internos. Mas, tendo sido o local construído no fim do século XVIII como uma instituição de caridade voltada para "o asilo sadio e a correção superior dos abrigos feridos do pensamento", quão sadio e quão superior era o lugar é algo que agora apenas se pode especular, a palavra "interno" sempre me passa pela cabeça. Na verdade, em meados do século XIX, houve um período de grande instrução nos asilos, sob ideias revolucionárias de vários médicos, quando camisas de força eram usadas com moderação, julgava-se sábio prover boa alimentação e muitos exercícios e estímulos para o pensamento. Esses foram grandes avanços nas práticas de Bedlam,* com suas bestas bramindo acorrentadas ao chão. De alguma forma, tudo voltou a ser pior um tempo depois, e nenhuma pessoa sensível escolheria estudar a história dos asilos irlandeses na primeira metade do século passado, com suas clitoridectomias, imersões e injeções. Sendo o século passado o "meu" século, uma vez que eu tinha 55 anos quando ele mudou, e é difícil entregar por completo o coração a um novo século quando se chega a ele com essa idade. Ou foi o que achei. E acho. Quase aos 65 hoje, ai de mim.

Com o edifício gritando sua idade, seremos obrigados a sair daqui. A secretaria diz que a construção do novo prédio começará imediatamente, o que pode ser verdade ou algum tipo de termo burocrático. Mas como poderemos partir até termos a certeza de outro prédio? Aliás, mais filosoficamente, como podemos retirar daqui tantos pacientes tendo seu DNA provavelmente se misturado ao cimento do prédio? Há cinquenta idosas na ala central, tão velhas que a idade se tornou algo eterno, contínuo, tão acamadas e cobertas de chagas que movê-las seria uma espécie de violação.

Talvez eu esteja resistindo à ideia de partir, do jeito que qualquer pessoa sensata faz quando uma mudança está em questão. Não há dúvida de que vamos administrar a situação, com todas as confusões e traumas.

Também as enfermeiras e outros empregados se tornaram parte do prédio, como os morcegos no telhado e os ratos no porão. São legiões, pelo que sei, embora eu seja grato por poder dizer que só vi ratos uma vez, quando a ala leste pegou fogo e vi aquelas formas pretas correndo desde as portas inferiores até o campo de milho da fazenda além das cercas. A luz do fogo jogou um clarão da cor estranha de geleia nas costas dos animais em fuga. Tenho certeza de que, quando eles ouviram os bombeiros dizerem que já estava tudo bem, se esgueiraram de volta à nova escuridão.

Então, vamos partir em algum momento. Sou obrigado, pelas novas leis, a avaliar todo paciente que possa ser levado de volta à comunidade (seja lá o que, por Deus, isso queira dizer) e a apontar em que categoria se enquadra cada um. Muitos deles ficarão chocados até mesmo com a nova decoração, as modernas paredes emboçadas, o bom isolamento térmico e o aquecimento. O sussurro peculiar do vento nos corredores, mesmo nos dias de hoje — como?, provavelmente um vácuo criado pela diferença de temperatura em partes distintas do hospital —, será lembrado com saudades, como a música de fundo de seus sonhos e "loucuras". Estou certo disso. Aqueles pobres garotos velhos em seus ternos negros feitos pelo alfaiate do hospital há muito tempo, que não são tão loucos quanto são velhos e desabrigados, e que vivem nos quartos da mais antiga ala oeste como soldados de uma guerra longínqua e esquecida, eles não se reconhecerão fora deste terreno perdido de Roscommon.

A necessidade me levará a uma tarefa que evito há muito tempo: mapear que circunstâncias trouxeram determinados pacientes para cá e se, de fato, como foi tragicamente verdadeiro em alguns casos, eles foram segregados mais por motivos sociais que médicos. Porque não sou tão tolo para crer que todos os "lunáticos" daqui são loucos, ou já foram, ou eram antes de chegar aqui e aprender algum tipo de maluquice viral. A opinião geral ou, digamos, a opinião pública, como aparece nos jornais, vê as pessoas daqui como merecedoras de "liberdade" e "soltura", o que pode ser bem verdade, mas criaturas engaioladas e confinadas por tanto tempo acham a liberdade e a soltura realizações muito problemáticas, como naqueles países do Leste Europeu depois do comunismo. E, ao mesmo tempo, há uma estranha relutância minha em ver alguém partir. Por que será? A inquietação do guarda do zoológico? Será que meus ursos-polares conseguirão se virar tão bem no Polo Norte? Creio que esse seja um pensamento reducionista. Bem, veremos.

Em particular, terei de abordar minha velha amiga, a sra. McNulty, que não apenas é a pessoa mais velha deste lugar, mas também de toda Roscommon e talvez da Irlanda. Ela era idosa quando cheguei aqui, trinta anos atrás, ainda que, naquele tempo, ela tivesse a energia de, não sei o que, uma força da natureza. Ela é uma pessoa formidável, e, apesar de longos períodos se passarem sem que eu a veja, ou a veja apenas rapidamente, sempre me mantenho informado sobre ela ou por ela pergunto. Temo que seja antes uma referência para mim. Ela é uma presença constante e não apenas representa a instituição, mas também, e de maneira curiosa, a minha própria história, a minha própria vida. "Estrela guia das naus errantes", nas palavras de Shakespeare. Meu casamento com a pobre Bet vacila, meu ânimo diminui, às vezes afunda, meu sentimento de não lidar bem com a relação, meu isso, meu aquilo — minha tolice amigável, creio. Enquanto as coisas inevitavelmente mudaram, a sra. McNulty continuou a mesma, embora mais fraca e mais magra com o passar dos anos. Terá 100 anos? Ela costumava tocar piano na sala de recreação, músicas virtuosas, melodias de jazz dos anos 1920 e 30. Não sei como as conhecia. Mas ela se sentava lá, seus longos cabelos grisalhos caindo pelas costas, usando uma daquelas vestes horrendas de hospital, mas parecendo uma rainha e, apesar de ter 70 anos naquela época, com um rosto muito marcante. Ainda realmente muito bela, e sabe lá Deus como deve ter sido quando jovem. Extraordinária, um tipo de manifestação de algo pouco usual, talvez estranho, neste mundo provinciano. Quando um leve reumatismo — ela evitava o termo, preferia "relutância" nos dedos — chegou, anos mais tarde, ela parou de tocar piano. É provável que continuasse a tocar quase tão bem, mas quase tão bem não lhe servia. Então, perdemos o som da sra. McNulty tocando jazz.

A título de nota, o piano, tomado por carunchos, foi, mais tarde, jogado fora com um clangor nada musical.

E, agora, eu terei que ir lá e abordá-la sobre isso e aquilo. Estou inexplicavelmente tenso. Por que deveria estar? Creio que é por ela ser tão mais velha que eu e, mesmo se dada a longos silêncios, ser uma presença extremamente agradável, como a de um colega mais velho que admiramos. Acho que é isso. Talvez seja por eu suspeitar de que ela gosta de mim tanto quanto gosto dela. Ainda que eu não saiba o porquê. Tenho guardado certa curiosidade a seu respeito, apesar de não ter nunca sondado a fundo sua vida, ainda que talvez, como psiquiatra profissional, isso deva ser um ponto negativo. Todavia, cá está: ela gosta de mim. Por outro lado, não quero, por nada no mundo, estorvar essa afeição. Sigo com cuidado, portanto.

Roseanne sobre si mesma

Como eu adoraria dizer que amei tanto meu pai que não viveria sem ele, mas tal declaração se provaria falsa com o tempo. Aqueles que amamos, os seres essenciais, nos são tirados segundo o desejo do Todo-poderoso, ou dos demônios que se apoderam dele. É como se uma enorme massa de chumbo fosse colocada sobre a alma, tais mortes, e, se antes a alma não pesava, agora é um fardo secreto e desastroso no fundo de nosso coração.

Quando eu tinha uns 10 anos, meu pai, em um arroubo de entusiasmo educacional, levou-me ao topo de uma torre alta e estreita do cemitério. Era uma daquelas belas construções, delgadas e altas, feitas por monges em épocas de perigo e destruição. Ficava em um canto cheio de urtigas do cemitério, não chamava muita atenção. Para quem crescia em Sligo, era simplesmente algo que sempre estivera ali. Mas não há dúvida de que era um tesouro incomparável, erguido apenas com o murmúrio do cimento entre as pedras, cada qual a lembrar o recurvado da torre, cada qual encaixada com perfeição pelos antigos pedreiros. É claro que era um terreno católico. Meu pai não conseguira o trabalho por conta de sua religião, mas porque era muito estimado na cidade por tudo e todos, e os católicos não se importavam com o fato de seus túmulos serem cavados por um presbiteriano desde que esse fosse uma pessoa amável. Porque, naquela época, havia muito mais tolerância entre as igrejas do que acreditamos que houvesse, e quase esquecemos que, sob as antigas leis penais dos dias já esmaecidos, as igrejas dissidentes eram saqueadas, como meu pai gostava de lembrar. Seja como for, raramente há problemas com a religião quando há amizade. E foi somente mais tarde que essa diferença passou a contar para ele. De qualquer forma, sei que o padre da paróquia gostava muito de meu pai, um homenzinho atrevido e esforçado chamado padre Gaunt, que teve, mais tarde, grande participação em minha própria história, se é que se pode dizer que um homem pequeno teve grande participação.

Esses eram os dias imediatamente posteriores à Primeira Guerra e, talvez, em momentos históricos como aquele, as mentes se voltem para a estranheza, os sofismas educacionais, como aquele em que se empenhou meu pai naquele dia comigo. Do contrário, eu não saberia explicar por que um homem adulto leva sua filha para o alto de uma velha torre com uma sacola de martelos e plumas.

Toda Sligo fulgurava ao pé da torre, rio, igrejas, casas, ou era o que parecia, visto da janelinha lá de cima. Um pássaro que passasse teria visto dois animados rostos tentando enxergar pela janela ao mesmo tempo, eu jogando meu peso sobre os dedos do pé e batendo na parte de baixo do queixo de meu pai.

— Roseanne, querida, já me barbeei essa manhã, e você não vai conseguir me barbear com o topo de sua cabecinha dourada.

Eu tinha mesmo um cabelo macio e dourado, como o ouro daqueles mesmos monges. Cabelos amarelos como raios nas ilustrações de livros velhos.

— Papai — disse eu —, pelo amor de todas as coisas, jogue os martelos e as plumas e vamos ver o que vai acontecer.

— Ai — disse ele —, estou cansado da subida, vamos apenas passar nossos olhos sobre Sligo antes de dar início ao nosso experimento.

Ele esperou por um dia sem vento para tal tarefa. Queria me provar a antiga premissa de que tudo cai à mesma velocidade nos domínios da teoria.

— Todas as coisas caem à mesma velocidade — disse ele —, nos domínios da teoria. E vou provar isso a você. Provarei isso a mim mesmo.

Estávamos sentados diante do carvão que estalava em nossa lareira.

— Pode ser que tudo caia à mesma velocidade, como você diz — manifestou-se minha mãe, em seu canto —, mas é o raro que sobe.

Não acho que ela estivesse dando um fora em meu pai, apenas fazia uma observação. Seja como for, ele a examinou com o olhar, avaliando com a perfeita neutralidade de que ela era mestre e que havia ensinado a ele.

É estranho para mim, escrevendo isto aqui, neste quarto escuro, rabiscando tudo isto com uma caneta de tinta azul, de algum modo vê-los com os olhos de minha mente, ou talvez por trás de meus olhos, no bojo obscuro de minha cabeça, ainda ali, vivos e conversando, de verdade, como se o tempo deles fosse o real e o meu a ilusão. E, pela milésima vez, me emociona quão linda minha mãe é, quão pura, agradável e resplandecente, com seu sotaque de Southampton, como os seixos das praias, mexidos pelas ondas, agitados, silenciados, um som macio que soa em meus sonhos. É também verdade que, quando eu era ousada, quando ela se preocupava que meu caminho saísse do caminho que ela queria para mim, mesmo nas pequenas questões, ela costumava me espancar. Mas, naquele tempo, as crianças apanhavam rotineiramente.

Então, naquele momento, meu rosto e o de meu pai estavam se empurrando por uma posição enquadrada na moldura da antiga janela de inspeção dos monges. O que teriam avistado dali rostos já desaparecidos, suando em suas vestes, tentando ver de onde viriam os vikings para matá-los e roubar seus livros, seus barcos e suas moedas? Nenhum pedreiro gosta de fazer uma janela grande para vikings, e ainda hoje essa janela fala de perigos e nervosismos antigos.

Em dado momento, ficou claro que seria impossível fazer o experimento com ambos ali. Um de nós dois perderia o resultado. Então, ele me mandou de volta para baixo, pela escadaria de pedra fria e úmida, e ainda consigo sentir a umidade daquelas paredes sob minha mão, e o estranho pavor que brotou em mim por me separar de meu pai. Meu peito pulsando como se houvesse uma pomba inquieta presa dentro dele.

Saí da torre e me afastei da base dela como meu pai havia me pedido por medo de que os martelos caíssem em mim e me matassem. De lá, a torre parecia imensa, como se alcançasse as nuvens acinzentadas e imundas daquele dia. Até o paraíso. Nenhuma brisa. Os túmulos malcuidados naquela parte do terreno, sepulturas de homens e mulheres de um século em que as pessoas só podiam pagar por pedras brutas, sem qualquer nome entalhado, me pareceram diferentes ali, sozinha, como se os pobres esqueletos pudessem se rebelar contra mim para me devorar em sua fome eterna. De pé no chão, eu era uma criança à beira de um precipício, era esse o sentimento, como naquela cena da velha peça *Rei Lear*, quando o amigo do rei imagina estar caindo de um penhasco abrupto onde não há penhasco, e então, quando lemos, também achamos que o despenhadeiro está lá e caímos com o amigo do rei. Mas eu olhava para cima atentamente, atentamente, carinhosamente, carinhosamente. Não é crime amar seu pai, não é crime não o criticar, sobretudo se o conheço desde o início de minha maturidade feminina, quando uma criança começa a se decepcionar com seus pais. Não é crime sentir seu coração bater mais forte por ele, ou pela fração dele que eu conseguia ver, seu braço estirado para fora da pequena janela e a sacola suspensa no ar irlandês. Então, ele começou a me chamar, e eu mal conseguia captar suas palavras. Mas, depois de algumas repetições, acho que o ouvi dizer:

— Você está distante da torre, querida?

— Estou, papai — praticamente berrei, tamanha era a distância que as palavras tinham que percorrer e tão pequena era a janela pela qual tinham que passar até chegarem a seus ouvidos.

— Então vou abrir a bolsa. Veja, veja! — gritou ele.

— Sim, papai, estou vendo!

Ele afrouxou a abertura da sacola, da melhor maneira possível, com os dedos de uma das mãos e a chacoalhou para que o conteúdo caísse. Eu o vira colocar as coisas lá dentro. Um punhado de plumas do travesseiro da cama, arrancados sob os gritos de sua mulher, e dois martelos de pedreiro que ele usava para consertar as muretas e lápides das sepulturas.

Eu olhei e olhei. Talvez eu tenha ouvido uma curiosa música. As gralhas a tagarelarem e o murmúrio rangente da gralha-calva nas grandes faias se misturavam como música em minha cabeça. Meu pescoço estava rígido, e eu não me aguentava para ver o resultado daquele experimento refinado, um resultado que, segundo meu pai, poderia permanecer em minha vida como base de uma filosofia adequada.

Ainda que não houvesse um pingo de vento, as plumas imediatamente se distanciaram, dispersando-se como em uma pequena explosão, subindo cinzentas contra as nuvens carregadas, quase impossíveis de discernir. As plumas flutuaram, flutuaram para longe.

Da torre, meu pai chamava, chamava com enorme animação:

— O que você está vendo? O que está vendo?

O que eu via? O que eu sabia? É, às vezes penso, o traço do ridículo em uma pessoa, um ridículo nascido talvez do desespero, tal como o de Eneas McNulty — você não o conhece ainda —, apontado tantos anos depois, o que nos enche de amor por aquela pessoa. É puro amor, aquele não saber, não olhar. Estou lá, eternamente, esforçando-me para ver, com o pescoço duro, observando e extenuando-me, pela simples razão de amá-lo. As plumas flutuam, flutuam para longe, flutuam, rodopiam nos ares. Meu pai chama e chama. Meu coração bate por ele. Os martelos ainda estão caindo.

CAPÍTULO III

Querido leitor! Querido leitor, se você for amável e bom, gostaria de poder apertar sua mão. Gostaria de... todo tipo de impossibilidade. Apesar de eu não ter você, tenho outras coisas. Há momentos em que uma inexplicável alegria me invade, como se eu, não tendo nada, tivesse o mundo. Como se, ao chegar a este cômodo, eu encontrasse a antessala do paraíso, e logo o verei se abrindo e caminharei, como uma mulher recompensada pelas dores, nos domínios daqueles campos verdes. A grama é tão verde que queima!

Essa manhã, dr. Grene veio aqui, e eu tive que me virar para esconder estas páginas. Porque eu não queria que ele as visse ou me questionasse, já que há segredos aqui, e os meus segredos são meu tesouro e minha sanidade. Por sorte, eu o ouvi chegando ao longe pelo corredor, porque suas solas de sapato têm metal. Também por sorte, não sofro sequer de um pouco de reumatismo ou de qualquer doença associada à minha idade, ao menos não em minhas pernas. Minhas mãos, minhas mãos, ai de mim, não são o que foram, mas as pernas continuam boas. Os ratos que caminham sob a tábua solta são mais rápidos, mas eles sempre foram mais rápidos. Um rato é um atleta brilhante quando precisa ser, não comete erros. Mas fui rápida o bastante para dr. Grene.

Ele bateu à porta, o que já é um avanço em relação ao pobre infeliz que limpa meu quarto, John Kane, se é que é assim que se soletra seu nome — é a primeira vez que o escrevo —, então, quando ele abriu a porta, eu estava aqui, sentada diante de uma mesa vazia.

Como não considero dr. Grene alguém mau, eu estava sorrindo.

Fez um frio considerável de manhã e havia uma reuma de gelo sobre tudo no quarto. Tudo reluzia. Eu mesma trajava minhas quatro vestes para ficar suficientemente agasalhada.

— Humm, humm — disse ele. — Roseanne. Humm. Como vai, sra. McNulty?

— Vou muito bem, dr. Grene — disse eu. — É muito gentil de sua parte vir me visitar.

— É meu trabalho visitá-la — respondeu. — Esse quarto foi limpo hoje?

— Não — disse eu. — Mas John certamente virá logo.

— Creio que sim — disse dr. Grene.

Ele, então, passou em minha frente em direção à janela e olhou para fora.

— Esse é o dia mais frio do ano até agora — disse ele.

— Até agora — repliquei.

— E você tem tudo de que precisa?

— Basicamente, sim — respondi.

Então, ele se sentou em minha cama, como se fosse a cama mais limpa da cristandade, o que, ouso dizer, não é, e esticou suas pernas e olhou para seus sapatos. Sua longa barba branca estava afiada como um machado. Estava muito parecida com uma cerca viva, com a barba de um santo. Na cama ao lado dele, havia um prato, ainda sujo do resto de feijão da noite anterior.

— Pitágoras — disse ele — acreditava na transmigração das almas e nos alertou a sermos cautelosos ao comer feijão, pois poderíamos estar comendo a alma de nossa avó.

— Oh! — disse eu.

— Lemos isso em Horácio.

— Feijão Batchelors?*

— Creio que não.

Dr. Grene respondia a minhas perguntas com sua usual cara solene. O encanto de dr. Grene é não ter um pingo de humor, o que faz dele um tanto cômico. Acredite, essa é uma qualidade a ser estimada neste local.

— Então — continuou ele —, está tudo bem com você?

— Sim.

— Qual é a sua idade hoje, Roseanne?

— Creio que 100.

— Você não acha extraordinário estar tão bem aos 100 anos? — disse ele, como se, de alguma forma, ele tivesse contribuído para isso, e talvez tenha mesmo. Afinal, estive sob seus cuidados por uns trinta anos, talvez mais. Ele mesmo ficou mais velho, embora não tão velho quanto eu.

— Acho bem extraordinário. Mas, doutor, acho tantas coisas extraordinárias. Acho os ratos extraordinários, acho a luz engraçada e verde do sol, que sobe por esta janela, algo extraordinário. Acho a sua visita de hoje extraordinária.

— Sinto muito que ainda haja ratos por aqui.

— Sempre haverá ratos aqui.

— Mas John não coloca ratoeiras?

— Sim, mas não as regula delicadamente o bastante, e os ratos comem o queijo sem problemas e dão no pé, como Jesse James e seu irmão Frank.

Nesse momento, dr. Grene pegou suas sobrancelhas entre dois dedos e as massageou por alguns instantes. Esfregou o nariz e suspirou. Naquele suspiro, estavam todos os anos que ele passou nesta instituição, todas as manhãs de sua vida aqui, toda a conversa inútil sobre ratos e curas e idade.

— Sabe, Roseanne — disse ele —, como fui obrigado a avaliar legalmente a posição de todos os nossos internos, uma vez que isso tem estado tão em evidência nas discussões públicas, procurei os papéis de sua admissão e devo confessar...

Ele disse isso na voz mais tranquila que se pode imaginar.

— Confessar...? — disse eu, incitando-o. Eu sabia que sua mente tinha o hábito de se perder silenciosamente em pensamentos internos.

— Ah, sim, desculpe-me. Humm, sim, eu queria lhe perguntar, Roseanne, se, por acaso, você se lembra de detalhes de sua admissão aqui que possam ser úteis, se for possível. Vou lhe dizer o porquê em instantes, se eu tiver que fazer isso.

Dr. Grene sorriu, e eu suspeitei de que essa última observação fosse um gracejo, mas não entendi qual era a graça, principalmente porque, como falei, ele não costumava tentar ser engraçado. Então, imaginei que algo novo se agitava ali.

E, tão mal quanto ele, me esqueci de lhe responder.

— Lembra-se de algo?

— De quando vim para cá, dr. Grene?

— Sim, acho que foi o que eu quis dizer.

— Não — disse eu. Uma mentira completa e feia era a melhor resposta.

— Bem — disse ele —, infelizmente uma grande extensão de seus registros, no porão, foi usada, não surpreendentemente, por gerações de ratos como forragem e está tudo bem danificado e ilegível. Sua ficha, especificamente, foi atacada de maneira bem interessante. Não ficaria atrás de uma tumba egípcia. Parece se desmantelar ao mínimo toque.

Houve um longo silêncio depois disso. Eu sorria e sorria. Tentei imaginar como ele me enxergava. Um rosto tão enrugado e velho, tão perdido na idade.

— Conheço-a muito bem, claro. Conversamos muitas vezes ao longo dos anos. Hoje desejo que eu tivesse feito mais anotações. As que fiz não somam muitas páginas, algo que não a surpreenderia. Sou um tanto avesso a tomar notas, algo não muito admirável na minha profissão. Diz-se, às vezes, que não fazemos bem algum, que não fazemos nada por ninguém. Mas espero que tenhamos feito o melhor por você, apesar de minha censurável falta de notas. Espero mesmo. Fico feliz que você diga estar bem. Gosto de pensar que você está feliz aqui.

Sorri para ele meu sorriso velho de mulher velha, como se eu não tivesse entendido bem.

— Deus sabe — disse ele, então, com certa elegância de raciocínio — que ninguém pode ser feliz aqui.

— Eu sou feliz — respondi.

— Sabe, acredito em você. Creio que você seja a pessoa mais feliz que conheço. Mas acho que serei obrigado a reavaliá-la, Roseanne, porque houve um grande protesto nos jornais contra o... encarceramento de pessoas por, digamos, motivos sociais, não médicos... sendo mantidas... mantidas...

— Presas?

— Sim, sim. Presas. E que continuam, hoje em dia e com tal idade, presas. Claro, você esteve aqui todos esses muitos e muitos anos, talvez até cinquenta anos?

— Não me lembro, dr. Grene, é possível que seja isso.

— Talvez você considere este lugar o seu lar.

— Não.

— Bem, você, como qualquer outro, tem o direito de ser liberada se seu caso se adequar à, à liberdade. Creio que, mesmo aos 100 anos de idade, você talvez queira... caminhar por aí e passear de barco a remo no verão, sentir o cheiro das rosas...

— Não!

Eu não queria gritar, mas, como você verá, essas pequenas ações, que a maior parte das pessoas associa a bem-estar e felicidade, são, para mim, um punhal no coração só de pensar.

— Perdão?

— Não, não, por favor, continue.

— De qualquer maneira, se eu descobrir que você está aqui sem uma causa verdadeira, sem base médica para isso, serei obrigado a buscar outro arranjo. Não quero perturbá-la. E não pretendo, minha cara Roseanne, colocá-la para fora no frio. Não, não, seria um ato muito cuidadosamente orquestrado e, como eu disse, sujeito à minha avaliação. Quanto a perguntas, terei que fazê-las a você, em certo grau.

Não sei bem de onde veio, mas um sentimento de completo pavor se espalhou em mim, como, acredito, o veneno de átomos fragmentados e aflitos espalhando-se pelas pessoas nos recantos longínquos de Hiroshima, matando-as tão certeiramente quanto a explosão. Pavor como uma doença, uma memória de doença, a primeira vez em muitos anos que me senti daquele jeito.

39

— Está tudo bem, Roseanne? Não fique agitada, por favor.

— É claro que quero liberdade, dr. Grene. Mas ela me dá medo.

— Ganhar liberdade — disse ele, de modo agradável — é sempre alcançado com uma atmosfera de incerteza. Neste país, ao menos. Talvez em todos os países.

— Morte — disse eu.

— Sim, às vezes — respondeu, suavemente.

Então, paramos de falar, e eu fiquei olhando um sólido retângulo de luz do sol entrando no quarto. Poeira ancestral trabalhava arduamente por ali.

— Liberdade, liberdade — disse ele.

Em algum lugar de sua voz havia o vago sino de uma espera empoeirada. Não sei nada de sua vida lá fora, sua família. Terá ele mulher e filhos? Haverá uma sra. Grene? Não sei. Ou sei? Ele é um homem brilhante. Parece um furão, mas tudo bem. Qualquer homem que possa conversar sobre os antigos gregos e romanos é um homem com um coração como o de meu pai. Gosto de dr. Grene, apesar de sua desesperança árida, porque ele me traz o eco do estilo de discurso de meu pai, adornado por Thomas Browne e John Donne.

— Mas não começaremos hoje — disse ele, levantando-se. — Não, não. Certamente não. Mas é meu dever apresentar os fatos a você.

E ele passou pela minha frente outra vez, com um tipo de paciência médica infinita, rumo à porta.

— É o mínimo que você merece, sra. McNulty.

Assenti com a cabeça.

Sra. McNulty.

Sempre penso na mãe de Tom quando ouço esse nome. Houve uma época em que também eu fui uma sra. McNulty, mas nunca tão perfeitamente quanto ela. Nunca. Como ela deixou claro uma centena de vezes. No mais, por que desde então indiquei meu nome como McNulty quando todos se esforçavam tanto para retirá-lo de mim? Não sei.

— Eu estive no zoológico na semana passada — disse ele, de repente —, com um amigo e seu filho. Fui a Dublin buscar livros para minha mulher. Sobre rosas. O filho do meu amigo se chama William, que, como você sabe, também é meu nome.

Eu não sabia disso!

— Fomos ao viveiro das girafas. William ficou muito feliz com elas, duas senhoras girafas grandes e esticadas elas eram, com patas longas e macias, animais muito, muito bonitos. Acho que é o animal mais bonito que já vi.

Então, à luz fraca do quarto, fantasiei ter visto algo estranho, uma lágrima nascendo no canto de seu olho, escorregando até a bochecha e caindo rapidamente do rosto, algum tipo de choro sombrio, particular.

— Tão belo, tão belo — disse ele.

Sua fala me prendeu em silêncio, não sei por quê. No fim das contas, não era uma fala aberta, à vontade, feliz, como a de meu pai. Eu gostaria de ouvi-lo falar, mas não queria responder naquele momento. Essa estranha responsabilidade que sentimos para com os outros quando falam de oferecer-lhes o consolo de alguma resposta. Pobres humanos! Seja como for, ele não fez uma pergunta. Estava apenas pairando ali, no quarto, insubstancial, um homem vivente no meio da vida, morrendo imperceptivelmente sobre si mesmo, como todos nós.

CAPÍTULO IV

Mais tarde, John Kane entrou aqui arrastando-se, resmungando e empurrando sua vassoura, alguém que acabei aprendendo a aceitar como a todas as coisas aqui, que, se não podem ser mudadas, devem ser aturadas.

Notei com um pequeno horror que sua braguilha estava aberta. Sua calça tem uma decoração com botões de aparência grosseira enfileirados. Ele é um homem pequeno, mas, ao mesmo tempo, é uma montanha de músculos. Há algo errado com sua língua, porque ele tem que engolir a saliva a todo momento e com dificuldade. Seu rosto tem um véu de veias azul-escuras, como o rosto de um soldado que esteve perto demais da boca de um canhão que explodiu. No disse me disse deste lugar, ele tem uma péssima reputação.

— Não entendo por que a senhora quer todos esses livros, moça. A senhora não tem óculos para ler.

Então, outra vez engoliu, engoliu a saliva.

Enxergo perfeitamente sem óculos, mas eu não lhe disse isso. John Kane se referia aos três volumes que estão comigo, o exemplar do *Religio Medici*, de meu pai, o *The Hounds of Hell* [Matilha do inferno] e o *Folhas de relva*, do sr. Whitman.

Os três marrons e amarelos pelo manuseio.

Mas uma conversa com John Kane não leva a lugar algum, como aquelas conversas com meninos quando eu era jovem, com uns 12 anos, um grupo ruidoso deles na esquina de nossa rua, indiferentemente parado na chuva, e me dizendo coisas com voz macia — primeiro com voz macia. Aqui, entre sombras e prantos longínquos, a maior virtude é o silêncio.

Aqueles que os alimentam não os amam, aqueles que os vestem não temem por eles.

Essa é uma citação, mas de onde ou de quem não sei dizer.

Mesmo o murmúrio é perigoso, o silêncio é melhor.

Estou aqui há muito tempo e, nesse tempo, por certo aprendi a virtude do silêncio.

Foi o Velho Tom quem me colocou aqui. Acho que foi ele. Era um favor para ele, que trabalhava como alfaiate no Asilo para Lunáticos de Sligo. Acho que ele ainda pagou um pouco por conta deste quarto. Ou terá Tom, meu marido, pagado para eu estar aqui? Não poderia estar vivo ainda. Não foi o primeiro lugar em que fui colocada. O primeiro lugar foi...

Não me preocupo com recriminação. Este lugar não é um lar, mas é decente. Se aqui fosse meu lar, eu ficaria louca!

Ah, tenho de me lembrar de ser clara, de ter certeza do que digo a você. Há que se ter precisão e exatidão agora.

Este é um bom lugar. Este é um bom lugar.

Há uma cidade não longe daqui, disseram-me. A própria cidade de Roscommon. Não sei quão longe, mas sei que se leva meia hora em um carro de bombeiros.

Disso eu sei, porque, em uma noite, muitos anos atrás, fui acordada por John Kane. Ele me conduziu para o corredor e me apressou para descer a escada de dois em dois degraus ou até de três em três. Havia um incêndio em uma das alas e ele me levou para um lugar seguro.

Em vez de me levar para o térreo, ele teve de passar por um setor escuro, onde estavam reunidos médicos e outras pessoas da equipe.

SEBASTIAN BARRY

Havia fumaça subindo do andar de baixo, mas aquele lugar estava em segurança. A escuridão clareou aos poucos, ou foram meus olhos que se acostumaram.

Havia por volta de cinquenta camas lá, um quarto longo e estreito com cortinas puxadas por todo lado. Cortinas finas e esfarrapadas. Rostos velhos, velhos, tão velhos quanto o meu próprio hoje em dia. Fiquei abismada. Estavam deitados não muito longe de mim e eu nunca soubera. Rostos velhos que nada diziam, jazendo no estupor, como cinquenta ícones russos. Quem eram? Por quê? Eram o seu próprio povo. Silenciosos, silenciosos, dormindo para a morte, rastejando sobre joelhos sangrentos em direção ao Senhor.

Uma tribo de ex-meninas. Sussurrei uma oração para apressar suas almas aos céus. Porque acho que rastejavam muito lentamente para lá.

Imagino que estejam todas mortas agora, ou a maioria. Nunca mais voltei a visitá-las. O carro de bombeiros chegou em meia hora. Lembro-me disso porque um dos médicos comentou.

Esses lugares diferem do mundo, sem nada do que nele exaltamos. Onde estão irmãs, mães, avós, celibatárias, todas jazendo esquecidas.

A cidade humana não tão longe, dormindo e caminhando, dormindo e caminhando, esquecendo lá suas fileiras de mulheres perdidas.

Meia hora. O fogo me fez vê-las. Nunca mais.

Aqueles que os alimentam não os amam.

— Quer isso? — diz John Kane em meu ouvido.

— O que é isso?

Estava na palma de sua mão. Metade da casca de um ovo de pássaro, azulado como as veias de seu rosto.

— Ah, sim, obrigada — respondi. Era algo que eu havia catado no jardim alguns anos antes. Deixei no nicho da janela e John nunca antes o havia mencionado. Mas estava lá, azul e perfeito, e nunca envelhecia. Mesmo sendo algo antigo. De gerações e gerações de pássaros atrás.

— Deve ser um ovo de pintarroxo — disse ele.

— Deve — disse eu.

— Ou de cotovia.

— Sim.

— Vou devolvê-lo, de algum jeito — disse e engoliu novamente, como se a língua estivesse endurecida no fundo, sua garganta inchando por um instante. — Não sei de onde vem toda a poeira. Eu varro todo dia e sempre há poeira, por Deus que há, poeira velha. Não poeira nova, nunca poeira nova.

— Não — comentei —, não. Desculpe.

Ele se endireitou e me olhou:

— Qual é o seu nome?

— Não sei — respondi com um repentino pânico. Eu o conhecia havia décadas. Por que ele me perguntava isso agora?

— Não sabe o seu nome?

— Sei, mas esqueci.

— Por que parece que a senhora está assustada?

— Não sei.

— Não precisa — disse ele, varrendo a poeira para a pá e começando a sair do quarto. — De qualquer modo, eu sei o seu nome.

Comecei a chorar, não como uma criança, mas como a velha, velha mulher que sou, lágrimas lentas, fracas, que ninguém vê, que ninguém seca.

45

Outra coisa que meu pai sabia: a guerra civil se abatia sobre nós.

Escrevo isso para estancar minhas lágrimas. Apunhalo as palavras na página com minha caneta, como se me alfinetasse ali.

Antes da guerra civil, houve outra guerra, contra o fato de o país ser governado pela Inglaterra, mas não houve muitas batalhas em Sligo.

Estou citando as palavras do irmão de meu marido, Jack, quando escrevo isso ou, ao menos, ouço a voz de Jack nessas frases. A voz já desaparecida de Jack. Neutra. Como minha mãe, Jack era um mestre do tom neutro, se não da neutralidade. Pois ele acabou colocando um uniforme inglês e lutando contra Hitler naquela guerra posterior — quase digo naquela guerra de verdade. Ele era também irmão de Eneas McNulty.

Os três irmãos: Jack, Tom e Eneas. Ah, sim.

No oeste da Irlanda, aliás, Eneas tem três sílabas, E-ne-as. Em Cork, acho que são duas, soa mais como a bunda de alguém[1] do que outra coisa.

Mas a guerra civil foi definitivamente travada em Sligo e em toda a costa oeste, com um empenho bravio.

Os *Free Staters** aceitaram o tratado com a Inglaterra. Os irregulares, como eram chamados, recusaram-se a seguir em frente, como cavalos em uma ponte quebrada no escuro. Porque o norte do país era deixado de fora em tudo, e aos irregulares parecia que o que havia sido aceito era uma Irlanda sem cabeça, um corpo podado nos ombros. No norte, era o pessoal de Carson* que os mantinha unidos à Inglaterra.

Sempre me deixou perplexa que uma das coisas de que Jack mais se gabava era ser primo de Carson. Mas era assim que era.

---

[1] Pronunciado com duas sílabas, o nome Eneas, na língua inglesa, soa como as palavras *any ass* (ou seja, como a bunda de alguém). (N.E.)

Havia muito ódio na Irlanda naqueles tempos. Eu tinha 14 anos, uma menina tentando florescer para o mundo. Emanações de ódio por todo lado.

O querido padre Gaunt. Acho que eu deveria dizer isso. Jamais um homem tão sincero e honesto causou tamanho infortúnio a uma donzela. Pois, nem por um segundo, creio que ele tenha agido de má-fé. Ainda assim, ele me desnorteou, como diz o pessoal do interior. E, antes de mim, fez com que meu pai perdesse as estribeiras.

Eu disse que ele era um pequeno homem, o que significa que o topo de sua cabeça estava à mesma altura da minha. Animado, livre e límpido, em suas vestes negras e seu cabelo curto como o de um condenado.

Perguntas surgem em meus pensamentos: O que dr. Grene queria dizer quando falou em me avaliar? Para que eu possa sair para o mundo lá fora? Onde fica esse mundo?

Ele tem que me fazer perguntas, pelo que disse. Não disse? Tenho certeza de que disse, mas é apenas agora que o ouço com propriedade, agora que ele já saiu do quarto há um bom tempo.

Pânico em mim agora, mais escuro que chá velho.

Sou como meu pai em sua motocicleta, certamente em disparada, mas segurando tão forte o guidom que há uma espécie de segurança nisso.

Não tire meus dedos do guidom, dr. Grene, eu imploro.

Saia dos meus pensamentos, bom doutor.

Padre Gaunt, vindo do além, entre logo, entre logo, e tome o lugar do doutor.

Esteja presente, presente diante de mim enquanto eu rabisco e escrevinho.

O que narrarei a seguir pode soar como uma das histórias de meu pai, parte de seu pequeno evangelho, mas ele nunca fez uma narração apropriada dessa história nem lhe melhorou ao contar, para que ficasse bem-acabada como uma canção. Dou-lhe o esqueleto, que é tudo o que tenho dela.

Na época daquela guerra, houve, sem dúvida, muitas mortes, e muitas mortes não eram mais do que assassinatos. É claro que era dever de meu pai enterrar alguns dos mortos em seu limpo cemitério.

Aos 14 anos, eu ainda tinha um pé na infância e outro na maturidade. Na pequena escola de freiras que eu frequentava, eu não era indiferente aos meninos que passavam de emboscada, no fim das aulas, pelos portões; na verdade, acho que me lembro de pensar em algum tipo de música vinda deles, um tipo de barulho humano que eu não entendia. Tanto tempo depois, não sei como posso ter ouvido música elevando-se de formas brutas como aquelas. Mas essa é a magia das meninas, transformar simples barro em amplas e excelentes ideias.

Então, eu prestava apenas meia atenção a meu pai e a seu mundo. Estava mais preocupada com meus próprios mistérios, como, por exemplo, conseguir cachos em meus cabelos desgrenhados. Eu passava muitas horas trabalhando nisso com um ferro de passar que minha mãe usava nas camisas dominicais de meu pai. Era um objeto estreito e pequeno que esquentava rápido na alça e, se eu esticasse minhas longas madeixas louras sobre a mesa, esperava conseguir dali, por alguma alquimia, um cabelo cacheado. Portanto, eu estava preocupada com os medos e as ambições de minha idade.

Ainda assim, eu ia com frequência ao templo de meu pai, onde fazia meus deveres de casa, como devia ser, e aproveitava o pouco de carvão que ele mantinha queimando por lá graças a um ordenado que recebia em combustível. Eu aprendia minhas lições e o ouvia cantar "Marble Halls" ou algo assim. E me preocupava com meus cabelos.

O que eu não daria para ter hoje um pouco dos fios daquele cabelo liso e amarelo.

Meu pai enterrava qualquer um que lhe dessem para ser enterrado. Nos dias de paz, ele enterrava, em sua maioria, mais velhos e doentes, mas, em dias de guerra, costumava receber cadáveres de meninos ou quase meninos.

Isso lhe doía como não aparentava doer com idosos e enfermos. Ele acreditava que a morte desses era simples e correta e, mesmo que famílias e enlutados chorassem ou se silenciassem no cemitério, ele sabia que havia alguma sensação de prazo e de justiça apropriados. Em geral, ele conhecia a velha alma a ser enterrada e partilharia memórias e histórias caso lhe parecesse amável ou generoso fazê-lo. Nesses casos, ele era uma espécie de diplomata da dor.

Mas os corpos dos massacrados na guerra o afligiam enormemente e de maneira diferente. Por ser presbiteriano, pode-se pensar que ele não teria lugar na história irlandesa. Mas meu pai entendia de rebeliões. Em uma gaveta de seu quarto, guardava um livreto do levante de 1916, com fotografias dos principais envolvidos e um calendário das batalhas e das baixas. A única coisa maldosa que ele via naquela insurreição era conservar sua natureza católica peculiar, da qual ele, obviamente, se sentia excluído.

Eram as mortes dos jovens que o afligiam. Afinal, fazia poucos anos da carnificina da Grande Guerra. De fato, partiram centenas de homens de Sligo para lutar em Flandres nos anos da insurreição e, como o massacre dessa guerra não podia ser enterrado em casa, pode-se dizer que dezenas de homens foram enterrados em meu pai, no cemitério secreto de seus pensamentos. Então, com a chegada da guerra civil, mais mortes, e sempre os jovens. Não havia em Sligo um homem de cinquenta anos a combater nessa guerra interna.

Meu pai não falava contrariamente a tais questões, ele sabia que, em toda geração, sempre havia guerras, mas lidava com esses assuntos de maneira curiosamente profissional, uma vez que, ao fim e ao cabo, era o zelador titular dos mortos, como um rei das ausências.

O próprio padre Gaunt era jovem e esperava-se que ele sentisse alguma fraternidade diante do massacre. Mas padre Gaunt era tão tolhido e podado que não tinha sensibilidade para todo aquele sofrimento. Era como um cantor que conhece as palavras e sabe cantá-las, mas é incapaz de cantar a música como foi concebida no coração do compositor. Basicamente, era seco. Falava sobre os jovens e os velhos com a mesma música seca.

Mas que eu não fique falando mal dele. Com seu ministério, ele ia a toda parte de Sligo, caminhava por cômodos lúgubres da cidade, onde homens solteiros e pobres regalavam-se com feijão em lata, e por barracos imundos ao longo do rio, que pareciam eles mesmos velhos homens famintos, com palha podre por cabelos e pequenas janelas escuras, embaçadas, tristes e pasmadas por olhos. Sabia-se que nesses barracos ele também entrava e que deles ele nunca saía com pulga ou piolho. Pois ele era mais limpo que a luz do luar quando está clara como o dia.

E esse homem pequeno e limpo, quando cruzava o caminho, era como uma lâmina ceifadora; grama, arbustos e talos da natureza humana caíam diante dele, como descobriria meu pai.

Aconteceu, então.

Certa noite, enquanto eu e meu pai nos divertíamos no templo antes de voltarmos a nossa casa para o chá, ouvimos um tumulto e um murmúrio do lado de fora da velha porta de ferro. Meu pai me encarou, alerta como um cão antes de latir.

— Que é isso agora? — disse ele, mais para si que para mim.

Três homens chegaram, carregando um quarto homem e, como se tomados por uma força inimaginável, pareceram me varrer para longe da mesa, e, antes de eu entender o que estava acontecendo, tive as costas de meu vestido colegial esfregadas contra a umidade esbranquiçada da parede. Eles eram como um pequeno furacão em atividade. Todos jovens, e o homem que carregavam não tinha mais do que 17, creio. Parecia uma pessoa bastante alta, bem bonita e malvestida, com muita lama e manchas esverdeadas do pântano sobre si, e sangue. Um bocado de sangue ralo por toda a camisa. E, obviamente, ele estava tão morto quanto uma pedra.

Os outros três rapazes pareciam latir, falavam sem parar, histericamente talvez, o que me levou também à histeria. Já meu pai se manteve sombriamente diante da lareira, como um homem se esforçando para ser misterioso, seu rosto tão vazio quanto você possa imaginar, mas também, pensei, pronto para pensar e agir, se necessário. Pois os três rapazes estavam com rifles velhos e cheios de outras armas nos bolsos, todas fortuitamente erguidas, como costuma acontecer depois de uma luta. Eu sabia que armas eram a moeda mais escassa da guerra.

— O que vocês querem, rapazes? — disse meu pai. — Há um procedimento nisso, vocês sabem, para trazer corpos para cá, e vocês não podem simplesmente me trazer um menino do nada. Tenham piedade!

— Sr. Clear, sr. Clear, não tínhamos nenhum outro lugar para levá-lo — respondeu um garoto de rosto severo e cabelo que parecia raspado por conta de piolhos.

— Você me conhece? — disse meu pai.

— Eu o conheço bem o suficiente. Sei o que o senhor faz, e me disseram que o senhor não está contra nós, diferentemente de muitos idiotas daqui de Sligo.

— Pode ser. Mas quem são vocês? — perguntou meu pai. — São *Free Staters* ou estão do outro lado?

— Não parecemos *Free Staters*, com metade do pântano no nosso cabelo?

— Não. Então, rapazes, o que querem que eu faça? Quem é esse camarada aqui?

— Esse pobre homem é Willie Lavelle, e ele tinha 17 anos — respondeu o que estava falando antes — e acaba de ser morto nas montanhas por um grupo de miseráveis vis, irracionais e maus que se dizem soldados, mas não são, e são piores para nós do que qualquer *Black and Tan** da guerra que terminou. Pelo menos, tão maus e diabólicos quanto. Nós estávamos a tamanha altitude nas montanhas que sentíamos muita fome e muito frio, e esse garoto se entregou, e nós nos escondemos no mato, mas eles não fizeram mais nada além de empurrá-lo, socá-lo e lhe fazer perguntas. E eles riam, e um ficou cutucando a arma na cabeça do menino, e ele era o mais bravo rapaz entre nós e, desculpe, menina — disse ele para mim —, de tanto medo, ele mijou na calça, porque sabia, e qualquer um sempre sabe, o senhor sabe, quando alguém vai atirar em você, foi o que disseram, e eles achavam que não havia ninguém ali, que ninguém os via, ninguém via a maldade deles, deixaram três balas na barriga dele. E seguiram muito felizes, como o senhor pode imaginar, de volta às montanhas. Por Cristo, depois de enterrarmos Willie, vamos atrás deles, não é, rapazes? E vamos ajustar as contas com eles se os encontrarmos.

Então, esse mesmo rapaz fez algo inesperado, ele caiu em um choro violento e se jogou contra o corpo do amigo morto e soltou um bramido fino de dor como jamais se ouvira, mesmo sendo aquele lugar um templo da dor.

— Fique calmo, John — disse outro deles. — Estamos na cidade, mesmo que esse depósito de ossos pareça escuro e tranquilo.

Mas o primeiro continuava em prantos e se deitou sobre o peito do morto como... eu ia dizer como uma menina, mas não era isso.

Seja como for, eu estava tomada pelo pavor, claro. Meu pai havia perdido a calma e caminhava rápido, de um lado para outro, da lareira para a poltrona de almofadas achatadas de um tecido vermelho esmaecido.

— Senhor, senhor — chamou o terceiro jovem, um menino comprido e magro, que eu nunca vira e parecia vindo direto de uma propriedade rural, com a barra da calça longe de alcançar os tornozelos —, o senhor precisa enterrá-lo.

— Não posso enterrar um homem sem um padre, sem falar que não imagino que vocês tenham algum jazigo comprado aqui.

— Como vamos comprar jazigos se estamos lutando pela República Irlandesa? — questionou o primeiro, livrando-se das lágrimas. — A Irlanda inteira é nosso jazigo. O senhor pode nos enterrar onde quiser. Porque somos irlandeses. Talvez isso seja algo que o senhor não saiba muito bem como é.

— Acredito ser também um irlandês — disse meu pai, e eu sabia que ele tinha se ofendido. A verdade é que presbiterianos não eram adorados em Sligo, mal sei por quê. Talvez porque, nos velhos tempos, havia muito proselitismo, e uma missão presbiteriana no oeste e arredores, que creio não ter tido um sucesso estrondoso, arrebanhara muitos católicos em uma época de grande fome e necessidade, e assim aumentara o nível de medo e desconfiança entre as pessoas.

— O senhor precisa enterrá-lo — disse o terceiro. — Aquele ali na mesa é o irmão mais novo de John.

— É seu irmão? — disse meu pai.

De repente, o rapaz ficou absolutamente imóvel, quieto.

— É — disse ele.

— Isso é muito triste — disse meu pai. — Isso é muito triste.

— E ele não teve padre para absolvê-lo. Será possível trazer um padre para ele?

— O padre aqui é o padre Gaunt — disse meu pai. — Ele é um bom homem, e eu posso mandar Roseanne trazê-lo, se você quiser.

— Mas ela não pode dizer nada a ele, só pode dizer para ele vir aqui, nem pode falar com ninguém pelo caminho, muito menos falar com um soldado *Free Stater*, porque, se ela fizer isso, nós seremos mortos aqui. Eles nos matarão tão facilmente quanto mataram Willie nas montanhas, com certeza. Eu ia dizer que nós mataríamos o senhor se ela falar, mas não tenho certeza se faríamos isso.

Meu pai o olhou surpreso. E parecia tão honesto e gentil concordar, que decidi fazer o que ele pediu e não falar com ninguém.

— De qualquer maneira, não temos balas, e foi por isso que ficamos no mato, como lebres, e não nos movemos — disse o irmão do morto. — E não nos jogamos contra eles, porque não é assim que se fica no mundo, com Willie morto e nós vivos.

E o jovem explodiu dolorosamente em lágrimas outra vez.

— Olha, não precisa se preocupar com isso — disse meu pai. — Vou pedir a Roseanne que vá buscar padre Gaunt. Vá, Roseanne, como eu disse, vá à casa do pároco e o traga aqui, mocinha.

Corri, então, pela ventania do cemitério no inverno, pelas alamedas dos mortos e pelo alto da estrada montanhosa que mergulha em Sligo, e me apressei até a casa do padre, sua pequena porteira de ferro, passei pelo cascalho do chão e me joguei naquela porta robusta, pintada de um verde forte como o da folha de aspidistra. Naquele momento, apartada de meu pai, eu não pensava em cabelos cacheados com ferro de passar, mas em sua vida, porque eu sabia que os três homens tinham visto horrores, e quem vê horrores pode fazer horrores tão terríveis quanto, essa é a lei da vida e da guerra.

Graças a Deus, logo padre Gaunt deu as caras, aquela cara magra dele, e falei rapidamente, implorando que ele fosse ver meu pai, dizendo-lhe que havia grande necessidade de um padre lá, e que ele viesse, que viesse.

— Irei — disse padre Gaunt, que não é daquelas pessoas que se esquivam quando se precisa delas, como muitos de seus irmãos, orgulhosos demais para aceitar que quem está na chuva é para se molhar. E, de fato, no caminho de volta pela colina, havia muita chuva, e logo sua longa capa negra brilhava de tão ensopada na frente, e eu também, eu não havia sequer colocado casaco, e agora eram só pernas molhadas para que te quero.

— Que pessoa é essa que precisa de mim? — questionou o padre, cético, quando segui com ele pelos portões do cemitério.

— A pessoa que precisa do senhor está morta.

— Se ela está morta, por que tanta pressa, Roseanne?

— A outra pessoa que precisa do senhor está viva. É o irmão do morto, padre.

— Entendi.

Dentro do cemitério, as pedras também reluziam encharcadas, e o vento dançava pelas alamedas, então era impossível saber de onde vinha a chuva.

Quando chegamos ao pequeno templo e entramos, a cena mal havia mudado, como se os quatro vivos e, é claro, o morto tivessem se congelado no mesmo lugar em que estavam quando saí e não houvessem se movido desde então. Os soldados irregulares voltaram seus rostos jovens para padre Gaunt quando ele entrou.

— Padre Gaunt, sinto tê-lo chamado. Esses jovens solicitaram sua presença — disse meu pai.

— Eles o fizeram prisioneiro? — perguntou o padre, afrontado pela visão das armas.

— Não, não fizeram.

— Espero que não atirem em mim — disse o padre.

— Ainda não houve nenhum padre morto na guerra — disse o rapaz que chamei de terceiro. — Por pior que ela seja. É só esse pobre homem que está morto a tiros, o irmão de John, Willie. Mortinho.

— Morreu há muito tempo? — perguntou o padre. — Alguém pegou seu último suspiro?

— Eu — respondeu o irmão.

— Então, devolva-o à sua boca e eu o abençoarei. E deixarei sua pobre alma subir aos céus.

Então, o irmão beijou a boca morta do rapaz, devolvendo, acho, o último suspiro que ele pegou no momento da morte de seu irmão. E padre Gaunt o abençoou, inclinou-se sobre o rapaz e fez o sinal da cruz sobre ele.

— O senhor pode absolvê-lo, padre, para que ele esteja limpo para ir ao paraíso?

— Ele cometeu assassinato, ele matou alguém na guerra?

— Não é assassinato matar alguém na guerra. É apenas guerra.

— Meu amigo, você sabe muito bem que os bispos nos proibiram de absolver vocês, porque chegaram à conclusão de que a sua guerra é errada. Mas eu o absolverei se você me disser que, até onde você sabe, ele não assassinou ninguém. Eu farei isso.

Os três se entreolharam. Havia um medo estranho e sombrio em seus rostos. Eram jovens garotos católicos, temiam esse padre, temiam mentir sobre a morte, temiam falhar no dever de ajudar o amigo a entrar no paraíso, e tenho certeza de que cada um deles torturava seu cérebro para conseguir uma resposta verdadeira, pois apenas a verdade levaria o homem morto ao paraíso.

— Só serve a verdade — disse o padre, espantando-me por ecoar meus pensamentos. Eram os pensamentos simples de uma menina simples, mas talvez a religião católica seja sempre simples em seus desígnios.

— Nenhum de nós o viu fazer algo a esse respeito — disse o irmão, finalmente. — Se tivéssemos visto, nós contaríamos.

— Está bem, então — disse o padre. — E tenho imensa compaixão por sua dor. Sinto muito ter de perguntar isso. Desculpe-me, realmente.

Ele caminhou até o morto e o tocou com a maior das delicadezas.

— Eu o absolvo de seus pecados, em nome do Pai, do Filho e do Espírito Santo.

E todos, incluindo eu e meu pai, dissemos *amém*.

CAPÍTULO V

Caderno de anotações do dr. Grene

Seria ótimo se, algumas vezes, eu acreditasse que sabia o que estava fazendo.

Subestimei totalmente a Secretaria de Saúde, o que, para ser honesto, achei que nunca aconteceria. Contaram-me que, de fato, os trabalhos no terreno começarão logo, do outro lado da cidade de Roscommon, em um local muito bom, asseguraram-me. Mas, como nem todas as notícias são boas, haverá um número pequeno de leitos, enquanto aqui temos muitos. Aqui há, de fato, quartos apenas com camas, não porque não haja outros móveis a incluir, mas porque a lotação já passou de todos os limites, com o teto ameaçando ruir, manchas horrendas de infiltração nas paredes. Qualquer coisa de ferro, como a armação das camas, enferruja. Nas novas instalações, todas as novas camas serão de última geração, sem ferrugem, imaculadas e belas, mas em menor quantidade, bem menor. Então, vamos escolher feito loucos.

Não tenho sido capaz de superar esse sentimento de tentar excluir criaturas sob meus cuidados, que não vão prosperar longe de mim. Talvez seja compreensível, mas, ao mesmo tempo, suspeito de mim mesmo. Tenho o costume verdadeiramente estúpido de ser paternal com meus pacientes, até maternal. Depois de todos esses anos, que sei terem sufocado os impulsos e instintos de outras almas que trabalhavam neste setor, sinto inveja da segurança, da alegria, ainda que com a leve desesperança no progresso de meus pacientes. Sou suspeito, porém. Eu me pergunto se, tendo falhado com a minha própria esposa, eu não tenda a olhar todo este lugar como uma espécie de casamento em que não pequei, não sou acusado e até, em um aspecto simples (de uma necessidade miserável), posso me redimir.

Roupas de segunda mão são chamadas "irrecuperáveis", ou não. No passado, todos os ternos dos homens e vestidos das senhoras que viviam em lugares como este eram feitos com tecido doado pela caridade — os primeiros por um alfaiate, os segundos por uma costureira. Tenho certeza de que, mesmo os tecnicamente "irrecuperáveis", eram suficientemente bons para as pobres almas que moram aqui. Enquanto o tempo passa, porém, e me torno desgastado como todo mundo, descobrindo trapos e farrapos do tecido que sou, preciso mais e mais deste lugar. A confiança dos mais necessitados é um trabalho que redime. Talvez eu devesse estar mais frustrado com a obviedade do beco sem saída próprio da psiquiatria, com a horrível decrepitude daqueles que se demoram por aqui, com a impossibilidade disso tudo. Deus me perdoe, mas não estou. Em poucos anos, terei idade para me aposentar, e aí? Serei como um pardal sem jardim.

De qualquer modo, sei que esses pensamentos vêm das necessidades atuais. Pela primeira vez, notei a insolência, acho que essa é a palavra, a insolência de minha profissão. O dê-a-volta-até-a-entrada-dos-fundos, ah, sim, o intrincamento dela. E agora, em mais um passo de estupidez, decido não ser indireto. Passei a semana conversando com pacientes determinados, alguns deles gente bem extraordinária. Sinto que os entrevisto para algo, sua expulsão, sua ruína. Que, se manifestarem bem-estar, então serão enviados para o exílio nessa "comunidade" abençoada. Tenho plena consciência de que tal pensamento está totalmente equivocado e é por isso que tento expeli-lo aqui. Tenho, pelo contrário, de ser desinteressado, no sentido antigo da palavra, ter distanciamento e resistir sempre à compaixão, porque compaixão é a minha fraqueza. Havia um homem, ontem, um agricultor de Leitrim, que chegou a ter quatrocentos acres. Está totalmente louco, da maneira mais pura. Contou-me que sua família é tão antiga que poderiam traçar a árvore genealógica até dois mil anos atrás. Disse-me que era o último com seu sobrenome. Não teve filhos, certamente nenhum menino, e o nome de família morreria com ele. A título de registro, aliás, o sobrenome é Meel, que, por sinal, é mesmo um nome bem estranho, talvez venha da palavra irlandesa para mel, ou foi o que ele disse. Ele tem cerca de 70 anos, é cheio de dignidade, adoentado e louco. Sim, louco. Isto é, psicótico, e vejo em suas fichas que ele, infelizmente, foi encontrado anos atrás escondido no pátio de uma escola, debaixo de um banco, com três cachorros mortos presos à sua perna, os quais ele arrastava consigo. Mas, ao conversar com ele, tudo o que pude sentir foi amor. Foi ridículo. E tenho minhas profundas, profundas suspeitas a esse respeito.

Não raro, meus pacientes me parecem um monte de ovelhas descendo uma colina em direção à beira de um precipício. Preciso ser um pastor que conhece todos os assobios. Não conheço nenhum. Mas veremos.

"*Veremos*, diz o rato, enquanto balança sua perna de pau." Um dos dizeres de Bet.

O que isso significa? Não sei. Talvez seja a frase de uma famosa história infantil, até mesmo de alguma coisa infantil famosa da Irlanda, que eu não conheço porque passei a infância na Inglaterra. Costuma causar espanto eu ser irlandês e não ter os traços, as memórias ou mesmo o maldito sotaque reconhecível. Ninguém jamais me enxergou como irlandês e, no entanto, é o que sou, até onde sei.

Bet ficou calada a semana toda em seu quarto, acima do meu, sem nem sequer ligar a BBC, como fazia antes. Minha mulher. A situação me assombrava.

Na noite passada, tentei uma reaproximação — se é assim que se fala. Não tenho dúvidas de que verdadeiramente a amo. Mas, então, por que o que eu chamo de amor não é bom para ela, por que, na verdade, a ameaça? Ah, lendo meus escritos anteriores aqui, em que eu parecia adular a mim mesmo, sutilmente ou não, no que concerne a compaixão e amor — meu estômago quase se revira ao reler —, eu estava tão irritado comigo que fui até a cozinha quando ouvi Bet preparar aquela coisa nojenta que ela bebe todas as noites antes de dormir. Complan.* Bebida de pesadelos, com gosto de morte. Quero dizer, Vida-na-Morte e Morte-na-Vida, Coleridge, se não me engano. "A balada do velho marinheiro". As mangas de quem tenho de arregaçar para contar minha história? Eram as de Bet. Hoje, sem mangas. E tenho certeza de que arregacei as mangas dela várias vezes, vezes demais. Na minha própria terminologia, "regalando-me" em sua energia e nada dando em troca. Bem, talvez. Tivemos muitos dias incríveis. Éramos o rei e a rainha do café pela manhã, no escuro do inverno, no sol precoce do verão, que entrava direto pela nossa janela a nos acordar. Ah, sim, as pequenas coisas. As pequenas coisas que chamamos sanidade, o tecido que faz a sanidade. Conversar com ela naquela época me fazia... Não! Deus me salve do sentimentalismo. Aquela época acabou. Hoje, somos dois países estrangeiros e nós simplesmente temos nossas embaixadas na mesma casa. As relações são amigáveis, mas estritamente diplomáticas.

Há a impressão subjacente de rumores, de julgamento, de memória, como dois povos que, no passado, tenham cometido graves crimes um contra o outro, mas em outra geração. Somos um minúsculo país báltico. A não ser pelo fato de, surpresa, ela nunca ter me feito nada. As atrocidades são unilaterais.

Eu não queria ter escrito nada disso aqui. Eu pretendia que isso fosse um relato mais ou menos profissional, os últimos dias, talvez, de um local essencial, perdido e sem importância. O lugar em que passei a minha vida profissional. O estranho templo de minhas aspirações. Sei que temo tanto não ter feito nada pelos internos daqui, tê-los tratado com sentimentalismo e ter falhado com eles, temo tanto isso quanto tenho certeza de ter arruinado a vida de Bet. Essa "vida", essa narrativa não escrita dela, essa... não sei o quê. Não planejei fazê-lo. Eu me orgulho honestamente de minha lealdade a ela, de minha preocupação, de minha quase adoração por ela. Talvez eu a tenha tratado com sentimentalismo também. Sentimentalismo nocivo, crônico. Droga, meu orgulho por ela era meu orgulho por mim mesmo, e isso era uma coisa boa. Enquanto ela possuía uma opinião positiva sobre mim, eu tinha sobre mim a melhor das opiniões. Eu vivia disso, era movido a isso que eu caminhava todos os dias. Que maravilhoso, que vibrante, que ridículo. Mas essa era uma situação que eu daria o mundo para restaurar. Sei que não é possível. Mas ainda assim. Quando este mundo aqui for demolido, tantas pequenas histórias irão com ele. É, na verdade, assombroso, talvez até aterrorizante.

Na cozinha eu entrei. Não sei se fui muito bem-vindo. Não muito, provavelmente, minha presença repentina tinha que ser aturada.

Entretanto, ela não estava fazendo Complan, estava dissolvendo comprimidos efervescentes em um copo, Aspirinas ou algo assim.

— Tudo bem? Dor de cabeça? — perguntei.

— Estou bem — disse ela.

Em janeiro passado, eu soube que ela passou por um pequeno susto, desmaiou na rua, enquanto fazia compras, e foi trazida ao hospital de Roscommon. Ficou lá o dia todo fazendo exames e, de noite, um dos médicos me telefonou inocentemente para que eu fosse buscá-la. Ele provavelmente pensava que eu sabia que ela estava lá. Fiquei tão sobressaltado. Quase bati o carro ao sair por nosso portão, quase o faço abraçar a pilastra, dirigi como um marido que leva sua esposa grávida ao hospital no meio da noite, quando as famosas contrações começam, nada por que ela tenha passado, e talvez aí esteja o xis da questão.

Ela encarava o copo naquele momento:

— Como estão as pernas? — perguntei.

— Inchadas — disse ela. — Apenas água, dizem. Gostaria que isso passasse.

— Claro — respondi, encorajando-me com o verbo "passar", como se quisesse dizer passar férias em algum lugar. — Olha, eu estava pensando que seria legal, quando eu terminar de arrumar tudo no trabalho, se viajássemos por alguns dias. De férias.

Ela me olhou, dando grandes goles no remédio que ainda borbulhava no copo, preparando-se para o gosto amargo. Sinto dizer que ela deu uma gargalhada, apenas uma pequena gargalhada, que, suspeito, ela preferiria não ter deixado escapar, mas estava lá, um riso, entre nós.

— Acho que não — disse ela.

— Por que não? — disse eu. — Em nome dos velhos tempos. Faça um bem a nós dois.

— É isso mesmo, doutor?

— Sim, faça-nos um bem. Definitivamente.

De repente, ficou difícil falar, como se cada palavra fosse um monte de lama em minha boca.

— Sinto muito, William — disse ela, e isso era um mau sinal, meu nome todo, não mais Will, apenas William, destacado. — Não quero mesmo. Detesto ver todas as crianças.

— As o quê?

— As pessoas, com seus filhos.

— Por quê?

Ah, sim, pergunta da mais profunda estupidez. Crianças. Aquilo que não temos. Nossas dores sem fim. Sem fim. Sem recompensa.

— William, você não é um homem estúpido.

— Vamos a algum lugar onde não haja nenhuma criança.

— Onde? Marte?

— Um lugar onde não haja nenhuma — respondi, levantando meu rosto para o teto, como se houvesse um lugar assim. — Não sei onde fica.

Roseanne sobre si mesma

Foi então que aconteceu o horror dos horrores.

Até hoje, juro por Deus, não sei como aconteceu. Alguém, ou mais de um alguém, certamente sabe ou sabia enquanto era vivo. E talvez os detalhes exatos não sejam importantes, nunca tenham sido, mas apenas o que determinadas pessoas pensavam ter ocorrido.

Não que isso importe agora, porque essas pessoas foram varridas pelo tempo. Mas talvez haja outro lugar, em que as coisas sejam importantes eternamente, os tribunais dos céus, pode ser. Seria um tribunal útil aos vivos, mas eles jamais o verão.

Foram desconhecidos que esmurraram a porta e gritaram com vozes duras de militares. Éramos como um bando de bichos-de-conta lá dentro, correndo cada um em uma direção, eu dando um passo atrás feito uma atriz trágica em uma peça itinerante, como as que se viam em uma sala decadente da cidade; os três soldados irregulares mergulhando atrás da mesa; meu pai puxando o padre Gaunt para perto de mim, como se pudesse me esconder atrás do padre e de seu próprio amor. Porque ficou claro para todos ali que haveria tiros e, assim que pensei nisso, as grandes dobradiças da porta de ferro se abriram rangendo.

Sim, eram os rapazes do novo Exército, em seus uniformes esquisitos. Ao entrarem, era de se pensar que teriam muita munição, pelo menos era o que parecia quando levantaram suas armas para nós com toda a sua concentração ameaçadora, e, aos meus olhos jovens, que enxergavam por entre as pernas de meu pai, os seis ou sete rostos que entraram no templo apenas pareciam aterrorizados à luz da lareira.

O garoto alto e magro da montanha, com a calça acima dos tornozelos, pulou de trás da mesa e, por suas próprias razões enlouquecidas, investiu contra os recém-chegados como se estivesse de fato em um campo de batalha. Logo atrás dele, veio o irmão do morto, como se seu luto lhe exigisse isso. É difícil descrever o barulho que fazem as armas em um lugar pequeno e fechado, mas é algo que faz a carne desprender dos ossos. Meu pai, padre Gaunt e eu recuamos juntos para a parede, e as balas que atingiram os dois rapazes devem ter feito caminhos tortuosos dentro deles, porque de repente vi manchas no emboço da velha parede a meu lado. Primeiro as balas, depois uma fina cascata de sangue claro sobre meu uniforme, minhas mãos, meu pai, minha vida.

Os dois soldados irregulares não foram mortos, mas se contorciam no chão, capturados.

— Pelo amor de Deus, parem com isso — gritou o padre Gaunt. — Há uma menina aqui, e gente comum. — Seja lá o que ele tenha querido dizer com isso.

— Abaixem as armas, abaixem as armas — ordenava um dos soldados novos, quase berrando.

O último jovem do nosso lado da mesa certamente jogou no chão sua arma e a que carregava em seu cinto e imediatamente pôs-se de pé e levantou os braços. Por um segundo, ele me olhou, e eu pensei que seus olhos choravam, seus olhos faziam algo, certamente me alvejando naquele momento, furiosa, furiosamente, como se aquele olhar pudesse matar, pudesse ser melhor do que as balas que ele não tinha.

— Olhem aqui, acho... acho que esses homens não têm balas. Por um instante, ninguém faça nada! — disse o padre.

— Não têm munição? — perguntou o comandante. — Isso porque as usaram em nossos homens na montanha. Vocês são os desgraçados que estavam nas montanhas?

Oh, céus, oh, céus, nós sabíamos que eram eles, mas, por algum motivo, ninguém falou nada.

— Vocês mataram meu irmão — disse o rapaz chamado John e que estava no chão. Ele segurava o alto da coxa e havia uma escura e estranha piscina de sangue embaixo dele, sangue negro como um melro. — Vocês o mataram a sangue-frio. Vocês o capturaram, ele estava indefeso e vocês atiraram na barriga dele três malditas vezes!

— Então você não estaria rastejando em nossa direção para nos matar, onde quer que fôssemos? Mantenham esses homens presos aí no chão — ordenou o comandante. — E você — gritou para o rapaz que tinha se entregado —, considere-se preso. Tragam todos eles para o caminhão, rapazes, e vamos ver como isso fica. No escuro da noite, nós pegamos vocês, neste lugar imundo, reunidos como ratos. Você, homem, como se chama?

— Joe Clear — respondeu meu pai. — Sou vigia do cemitério. Esse é o padre Gaunt, um dos vigários da paróquia. Eu o chamei para ver o garoto morto.

— Então vocês enterram esses tipos em Sligo — disse o comandante, com um vigor extraordinário. E deu uma rápida volta na mesa e apontou a arma para a têmpora do padre. — Que tipo de padre você é, desobedecendo a seus próprios bispos? Você é um daqueles desertores imundos?

— Você vai atirar em um padre? — perguntou meu pai, atônito.

O padre Gaunt fechou os olhos rapidamente e foi se ajoelhando, como se estivesse na igreja. Ajoelhado, não sei se rezava algo em silêncio, mas não dizia nada.

— Jem, nenhum padre foi baleado e morto por nós na Irlanda — disse outro dos soldados *Free Staters*. — Não atire nele.

O comandante deu um passo atrás e afastou a arma, tirando padre Gaunt da mira:

— Vamos, rapazes, junte-os, estamos indo embora.

E, com certa delicadeza, os soldados pegaram os dois feridos e os levaram porta afora. Enquanto o terceiro era levado preso, ele voltou o rosto para mim.

— Que Deus a perdoe pelo que você fez, mas eu nunca a perdoarei.

— Mas eu não fiz nada! — protestei eu.

— Você contou a eles que estávamos aqui.

— Não contei, juro por Deus!

— Deus não está aqui — disse ele. — Olhe para você, culpada como Jack.[2]

— Não!

---

[2] Referência ao até hoje famoso assassino inglês conhecido como Jack, the Ripper (Jack, o estripador). (N.E.)

O homem deu uma gargalhada horrenda, como uma chicotada da chuva no rosto, e os outros soldados o levaram embora. Podíamos ouvi-los caçoando dos prisioneiros pelo caminho. Meu corpo inteiro tremia. Quando o cômodo ficou vazio, o comandante estendeu sua mão enorme para o padre Gaunt e o ajudou a se levantar:

— Sinto muito, padre — disse ele. — Foi uma noite terrível. Assassinato e carnificina. Desculpe-me.

Ele falou com tanta sinceridade que meu pai, estou certa, ficou tão espantado com as palavras quanto eu.

— Foi algo vil a se fazer — disse padre Gaunt, com uma voz baixa, mas que guardava um estranho tom de violência. — Vil. Apoio total-mente o novo país. Todos apoiamos, a não ser por esses meninos loucos e desencaminhados.

— Você deveria dar atenção aos seus bispos, então. E não socorrer condenados.

— Se me permite, tenho minhas próprias ideias em relação a isso — respondeu o padre, com certa arrogância professoral. — O que você vai fazer com o corpo? Não quer levá-lo com você?

— O que você quer fazer com ele? — falou o soldado, agora com exaustão, a baixa de energia que se abate depois de um grande esforço. Eles haviam feito uma investida em um local desconhecido, com perigos que só Deus sabe, e agora o pensamento de ter que carregar o irmão de John, Willie, era uma pluma além da conta. Ou um martelo.

— Chamarei o médico para declarar o óbito e descobrir a quem ele pertence e, então, talvez enterrá-lo em algum lugar do cemitério, se vocês não forem contra.

— Se fizer isso, você estará enterrando um demônio. Melhor jogá-lo em um buraco do lado de fora da cidade, como um criminoso ou uma criança bastarda.

Padre Gaunt não se pronunciou. O soldado foi embora. Não me dirigiu um olhar sequer. Quando suas botas pararam de fazer barulho no cascalho lá fora, o mais frio e estranho silêncio gotejou no templo. Meu pai ficou parado de pé, em silêncio, e eu e o padre nos sentamos em silêncio no chão frio e úmido, e o irmão de John, Willie era o mais silencioso de todos.

— Estou extremamente irritado por ter sido arrastado para isso — disse padre Gaunt com sua melhor voz de missa dominical. — Extremamente irritado, sr. Clear.

Meu pai o olhou confuso. O que mais havia a ser feito? A expressão aberta de meu pai me amedrontava tanto quanto o duro cadáver de Willie.

— Desculpe-me. Desculpe-me se fiz mal em pedir a Roseanne que fosse buscá-lo — disse meu pai.

— Você fez mal, sim, você fez mal. Estou profundamente aflito. Lembre-se de que fui eu quem o colocou nesta função. Fui eu e, para que você saiba, foi necessário um grande poder de persuasão. Sinto que você não está agradecido, não está nem um pouco.

Assim, o padre saiu para o escuro e a chuva, deixando a mim e a meu pai com o garoto morto até que o médico chegasse.

— Acho que pus a vida dele em perigo. Acho que ele ficou aterrorizado. Mas eu não quis fazer isso. Por Deus, achei que os padres gostassem de participar de tudo. Achei de fato.

Meu pobre pai parecia aterrorizado também, mas agora por um novo e diferente motivo.

Quão vagarosa e delicadamente o destino o desfez, creio.

Há coisas que se movem em ritmo humano diante de nossos olhos, mas outras fazem arcos tão grandes que são quase invisíveis. O bebê vê pela janela uma estrela brilhar na noite escura e estica a mão para pegá-la. Assim também fez meu pai, lutando para agarrar coisas que, na verdade, estavam muito longe de seu alcance e que, quando luziram, já estavam velhas e acabadas.

Acho que foi essa a história constrangedora de meu pai.

Ele nem queria nem deixava de querer enterrar aquele menino, Willie, e chamou um padre para ajudá-lo na decisão. Era como se, por ser presbiteriano, ele tivesse se intrometido em assassinatos sagrados, ou em assassinatos tão acima da gentileza e do amor que mesmo estar perto deles era nocivo, criminoso até.

Anos mais tarde, talvez eu tenha ouvido versões daquela noite que não combinavam com minha memória, mas havia sempre uma grande constante, a de que eu teria parado no meio do caminho até a casa de padre Gaunt para contar a história a soldados *Free Staters*, fosse a pedido de meu pai ou por conta de meus próprios instintos. O fato de eu jamais ter visto esses soldados, de nunca ter falado com eles, nunca ter sequer pensado em fazê-lo — pois isso colocaria meu pai em maior perigo — não faz parte da história informal de Sligo. Afinal, a história, até onde posso perceber, não é uma organização do que aconteceu, em ordem cronológica e de verdade, mas um arranjo mítico de conjeturas e palpites hasteados como um estandarte contra o ataque da verdade destruidora.

A história precisa ser extremamente inventiva acerca da vida humana, porque apenas a vida é uma acusação contra o domínio do homem na Terra.

Minha própria história, a história de qualquer um, é sempre contada contra mim, até o que eu mesma escrevo aqui, porque não tenho uma história heroica para oferecer. Não existe dificuldade, nem mesmo alguma que eu pudesse inventar. O coração e a alma, tão amados por Deus, estão ambos sujos por eu morar aqui; como evitar?

Esse pensamento não parece ser meu, nem um pouco, talvez seja emprestado das antigas leituras de sir Thomas Browne. Mas sinto como se fossem meus. Eles me vêm à mente como se fossem meus próprios pensamentos soando. É estranho. Creio que Deus conheça os corações e as almas tornados imundos e possa ver como eram antes e, por isso, tratá-los com carinho.

No meu caso, é melhor que seja assim, ou em breve terei de tratar com o diabo.

Nossa casa era limpa, mas não pareceu tão limpa no dia em que o padre Gaunt veio nos visitar. Era um domingo de manhã, por volta das dez, de modo que imagino que o padre estivesse entre duas missas e tenha corrido ao longo do rio, vindo de sua igreja para bater à nossa porta. Como minha mãe mantinha um velho espelho equilibrado sobre um tijolo amarelo na janela da sala de estar, podíamos sempre ver quem chegava à porta sem termos que nos mostrar, e a visão do padre nos deixou em rebuliço. Uma menina de 14 anos está sempre preocupada com sua aparência, ou pensa que deve estar, ou seja lá como for, mas, falando em espelhos, naquela época eu era escrava do que minha mãe tinha em seu quarto, não porque eu pensasse ter uma boa aparência, mas porque eu não sabia se era bonita ou não e trabalhava diante dele a cada minuto para me ajustar a uma pose em que eu pudesse confiar, que me contentasse, mas eu nunca a alcançava. O dourado de meus cabelos me parecia grama molhada crescendo, e por toda a minha vida eu não conheci a alma daquela pessoa que me olhava de volta no pequeno espelho embolorado de minha mãe. Como os contornos do espelho

71

eram estranhamente deteriorados, ela havia comprado algum esmalte diferente em um boticário e decorado as bordas do objeto com hastes e folhas pretas bem pequenas, que davam um ar fúnebre a qualquer coisa que se refletisse naquela superfície nada poética, o que talvez combinasse com a profissão de meu pai, pelo menos até aquele momento. Assim, meu primeiro movimento, portanto, foi saltar rapidamente nossos poucos degraus até o espelho e fazer uma investida contra meu próprio senso de horror da adolescência.

Quando voltei para a sala, meu pai estava ali, no meio, olhando como um pônei empacado, seus olhos primeiro voltados para a motocicleta, depois para o piano, depois para os espaços entre os dois, suas mãos lançando-se para o estofado da "melhor" poltrona. Quando olhei para aquela saleta, minha mãe estava apenas lá, parada lá, sem mover um músculo, como um ator que espera para entrar em cena, enchendo-se de coragem. Então, ela abriu o trinco da porta.

Quando o padre Gaunt entrou em nossa sala, a primeira coisa que notei foi como ele cintilava, seu rosto tão barbeado que se podia escrever nele com uma caneta. Parecia tão seguro, a coisa mais segura da Irlanda naqueles tempos inseguros. Cada mês daquele ano, dizia meu pai, fora o pior mês, e cada morto ecoava nele. Mas o padre parecia sacrossanto, imaculado, destacado, como se separado da história da Irlanda. Não que eu pensasse nisso naquele momento, Deus sabe o que eu pensei, eu não sei, mas todo aquele asseio me dava medo.

Nunca vi meu pai tão confuso. Só conseguia falar de um jeito afobado e entrecortado.

— Ah, sim, sente-se, padre, por favor, ali — disse, quase avançando sobre o sisudo padre, como se para empurrá-lo para a poltrona.

Mas padre Gaunt se sentou aprumado como um dançarino.

Eu sabia que minha mãe estava no corredor, em seu entremeio de silêncio e privacidade. Fiquei ao lado direito de meu pai, como um guardião, como uma sentinela contra um ataque violento. Minha cabeça estava cheia de uma escuridão desconhecida, eu não conseguia pensar, não conseguia continuar aquela longa conversa que temos dentro da cabeça, como se um anjo escrevesse ali sem que eu soubesse.

— Humm, farei um chá. Que tal? Sim, sim, façamos — disse meu pai. — Cissy, Cissy, você esquenta a chaleira, querida, sim?

— Bebo tanto chá que é um milagre minha pele não ter ficado marrom — disse o padre.

Meu pai riu.

— Tenho certeza de que sim, pelo sentimento de obrigação. Mas isso não é necessário na minha casa. Não é. Eu, que devo tudo no mundo ao senhor, tudo no mundo. Não que, não que...

E aqui meu pai se debateu e corou, e eu também corei, devo dizer, por motivos que eu não compreendia.

O padre pigarreou e sorriu.

— Eu tomo uma xícara de chá, claro.

— Ah, sim, que bom, que bom.

E pudemos ouvir imediatamente minha mãe mexendo na despensa, na outra ponta do corredor.

— Hoje está tão frio — disse o padre, esfregando as mãos de repente —, que estou aliviado de estar perto do fogo. Está congelante perto do rio. Você acha que eu poderia fumar? — perguntou, abrindo uma cigarreira de prata.

— Ah, acenda.

Então, o padre tirou uma caixa de fósforos Swan de sua batina e um cigarro estranho, alongado, de sua cigarreira, acendeu o fósforo com uma bela precisão, com esmero, e levou a chama ao cilindro encrespado, aspirando. Depois, ele expirou e tossiu um pouco.

— A... — disse o padre —, a posição no cemitério, como você pode imaginar, não é mais sustentável, sim? — Deu outro trago elegante no cigarro e continuou: — Sinto dizer isso, Joe. Tanto quanto você, não gosto desse fato. Mas presumo que você possa imaginar... toda a poeira que desceu sobre mim, entre mim e o bispo, que acredita que todos os renegados devem ser excomungados, como ficou decidido no mais recente sínodo, e entre mim e o prefeito, que, como você deve saber, é totalmente contrário ao tratado como está hoje e, como homem mais influente de Sligo, tem muita... influência. Como você pode imaginar, Joe.

— Oh... — disse meu pai.

— Sim.

Então, o padre fez a terceira investida no cigarro e achou que já tinha uma cinza considerável de que se desembaraçar e, naquele show de mímicas dos fumantes, procurou um cinzeiro com os olhos, um item que não existia em nossa casa, nem mesmo para as visitas. Meu pai me surpreendeu estendendo a palma da mão para o padre, mão certamente tornada dura e áspera pela escavação, e padre Gaunt me chocou ao bater imediatamente a cinza na mão que se oferecia e que talvez tenha recuado levemente quando a cinza quente a tocou. Meu pai saiu com a cinza, olhou em volta de um jeito quase bobo, como se de fato houvesse um cinzeiro naquela sala sem que ele soubesse, e, então, com uma solenidade terrível, guardou a cinza no bolso.

— Humm, sim — disse meu pai. — Imagino que haja uma dificuldade de reconciliar os dois polos.

Ele falava tão gentilmente.

— É claro que busquei, sobretudo na prefeitura, uma ocupação alternativa, mas, como isso se mostrou uma possibilidade... ãh... impossível, então, quando eu estava quase desistindo, o secretário do prefeito, o sr. Dolan, contou-me que havia uma vaga de trabalho; na verdade, estavam buscando alguém já havia algum tempo, agora com alguma urgência, por conta da praga dos ratos que têm perturbado os armazéns ao longo do rio. Finisglen, como você sabe, é um bairro muito saudável, o próprio médico mora lá, mas infelizmente as docas ficam bem ao lado, como você sabe, claro, como todos sabem.

Naquele momento, eu poderia escrever um pequeno livro sobre a natureza dos silêncios humanos, seus usos e situações, mas o silêncio que meu pai ofereceu a esse discurso era medonho. Parecia um vento que suga para dentro de um buraco. Ele corou mais, o que deixou sua cara rubra, como a vítima de um ataque.

Nesse momento, minha mãe entrou com o chá, como uma servente entre reis, talvez com medo de olhar para meu pai, como se pode pensar, e por isso pousando seus olhos na pequena bandeja e na cena nela pintada, de um campo francês de papoulas. Olhei muitas vezes para aquela bandeja, onde ela ficava, em cima da cômoda da despensa, e sempre imaginava poder ver um vento soprar as flores e me perguntava como seria a vida naquele mundo de calor e de uma língua obscura.

— Então — disse o padre —, estou feliz em poder lhe oferecer, em nome do prefeito, o sr. Salmon, o..., humm..., o posto. O trabalho.

— De? — disse meu pai.

— De... — disse o padre.

— De quê? — perguntou minha mãe, provavelmente contra a melhor de suas intenções, a palavra já espocando naquele cômodo.

— De caçador de ratos — disse o padre.

Ficou a meu encargo, não sei por que, levar o padre à porta. Naquela calçada estreita, com o ar congelante envolvendo-o, sem dúvida se esgueirando por suas pernas nuas dentro da batina, o padre falou:

— Roseanne, por favor, diga a seu pai que todos os equipamentos do trabalho estão na prefeitura. Ratoeiras etc., creio. É onde ele os encontrará.

— Obrigada.

Então, ele desceu pela rua, parou um momento. Não sei por que fiquei ali, observando-o. Ele tirou um de seus sapatos pretos, pousando a mão no muro da casa de nosso vizinho, balançando, então, o pé, ajeitando por dentro da meia o que quer que lhe atrapalhasse o caminhar, um grão ou uma pedra. Então, soltou a meia da polaina e a tirou, puxando-a suavemente e deixando à mostra um pé branco e longo, mas com unhas amareladas como dentes velhos e que se enroscavam para trás como se jamais tivessem sido cortadas. Então, ele percebeu que eu ainda o olhava e riu e, tendo se desembaraçado da pedra que o machucava, colocou a meia de volta e o sapato e ficou de pé, solidamente, sobre a calçada.

— Que alívio — disse, com prazer. — Tenha um bom dia. E, agora lembrei, há também um cachorro. Um cachorro no trabalho, para caçar os ratos.

Quando voltei para a sala de estar, meu pai não havia se mexido. A motocicleta não havia se mexido. O piano não havia se mexido. Parecia que meu pai nunca mais se moveria. Ouvi minha mãe se remexer na despensa, como um rato. Ou como um cachorro à procura de um rato.

— Você sabe algo sobre esse trabalho, papai? — perguntei.

— Se eu... Oh, acho que não.

— Não vai ser tão difícil.

— Não, não, porque às vezes tenho que lidar com essas coisas no cemitério. Os ratos adoram o solo macio das covas, e as tampas dos túmulos são teto ótimo para eles. Sim, sim, tenho que lidar com eles. Terei que estudar o assunto. Talvez haja um manual na biblioteca.

— Um manual para caçar ratos?

— Sim. Você acha que não, Roseanne?

— Sim, tenho certeza de que existe, papai.

— Ah, sim.

CAPÍTULO VI

Sim, como me lembro bem do dia em que meu pai foi dispensado do cemitério, um homem vivo exilado dos mortos.

Era um pequeno assassinato também.

Meu pai amava o mundo e seus camaradas humanos, sem muitas reservas de sua parte, considerando, como um bom presbiteriano, que todas as almas padecem igualmente e ouvindo, no riso grosseiro do menino da esquina, algum tipo de explicação essencial para a vida e, com ela, uma redenção, na verdade acreditando que, tendo Deus criado tudo, tudo deve ser aprovado e que a tragédia do diabo é que *ele* é o autor de nada e o arquiteto dos espaços vazios. Por conta de tudo isso, a opinião favorável de meu pai sobre si mesmo baseava-se em seu emprego, porque, apesar de ser de uma religião pouco comum, ainda assim ele ganhou o posto de enterrar os católicos de Sligo logo que o tempo lhes cobrasse suas vidas.

— É um orgulho, é um orgulho! — dizia ele quando trancávamos, ao fim da tarde, os portões de ferro e nos preparávamos para voltar para casa, e os olhos de meu pai caíam por entre as barras do portão, pelas aleias escuras e as lápides evanescentes que estavam sob seus cuidados. Suponho que falasse consigo mesmo ou com os túmulos, mas provavelmente não comigo, e ele talvez não pensasse nem por um instante que eu o entendia. Talvez eu não o entendesse na época, mas hoje acho que sim.

A verdade é que meu pai amava seu país, ele amava qualquer coisa que acreditasse fazer parte da Irlanda. Talvez, se ele tivesse nascido jamaicano, fosse amar a Jamaica com tal intensidade. Mas não nasceu. Seus antepassados mantiveram pequenas sinecuras para os de sua família em cidades irlandesas, como a inspeção de prédios ou serviços parecidos, meu avô ganhou até mesmo o digno título de pastor. Meu pai nasceu na pequena casa do ministro religioso de Collooney, seu coração infantil amava Collooney, seu coração de adulto expandiu o amor para toda a ilha. Como seu pai era um daqueles pensadores radicais da história do protestantismo na Irlanda, que escreviam panfletos ou faziam sermões (porque os panfletos de protesto não sobrevivem, embora eu pareça me lembrar de meu pai mencionar um ou outro), meu pai tinha opiniões que nem sempre o ajudavam. Isso significa que ele acreditava que a religião protestante era um instrumento tão suave quanto uma pluma, transformado em martelo pela antiga ordem e usado para quebrar a cabeça daqueles que se empenharam em viver na Irlanda, a maior parte deles católicos por natureza. Seu pai amava o presbiterianismo, assim como o amava meu pai, mas ele ficava mortalmente triste, não, ele ficava mortalmente furioso com os usos que foram feitos de sua religião na Irlanda pelos anglicanos, batistas etc.

Como sei? Porque todas as noites da minha infância, todas as noites, a última coisa que ele fazia em casa era vir até minha cama estreita, empurrando-me quase para fora da cama com seu quadril largo, eu meio deitada sobre ele, minha cabeça em seu rosto, em suas costeletas, e falar, falar, falar, enquanto minha mãe ia dormir no outro quarto. Quando ouvia os pequenos roncos dela, ele me deixava e ia se juntar à minha mãe, mas naquela meia hora, no escuro, quando ele a deixava pegar no sono sozinha, a lua começando a descansar seus raios na parede dos fundos e depois passando obscura e luminosamente, como costuma agir a lua, no céu das estrelas inatingíveis (como eu bem sabia), ele me recitava as opiniões, suspeitas e histórias de seu coração, sem nem sequer se preocupar com a ideia de que talvez eu não compreendesse, mas as oferecendo todas como música, tão desejável para ele, e portanto para mim, quanto as obras de Balfe e Sullivan,* dois dos maiores irlandeses que já existiram, na opinião de meu pai.

E trabalhar no cemitério, sob o apadrinhamento de padre Gaunt, fazia, de algum modo, sua vida ser perfeita, ser boa. De certa forma, era como se meu pai se tornasse um pregador, como fora seu próprio pai. Foi assim que ele aprendeu a viver na Irlanda, o país que, por força do acaso, ele amava.

E perder o emprego era, de maneira extraordinária, perder-se a si mesmo.

Agora, era mais difícil estar com ele. Era difícil para ele levar-me às caças aos ratos, já que a ocupação era extremamente suja, traiçoeira e perigosa.

Sendo ele o homem detalhista que era, logo encontrou o pequeno livro que o ajudaria, chamado *Um relato perfeito de caça a ratos*, de um autor que escrevia sob o pseudônimo de Rattus Rattus. O livreto contava as aventuras de um caça-ratos nas fábricas de Manchester, uma cidade com uma imensidão de fábricas e uma infinidade de lugares para os ratos viverem e se esconderem. Mostrou para o meu pai como se desembaraçar em seu serviço, listando tudo, até o tipo de atenção que devia ser dada às patas dos furões, os quais, ao que parece, são muito sensíveis a infecções de pata em gaiolas úmidas. Mas meu pai jamais alcançou a honraria de possuir furões. A empresa de Sligo era menos ambiciosa. Deu-lhe um Jack Russell Terrier chamado Bob.

Foi assim que começou a época mais esquisita de minha infância. Creio que eu fosse cada vez menos criança e mais moça, cada vez menos moça e mais mulher. Nos anos de caça-ratos de meu pai, um humor de mais seriedade se abateu sobre mim. Coisas que me agradavam e encantavam quando criança já não me encantavam nem me agradavam mais. Era como se algo tivesse sido retirado das imagens e dos sons do mundo, ou como se a maior das posses de uma criança fosse a alegria fácil. Achei, então, que eu estava em um momento de espera, espera de que algo desconhecido substituísse a graça de ser jovem. Claro que eu era jovem, muito jovem ainda, mas, que eu me lembre, ninguém é tão velho quanto uma menina de 15 anos.

As pessoas persistem no que chamamos de vida comum, porque não há outro tipo de vida. Meu pai continuou a cantar "Roses of Picardy"* enquanto se barbeava de manhã, as palavras e versos quebrados, pulados aqui e ali, enquanto manuseava a lâmina de barbear em seu rosto enrugado, de modo que, se eu fechasse os olhos e apenas o ouvisse, poderia vê-lo em uma espécie de filme misterioso no fundo de minha mente. Ele persistia heroicamente, saía com seu cão e suas ratoeiras, aprendia a fazer disso sua "tarefa cotidiana" e voltava do trabalho nem sempre nas horas regulares de antes, mas ainda tentando trazer o *Sligo Champion* sob o braço; forçava sua nova vida a se enquadrar na normalidade.

Naqueles dias, porém, ele deve ter lido no jornal assuntos relacionados a ele ou o fez ao menos em uma ocasião, porque eu o ouvi suspirar e o vi imerso naquele jornal. Sr. Roddy era dono do *Champion* e um homem bem a favor do novo governo, como era chamado. Então, as ações da guerra civil eram relatadas com todas as letras, abertamente, com termos que também se esforçavam em sugerir normalidade, solidez.

— Por Deus, atiraram naqueles meninos que estavam no cemitério naquela vez — disse meu pai.

— Que meninos? — perguntei.

— Aqueles rapazes selvagens que levaram o amigo morto.

— Ele era irmão de um deles — disse eu.

— Sim, Roseanne, irmão de um deles. Os nomes estão aqui. Lavelle era o nome dele, não é um nome estranho? William. E o irmão era John. Mas ele fugiu, diz aqui. Escapou.

— Sim — disse eu, pouco à vontade, mas também inesperadamente feliz. Era como ouvir sobre Jesse James ou algo assim. Você não gosta de se encontrar com um fora da lei, mas gosta quando eles se safam. Foi o caso de nosso conhecido John Lavelle.

— Ele é das Inishkeas, de uma das ilhas. Na península de Mullet. Uma parte muito remota do mundo. Nos rincões do condado de Mayo. Deve estar lá a salvo, junto de seu povo.

— Espero que sim.

— Deve ter sido algo muito difícil para eles, tenho certeza, atirar em homens como eles.

Meu pai não estava sendo irônico. Falava sinceramente. De fato, deve ter sido algo muito difícil. Colocar aqueles garotos lado a lado, ou pegá-los um a um, quem sabe como essas coisas funcionam, e atirar — para matar, como se diz. Quem sabe o que aconteceu naquelas montanhas? Na escuridão. E agora eles estavam mortos, junto a Willie Lavelle, das Inishkeas.

Meu pai não falou mais nada. Não estávamos olhando um para o outro, mas os dois para o mesmo ponto na lareira, onde um montinho de carvão se equilibrava.

81

Mas o silêncio de minha mãe foi o mais profundo de todos. Ela poderia ter sido uma criatura subaquática, ou melhor, quando eu estava com ela, isso poderia valer para nós duas, porque ela nunca falava, movimentava-se devagar e ponderadamente, como uma criatura a nadar.

Meu pai se esforçou bravamente para fazer com que ela se mexesse e lhe deu toda a atenção que podia. O salário de seu novo trabalho era pequeno, mas, por pequeno que fosse, ele acreditava que daria, em especial naqueles anos sombrios, depois de acabar a guerra civil, em que o país se esforçava para dar a volta por cima. Mas acho que, naquela época, o mundo todo doía com as catástrofes, a grande roda da história girava e não era, de forma alguma, o homem que a fazia girar, mas as mãos de um agente inexplicável. Meu pai entregava à minha mãe tudo o que ganhava, na esperança de ela dividir e parcelar aquelas poucas libras para que o dinheiro desse para nós. Mas algo inexplicável como as tremendas forças da história, ainda que diminuto, afetava apenas a nossa família, parecia dominar, e, muitas vezes, não havia praticamente nada para comer em casa. Minha mãe podia fazer barulho na despensa na hora do jantar, como se preparasse alguma refeição, mas saía de lá, vinha à nossa pequena sala de estar e se sentava, enquanto meu pai, cuidadosamente limpo após seu trabalho e com uma longa noite pela frente — porque se caçam melhor os ratos à noite —, e eu olhávamos para ela, com aquela compreensão nascente de que nada viria dali. Então, meu pai balançava a cabeça e talvez mentalmente apertasse o cinto, mas mal ousaria perguntar a ela o que estava errado. Com os problemas dela, nós começávamos a passar fome!

Nada, porém, penetrava o silêncio de minha mãe. Veio o Natal, e meu pai e eu planejamos arrumar algo que agradasse a ela. Ele viu uma echarpe em promoção em uma dessas lojas que vendem tudo, perto do Café Cairo, e, como um rato amontoando grãos, a cada semana ele juntava um ou outro centavo para conseguir pagar pela peça. Por favor, lembre-se de que minha mãe era muito bonita, ainda que, talvez não mais tão linda naquela época, quando seu silêncio ecoava em um tecido fino e triste que parecia ter sido puxado sobre a pele de seu rosto. Ela era como uma pintura cuja tinta esmaltada escurece, obscurecendo a beleza da obra. Porque a luz de seus adoráveis olhos verdes morria, algo de sua essência também se esmaecia. No entanto, de maneira geral, qualquer artista ainda ficaria feliz em pintá-la, acho; isso é, se Sligo tivesse artistas, do que eu duvido, a não ser uns caras pintando bustos dos Jackson, dos Middleton e dos Pollexfen, que eram as pessoas mais ilustres da cidade.

Meu pai não foi obrigado a trabalhar na véspera do Natal e para nós foi um imenso prazer ir ao culto do pastor Ellis, em seu limpo e velho templo. Minha mãe veio conosco, silenciosa, pequenina como um monge em seu casaco surrado. Lembro-me tão bem da cena, da pequena igreja iluminada por velas, e dos protestantes da paróquia, pobres ou não e outros ainda, bem abastados, reunidos lá, os homens com suas gabardines escuras, as mulheres com algum pedaço de pele de animal no pescoço, se conseguissem arrumar alguma, mas lembro sobretudo o tom verde-escuro daqueles dias. A luz das velas chegava a todos os cantos, às rugas de meu pai, sentado a meu lado, às pedras do prédio, à voz do pastor enquanto ele falava aquele inglês misterioso e agitado da Bíblia, perpassando o esterno em meu peito, direto ao meu coração, trespassando-me com vigor, de modo que eu desejava clamar, mas bradar contra algo a que eu não conseguia dar um nome. Vociferar contra o destino de meu pai, o silêncio de minha mãe, mas também clamar em louvor a algo, à beleza de minha mãe, que desaparecia, mas ainda estava lá. Eu sentia como se meu pai e minha mãe estivessem sob meus cuidados e que sua salvação viria por algo que eu fizesse. Por algum motivo, isso me encheu de uma alegria repentina, um sentimento tão escasso naquela época que, quando as vozes locais começaram a cantar um antigo hino, comecei a enrubescer numa alegria esquisita e, no escuro cintilante, a chorar — lágrimas grandes, pesadas e quentes, de um alívio traiçoeiro.

E chorei lá e imagino que não tenha feito bem algum a ninguém. O cheiro de roupas úmidas por todo o meu corpo, a tosse dos crentes. O que eu não daria para levá-los todos de volta àquela igreja, àquele Natal, voltar a tudo o que o tempo logo tiraria, como o tempo tem mesmo que fazer, os xelins de volta aos bolsos daquela gente, os corpos de volta a suas calças e luvas, tudo, tudo de volta, para que estivéssemos lá em harmonia, ajoelhados e sentados nas tábuas de mogno, se não pela eternidade, pelo menos por aqueles instantes, e extensão do material de que é feito o tempo, as rugas de meu pai aceitando a luz bruxuleante, seu rosto virando devagar, devagar para minha mãe e para mim e sorrindo, sorrindo em uma bondade tranquila, cotidiana.

Na manhã seguinte, meu pai fez para mim o que mais tarde eu descobriria se chamar acessório. Todas as garotas de Sligo, quando saíam, gostavam de usar um pouco do brilho das pegas. E eu, como as outras meninas, sonhava com a fábula do ninho de pega, cheio de broches, braceletes e brincos, um ninho cheio de pilhagens. Peguei o broche prateado, presente de meu pai, e o abri, prendendo-o em meu cardigã e o exibindo, orgulhosa, para o piano e a motocicleta.

Então, meu pai entregou à minha mãe aquele grande algo embru-lhado em um belo papel de presente, um papel que, nos tempos antigos ela teria dobrado e guardado em uma gaveta. Ela abriu o embrulho quieta, olhou a echarpe dobrada, salpicada de cor, levantou o rosto e perguntou:

— Por que, Joe?

Meu pai não tinha a menor ideia de sobre o que ela estava falando. A estampa teria sido mal-escolhida? Teria ele, de algum modo que não sabia, falhado na incumbência de comprar uma echarpe? Afinal, quem explicaria a ele, o caça-ratos, sobre moda feminina?

— Por quê? Não sei, Cissy. Não sei — disse ele, corajosamente.

Em seguida, como se em um acesso de inspiração, acrescentou:

— É uma echarpe.

— O que você disse, Joe? — perguntou ela, como se tivesse se perdido em alguma surdez enigmática.

— Para sua cabeça, seu pescoço, como preferir — respondeu ele.

Parecia-me óbvio que havia começado aquele rebuliço desesperado no estômago do presenteador que deu algo errado. Ele tinha que explicar o óbvio, uma tarefa sempre desagradável.

— Ah — disse ela, olhando o presente, agora no colo —, ah.

— Espero que goste — disse meu pai, em uma fala que mais parecia uma oferta de seu pescoço ao machado.

— Ah — repetiu ela —, ah.

Mas que tipo de ah era aquele, o que aquele ah significava, nenhum de nós sabia.

CAPÍTULO VII

Caderno de anotações do dr. Grene

Aflito por saber, meio por acidente, que Bet decidiu não ir ao especialista que lhe indicaram ano passado (já terá passado um ano ou estarei sonhando? Foi ano passado?). Acabei encontrando seu diário ontem à noite, temporariamente esquecido por ela ao lado da lata de Complan. É claro que foi errado, sem ética, errado, errado, mas eu o abri, levado pela pequena paixão do marido que não é amado. Para ver o que ela havia escrito lá. Não, não, apenas para ver sua letra, algo íntimo e privado como sua letra. Talvez nem para ler as palavras. Apenas para olhar a tinta preta de sua caneta por alguns instantes. E lá estava, apenas algumas semanas atrás, escritos muito determinados, mas, claro, destinados apenas a ela: "Liguei clínica, cancelei consultas."

Por quê?

Foi o que pensei após ler suas palavras confusas, mas eu sabia, mais ou menos. Na verdade, quando ela me contou que lhe indicaram esse especialista, isso me tranquilizou tanto que tirei o assunto de minha cabeça. Agora, eu estava com dois pensamentos em mente. Em primeiro lugar, fiquei alarmado por ela cancelar a consulta e, em segundo, tinha completa noção de que eu apenas sabia daquilo porque violara sua privacidade — mais uma violação que lhe infligi, como eu bem sabia que ela encararia. E estaria certa.

O que fazer?

Então, fiquei distraído a noite toda. Minha solução de sempre para um problema, distração. Possivelmente. Mas acho que estava distraído por um bom motivo.

Em algum momento da calada da noite, fiquei inexplicavelmente furioso, muito, muito irritado com Bet e queria bradar pelas escadas e tirar isso a limpo. O que ela pensava que estava fazendo? A maldita estupidez daquilo!

Graças a Deus, não o fiz. Aquilo não teria resolvido nada. Mas fui atacado por preocupações muito reais. O inchaço nas pernas dela poderia muito bem ser resultado de problemas na coagulação, e, se um coágulo subisse para os pulmões ou para o coração, ela cairia morta. Era o que ela queria? Agora, mais uma vez, descubro que não tenho as palavras, o jargão necessário para falar com ela sobre isso, ou sobre qualquer coisa. Descuidamos das pequenas frases da vida e agora as grandes estão fora de nosso alcance.

Pensei em passar a noite tramando um caminho não tortuoso para ter respondidas minhas perguntas a Roseanne McNulty. O que me mata é que, se não consigo falar proveitosamente com minha própria mulher sobre sua saúde, não tenho grandes chances com Roseanne. Mas, talvez, seja mais fácil com uma estranha, pode-se ser "o especialista" em vez de ser o grande bobo que tenta conduzir uma vida. O lado bom é que estou bem confiante na avaliação da maior parte de meus outros pacientes. São, em sua maioria, livros abertos, e sua angústia se mostra. Embora eu não consiga me proteger da sensação de ser um invasor perpétuo. Roseanne, entretanto, me desconcerta.

Desejei consultar minha edição de Barthus sobre *Patologias do segredo*, que, obviamente, é um livro incrível, se eu conseguisse tempo para relê-lo.

SEBASTIAN BARRY

Creio que eu poderia ter ido a meu escritório e dado uma olhada, mas eu tremia, estava quase apoplético, se é que esse ainda é um quadro patológico no mundo de hoje. Como resultado, nem li o Barthus nem ajudei Bet em seu desleixo consigo. Estou exausto.

Roseanne sobre si mesma

Deve ter sido algumas semanas depois, fui com meu pai para um serviço específico.

Os ratos começam a se reproduzir assustadoramente no início da primavera, então o fim do inverno é um bom momento para pegá-los, quando sua quantidade ainda não cresceu muito e o clima não é muito mortífero para o caça-ratos. Relembrando, imagino que fosse algo estranho levar uma mocinha para a trilha dos roedores, mas eu me interessava muito por isso, ainda mais depois que meu pai leu o manual para mim, manual que apresentava a incumbência como uma tarefa de grande habilidade, beirando algo de vocação mesmo e até mágico.

Meu pai já tinha trabalhado algumas noites no orfanato protestante, um lugar que já era suficientemente estranho, com ou sem ratos. O prédio tinha cerca de duzentos anos, e meu pai conhecia antigas histórias sobre o local, e acredito que não fosse muito bom ser órfão nos séculos passados, a julgar pelo que ele me contou. Talvez, no passado, aquele fosse um lugar bastante decente. Meu pai queria trabalhar de cima para baixo, começando pelo telhado, o que era o certo a fazer, livrando o orfanato de ratos andar por andar. O sótão havia sido limpo, e o último andar, e ainda havia mais três andares, onde viviam as órfãs, cerca de duzentas delas, com seus belos vestidos de tecido grosseiro, que elas usavam em suas camas.

— Hoje em dia, cada uma tem uma cama, Roseanne — disse meu pai. — Mas, na época de seu avô, ou talvez do avô dele, enfim, as coisas eram muito diferentes. Seu avô, ou o avô de seu avô, contava uma história horrível sobre este lugar. Ele veio aqui para inspecionar o prédio, e havia sido mandado pelo então governo de Dublin, porque houvera protestos contra as práticas destes lugares, protestos. Ele veio aqui — estávamos no antigo pátio de fora naquele momento, a uma luz bem sombria, com duas gaiolas cheias de ratos nas mãos, e o cachorro Bob parecendo bem satisfeito consigo, tendo caçado ratos pelos muros, que, em alguns pontos, tinham até dois metros e meio de espessura e uma imensidão de cavidades —, digamos, em um daqueles grandes quartos lá — e apontou para as pedras lúgubres do segundo andar do prédio —, e havia ali o que, para ele, parecia um acre de camas, e em cada cama havia bebês, talvez vinte em cada uma, recém-nascidos ou quase, deitados lado a lado, e ele entrou lá com uma antiga enfermeira, tão imprestável quanto você puder imaginar, e inspeciona o mar de bebês e percebe que, em algumas janelas, não há vidraça, não como hoje, e há apenas um fogo fraco em uma grelha, insuficiente para aquecer o que quer que fosse, e há buracos no teto, pelos quais passa o vento naquele inverno melancólico e gelado, e ele exclama *Meu Deus, mulher*, ou seja lá como se falava naquela época, *Meu Deus, mulher, mas ninguém está cuidando dessas crianças, por Deus. Elas não estão sequer vestidas.* E, com certeza, Roseanne, elas mal vestiam trapos. E a velha mulher responde, como se fosse a coisa mais comum e racional do mundo, *Mas é claro, senhor, afinal, não as mandaram para cá para morrer?* E ele entendeu para que serviam esses arranjos, e eram uma forma de se livrar dos bebês doentes ou em demasia. E esse foi um grande escândalo na época, por algum tempo, eu acho.

Meu pai arrumou as ratoeiras por um instante, e eu fiquei a seu lado, o vento noturno gemendo um pouco quando passava pelo prédio. Havia uma reles lua, fria e cancerosa nascendo, começando a aparecer pelo teto do orfanato. Meu pai mergulhava os ratos em parafina, preparando-os para serem jogados um a um na fogueira, uma fogueira que ele havia conseguido acender no centro do pátio, com velhas tábuas fedorentas e outras coisas semelhantes vindas de um dos depósitos. Esse era seu método particular de se desfazer dos ratos, método que ele inventou a partir do manual e do qual era bem orgulhoso. Quando penso na cena, talvez fosse uma desventura que os ratos ainda estivessem vivos ao serem jogados nas chamas, mas acho que não parecia cruel para meu pai e talvez ele achasse que servia de aviso aos outros ratos, caso estivessem assistindo a tudo das sombras. De certo modo, era assim que a mente de meu pai funcionava.

Seja como for, ele estava abrindo as ratoeiras, segurando os ratos um a um, como eu disse, e, agora penso nisso, dando um piparote na cabeça de cada bicho antes de jogá-lo ao fogo — isso acabou de pipocar em minha mente, como uma foto, graças a Deus — e ele batia papo comigo, e, talvez por meu pai não conseguir se concentrar totalmente naquilo porque eu estava com ele, aconteceu de um rato fugir entre a ratoeira e o piparote, escapulindo de repente por entre os dedos de meu pai, dando a volta no atônito Bob, que mal teve chance de reagir, e voltando para o orfanato, na labareda sombria da escuridão, mas com aquele movimento característico de galope... Meu pai praguejou suavemente e talvez não tenha pensado mais nisso depois de imaginar que pegaria aquele rato novamente no dia seguinte.

Então, meu pai voltou a trabalhar nos ratos restantes, sem dúvida percebendo o guincho rangido que cada um dava ao ser despachado por ele, ensopado de parafina e jogado na fogueira, um som que, imagino, ele ouvia em seus sonhos. Depois de cerca de uma hora, ele recolheu suas bugigangas, pendurando as ratoeiras ao longo do corpo e colocando Bob na coleira, e nós seguimos pelo sombrio orfanato, para a rua lateral, onde havia o elaborado frontispício de entalhe voltado para a cidade, o que sem dúvida fora resultado de muito dinheiro filantrópico no século passado do prédio. Estávamos atravessando a rua quando ouvimos um bramido e nos viramos para olhar.

Houve um som estranho, misterioso, que parecia preencher tudo, vindo do prédio, dos andares em que dormiam as meninas. Nem todas estavam dormindo, aliás, porque, passando pelas telhas, havia uma espessa fumaça negra, e uma fumaça cinza, e uma fumaça branca, uma iluminação sinistra apenas da lua e de mais nada, além das luzes fracas de Sligo. De repente, ouvimos um vidro se partir em algum lugar, e, do nada, surgiu uma chama amarela esticando-se para fora como um braço, que parecia se pendurar firmemente no ar noturno, mostrando o rosto de meu pai virado para cima, e o meu, sem dúvida, e então se recolhendo estranhamente com um gemido sussurrado, pior que o de qualquer vento. Em meu enorme temor, pensei ter ouvido o fogo dizer *Morte, morte*.

— Jesus, Maria e José — disse meu pai, como um homem paralisado por alguma reviravolta no sangue ou no cérebro, e, enquanto ele falava, as portas do orfanato se abriram, sem dúvida lançando adiante uma lufada selvagem de vento, e meninas em choque saíam aos tropeços com seus vestidos cobertos de cinzas e poeira, seus rostos selvagens como de pequenos demônios. Eu jamais assistira a tamanho horror. Em suas roupas pretas, dois ou três serventes do lugar, uma mulher e dois homens, também saíram aos trambolhões pelas pedras arredondadas da calçada e correram para a rua, para ver o que fosse possível.

E o que era possível ver — e as sirenes de incêndio podiam ser ouvidas a distância, os sinos tocando — era o andar das meninas, claro como o dia, com uma espuma de chamas por trás das grandes janelas, e, embora estivéssemos a um ângulo muito próximo, os rostos e braços das meninas batendo nas janelas, como mariposas fazem de dia ou borboletas sonolentas no inverno, quando um cômodo é aquecido rapidamente, elas fatalmente pensando que a primavera chegou. Então, algumas janelas pareceram explodir, jogando em nós pedaços e fragmentos letais de vidro, fazendo com que todos corressem para o outro lado da rua. As pessoas saíram de suas casas, as mulheres com as mãos nos rostos, em lamentos estranhos, e os homens de ceroulas, acabando de levantar da cama, gritando e chamando, e, se nunca haviam sentido compaixão por aquelas meninas sem pais, agora sentiam, chamando por elas como pais e mães.

Podíamos ver o fogo queimando ainda mais ferozmente por trás das meninas, mostrando uma grande flor de amarelo e vermelho, com um barulho que os mortais jamais tinham ouvido antes de irem ao inferno e que talvez parecesse com o inferno dos pesadelos. E as meninas, a maior parte delas de minha idade, naquele quarto em particular, começaram a sair pelas janelas, tentando escalar as esquadrias, cada uma com seu vestido já pegando fogo, e elas gritavam e gritavam. E, quando não havia mais nada a fazer e elas já não tinham mais qualquer esperança de resgate, saltavam do parapeito, algumas sozinhas, outras em pequenos grupos, as roupas queimando e queimando, as chamas lambendo os vestidos até chegar às costas das meninas, como verdadeiras asas, e essas meninas em chamas caindo de toda a altura daquele casarão e atingindo as pedras arredondadas do pátio. Ondas contínuas, ondas de simples meninas gotejando aos montes pelas janelas, queimando e gritando e morrendo diante de nossos olhos.

Na investigação em que meu pai esteve presente, uma menina que sobreviveu ofereceu uma explicação extraordinária para o incêndio. Disse que estava deitada na cama, tentando dormir, virada para a lareira velha, em que um montinho de carvão ardia, quando ela ouviu um far-falhar e um guincho e um pequeno tumulto. A menina se apoiou sobre os cotovelos para ver, lá havia um animal, disse ela, algo pequeno e ga-lopante como um rato, em chamas, seu pelo queimando com estranha maldade, correndo pelo quarto e acendendo as finas saias de pano nas pregas das camas, que as adornavam do estrado até o chão. E, antes que qualquer um soubesse o que estava acontecendo, havia pequenos focos de fogo em uma centena de lugares, e essa menina pulou da cama e chamou suas irmãs órfãs e fugiu do inferno que queimava cada vez mais.

Quando meu pai voltou para casa, ele me contou essa história sem se deitar a meu lado na cama, como costumava fazer, mas sentado em um velho banquinho perto de minha cama e curvado para a frente. Ninguém no inquérito conseguiu explicar aquele rato em chamas, e meu pai não falou nada. Seu fado já era tão desolador àquela época, que ele não ousou contar o que quer que fosse. Foram mortas 123 meninas, pelas queimaduras ou pelas quedas. Ele sabia, por experiência própria, assim como eu sabia, pela leitura de manuais, que ratos gostavam de usar os mais livres caminhos verticais dos velhos canos de chaminés. Um fo-guinho qualquer não seria problema. Mas, se um rato embebido em para-fina passasse perto da lareira, meu pai sabia bem as consequências.

CAPÍTULO VIII

Talvez ele devesse ter falado. Imagino que eu poderia tê-lo feito, traindo meu pai como aquelas crianças alemãs a quem Hitler pediu que investigassem a lealdade de seus pais na mais recente guerra. Mas eu nunca teria falado.

Bem, falar é sempre difícil, com ou sem riscos à nossa espera. Às vezes, perigos ao corpo, às vezes, um perigo à alma, mais íntimo, discreto e invisível. Quando falar é em si mesmo uma traição de algo, talvez algo nem sequer identificável, escondido nas cavidades do corpo como um refugiado amedrontado em um campo de guerra.

O que significa que dr. Grene voltou hoje com suas perguntas em punho.

Como um menino, meu marido Tom pescou salmão por dez anos em Lough Gill. A maior parte do tempo, ele ficava diante do lago, olhando as águas escuras. Se visse o salto de um salmão, voltava para casa. Se você vir um salmão, certamente não vai pescar nenhum nesse dia. Mas a arte de não ver um salmão é também muito obscura. É preciso encarar e encarar as áreas em que se sabe que eles são pescados e imaginá-los ali, senti-los ali, percebê-los com algum tipo de sétimo sentido. Meu marido Tom pescou salmão por dez anos dessa forma. Vale registrar que ele nunca pegou um salmão. Assim, parece que, se você vir um salmão, você não vai conseguir pescar um e, se você não vir um salmão, você não vai conseguir pescar um. Como pescar um, então? Por algum mistério da sorte e do instinto — coisas que Tom nunca teve.

Mas, então, foi assim que dr. Grene me apareceu aqui hoje, sentando-se em silêncio em meu quarto, sua bela forma alongada na poltrona, sem dizer nada, não exatamente me enxergando com os olhos, mas me enxergando com sua sorte e seus instintos, como um pescador diante da água escura.

Oh, sim, eu me senti como um salmão, é isso mesmo, e me sosseguei em águas profundas, bem consciente dele, de sua linha, de sua vara e de seu anzol.

— Bem, Roseanne — disse ele, enfim —, humm..., creio ser verdade que... você chegou aqui há mais ou menos... quanto tempo?

— Há muito, muito tempo.

— Sim, e acredito que você tenha vindo do Hospital Psiquiátrico de Sligo.

— Asilo para Lunáticos.

— Sim, sim, termos antigos interessantes. A primeira palavra, em especial, bem... tranquilizadora. A terceira, bem antiga, de significado um tanto dúbio, e hoje já não é mais considerada uma bela palavra. Embora eu, pessoalmente, quando a lua está cheia, às vezes me pergunte se me sinto... um pouco estranho.

Olhei dr. Grene e tentei imaginá-lo alterado pela lua, mais peludo, um lobisomem talvez.

— Forças imensas — disse ele. — A maré sendo puxada de costa a costa. Sim, a lua, um objeto bem considerável.

Então, ele se pôs de pé e foi até minha janela. Era bem cedo nesse dia de inverno, mas a lua já governava o lado de fora. Sua luz repousava como um brilho solene nos vidros das janelas. Dr. Grene balançou a cabeça solenemente, vendo o pátio lá embaixo, onde John Kane e outros batiam os latões de lixo para limpá-los, entre outras ações diárias do hospital — o asilo. O asilo para lunáticos. O local sujeito às forças da lua.

Dr. Grene é uma daquelas pessoas que, de vez em quando, parecem ajeitar uma gravata fantasma ou algum item de roupa de outras épocas. Ele certamente poderia ter afagado sua barba, mas não o fez. Será que usava um lenço no pescoço ou algo assim na juventude? Imagino que sim. Seja como for, ele acariciava seu objeto fantasma naquele momento, passando o dedo da mão direita alguns centímetros acima de sua gravata roxa, um nó largo como uma rosa jovem.

— Ah — disse ele, com uma exclamação estranha. Era um som que indicava o maior dos cansaços, embora eu não ache que ele estava cansado. Era um som matinal, deixado em meu quarto como se o doutor estivesse sozinho. E, talvez, nos desígnios desse mundo atual, ele estivesse. — Você deseja pensar sobre sair daqui? Deseja que eu faça considerações sobre isso?

Mas eu não podia responder. Desejo uma liberdade dessas? Sei o que ela significa? Este estranho quarto é meu lar? Fosse ou não fosse, senti mais uma vez aquele temor medonho, como o gelo em plantas de clima quente, que queima suas folhas de maneira desoladora.

— Eu me pergunto quanto tempo você ficou em Sligo. Você se lembra em que ano entrou lá?

— Não. Em algum momento durante a guerra — respondi. Isso eu sabia.

— A Segunda Guerra Mundial, você quer dizer?

— Sim.

— Eu era um bebê nessa época — disse ele.

Houve, então, um silêncio conciso, frio.

— A gente ia a uma das pequenas baías da Cornualha, minha mãe, meu pai e eu. É a primeira lembrança que tenho, ela não é importante a não ser por isso. Lembro-me de como a água era absolutamente gelada e, sabe, minhas fraldas ficavam pesadas com a água, é uma lembrança muito vívida. O governo não dava gasolina a quase ninguém, então meu pai construiu uma daquelas bicicletas de duas pessoas soldando duas individuais. Ele ficava no selim de trás, porque era de onde se precisava imprimir força para subir as colinas da Cornualha. Morros baixos, mas letais para as pernas. Belos dias de verão. Meu pai em sua paz. O chá que fervíamos na praia em uma chaleira de camping, como fazem os pescadores — dr. Grene riu, partilhando o sorriso com a nova luz que surgia lá fora para compor a manhã. — Talvez isso tenha sido logo depois da guerra.

Eu queria perguntar qual era a profissão do pai dele, não sei por que, mas me pareceu pessoal demais. Agora me vem à mente que, talvez, ele quisesse que eu perguntasse. E começaríamos a falar sobre pais? Talvez ele estivesse lançando sua isca em águas obscuras.

— Não ouvi falar bem do velho hospital de Sligo daquela época. Tenho certeza de que era um lugar horrendo. Estou certo disso.

Deixei aquelas palavras ficarem no ar também.

— É um dos mistérios da psiquiatria que nossos hospitais, no início do século passado, fossem tão ruins, tão pouco defensáveis, enquanto, no início do século XIX, havia uma atitude tão esclarecida em relação a, a, bem, lunáticos, como eles chamavam. Houve uma súbita compreensão de que encarcerar pessoas, acorrentá-las etc. não era bom, e um enorme esforço foi feito para... abrandar a situação. Mas creio que isso tenha se revertido, se desviado, enfim. Você lembra por que foi mandada de Sligo para cá?

Ele perguntou isso tão de repente que, antes de eu perceber, já havia falado:

— Meu sogro arranjou as coisas.

— Seu sogro? Quem era ele?

— O Velho Tom, da banda. Ele também era alfaiate em Sligo.

— Você quer dizer na cidade.

— Não, no asilo mesmo.

— Você estava no asilo em que seu sogro trabalhava?

— Sim.

— Entendo.

— Acho que minha mãe também estava lá, mas não consigo lembrar.

— Trabalhando?

— Não.

— Como paciente?

— Não consigo lembrar. Mesmo.

Ah, eu sei que ele queria me perguntar mais, mas, verdade seja dita, não perguntou. Um bom pescador, talvez. Quando você vê um salmão pulando, você não vai pegar um. É hora de voltar para casa.

— Tenha certeza de que não quero que você tenha medo — disse ele, de supetão. — Não, não. Essa não é minha intenção. Preciso lhe dizer, Roseanne, que temos muita consideração por você aqui, temos sim.

— Não acho que seja merecido — respondi, corando e envergonhando-me subitamente. Ficando violentamente envergonhada. Era como se a primavera limpasse, de repente, gravetos e folhas, e fosse aberta uma nascente. Vergonha dolorosa, dolorosa.

— Ah, sim — continuou ele, talvez sem perceber minha aflição.

Talvez ele estivesse me dando um afago, como diria meu pai. Para introduzir um assunto do qual ele pudesse começar. Uma porta para fosse lá o que ele precisasse entender. Uma parte minha ansiava por ajudá-lo. Recebê-lo bem. Mas. Os ratos da vergonha irrompendo nos muros que construí com um cuidado sem fim ao longo de anos e me rondando até chegarem a meu colo — esse era meu sentimento. Portanto, era meu dever escondê-los, esconder aqueles ratos miseráveis.

Por que eu sentia aquela vergonha sombria depois de todos esses anos? Por que ainda estava em mim aquela vergonha sombria, sombria?

Muito bem.

Agora tínhamos alguns mistérios no colo. Mas o mais premente logo se tornou mais uma vez nossa pobreza, que meu pai não tinha como decifrar.

Certa noite de inverno, voltando para casa da escola, encontrei meu pai na estrada que margeava o rio. Não foi como os encontros alegres da infância, mas, mesmo hoje, me orgulho de dizer que, ao me ver, algo em meu pai se acendeu. Algo se clareou nele, ainda que aquele anoitecer de Sligo fosse de uma escuridão, de uma profunda escuridão. Espero que isso não pareça vanglória.

— Agora, querida — disse ele —, caminharemos de braços dados até em casa, a não ser que você não queira ser vista com seu pai.

— Não — disse eu, surpresa —, não me preocupo com isso.

— Bom, eu sei o que é ter 15 anos. É como estar em um promontório durante uma ventania flamejante.

Não entendi muito bem o que ele quis dizer. Estava tão frio que pensei ter visto gelo no troço que ele passava no cabelo para abaixá-lo.

Vínhamos andando à toa, tranquilamente, pela rua. Abriu-se a porta de uma das casas adiante, de onde um homem saiu para a calçada e ergueu seu chapéu de feltro marrom para o rosto que mal se via por trás da porta. Era o rosto de minha mãe e nossa própria porta.

— Jesus, é o sr. Fine em pessoa saindo de nossa casa. O que será que ele queria? Será que ele está com ratos em casa? — disse meu pai.

Sr. Fine veio até nós. Era um homem alto e que andava a passos largos, um importante cavalheiro da cidade, com um rosto brando e bondoso como o de uma pessoa em uma tarde ensolarada de brisa — talvez o homem do promontório.

— Boa-noite, sr. Fine — disse meu pai. — Como vai?

— Tudo realmente esplêndido — disse o sr. Fine. — Como estão vocês dois? Ficamos terrivelmente chocados quando ouvimos falar das pobres meninas queimadas. Esse foi um dos eventos mais terríveis de que se tem notícia, sr. Clear.

— Jesus, foi mesmo! — respondeu meu pai, e o sr. Fine foi embora depressa.

— Talvez eu não devesse ter dito Jesus para ele.

— Por quê? — perguntei.

— Ah, apenas por ele ser judeu e tudo o mais.

— Os judeus não têm Jesus? — indaguei, em minha profunda ignorância.

— Não sei — disse ele. — Padre Gaunt diria, sem dúvida, que os judeus mataram Jesus. Mas, sabe, Roseanne, era uma época complicada.

Ficamos em silêncio até chegarmos à porta, e meu pai sacou suas velhas chaves e as girou na fechadura e entramos na saleta. Depois daquelas palavras sobre Jesus, percebi que algo o perturbava. Eu já tinha idade para saber que, às vezes, as pessoas soltam frases que não são o que está em seus pensamentos, mas que, de um jeito ou de outro, são uma mensagem sobre o que pensam.

Somente mais tarde da noite, na hora de ir para a cama, meu pai falou do sr. Fine.

— Então... — disse ele, enquanto minha mãe jogava cinzas sobre os últimos pedaços de turfa, para que queimassem lentamente ao longo da noite e se tornassem dois belos ovos de centelhas vermelhas de manhã, quando ela recolheria as cinzas outra vez. — Encontramos com o sr. Fine esta noite, quando vínhamos para casa. Por alguns instantes, pensamos que talvez ele tenha sido chamado aqui.

Minha mãe se ajeitou e ficou parada com a pá de lareira na mão. Ficou tão inerte e silenciosa que poderia estar posando para um artista.

— Ele não foi chamado aqui em casa — disse ela.

— É que pensamos ter visto você atrás da porta, e ele estava levantando o chapéu para você.

O olhar de minha mãe baixou até a lareira. Ela havia tirado apenas metade das cinzas, mas não parecia muito inclinada a terminar o serviço. Explodiu em lágrimas, lágrimas estranhas, de dor, que pareciam ter vindo de algum lugar de seu corpo, permeando seu corpo como uma terrível umidade. Eu fiquei tão chocada que meu corpo começou a formigar de um jeito desconfortável e estranho.

— Sei lá — disse meu pai, miseravelmente —, vai ver estávamos olhando para a porta errada.

— Você sabe bem que não estavam — disse ela, agora de modo diferente. — Você sabe bem. Ah, ah, que eu jamais permiti que você me tirasse de meu lar para me trazer a esta terra fria e cruel, a esta chuva suja, esta gente suja.

A reação de meu pai foi empalidecer, como uma batata cozinhando. Isso foi muito mais do que minha mãe havia falado durante um ano. Era uma carta, um jornal noticiando seus pensamentos. Para meu pai, acho, deve ter sido como ler a respeito de outra atrocidade. Pior que insurgentes meninos, pior que meninas em chamas.

— Cissy — disse ele, de maneira tão suave que mal foi ouvido. Mas eu ouvi. — Cissy.

— Uma echarpezinha barata pela qual um índio se envergonharia em se vender.

— O quê?

— Você não pode me culpar. — Ela quase gritava. — Você não pode me culpar! Eu não tenho nada!

Meu pai deu um salto, porque minha mãe havia inadvertidamente batido em sua própria perna com a pá de lareira.

— Cissy! — clamou ele.

Ela abriu uma pequena ferida na perna, e algumas gotas de um sangue escuro começavam a jorrar, brilhantes como joias.

— Oh, Cristo, oh, Cristo — disse ela.

Na noite seguinte, meu pai foi à mercearia do sr. Fine para o encontrar. Quando voltou, seu rosto estava pálido, parecia exausto. Eu já estava bem agitada, porque minha mãe, talvez suspeitando de algo, saíra pela escuridão, eu não sabia para onde. Em um minuto, ela estava andando para lá e para cá na cozinha; no outro, tinha sumido.

— Saiu? — surpreendeu-se meu pai. — Ai, meu Deus, meu Deus. Ela colocou o casaco? Está um frio terrível.

— Colocou. Vamos sair para procurá-la?

— Sim, sim, temos que fazer isso — disse meu pai, mas ele continuou sentado onde estava. O banco da moto estava bem perto dele, mas ele não esticou a mão para alcançá-lo. Deixou tudo como estava.

— Por que você foi ver o sr. Fine? O que ele disse?

— Bem, o sr. Fine é um homem muito correto, isso ele é. Ele estava preocupado, desculpando-se. Ela lhe disse que estava tudo certo. Tudo acertado. Eu me pergunto como ela pôde dizer isso. Simplesmente colocar as palavras na boca e dizê-las?

— Não entendi, papai.

—Por isso tínhamos tão pouco para comer — disse ele. — Ela fez uma compra com empréstimo do sr. Fine. E ele, naturalmente, vinha toda semana receber. Toda semana, imagino, ela dava quase tudo o que tínhamos. Todos aqueles ratos, becos escuros, todas aquelas horas com o pobre Bob cavando lugares miseráveis e os dias de fome que tivemos que suportar, tudo por um... relógio.

— Um relógio?

— Um relógio.

— Mas não tem nenhum relógio novo em casa. Tem, papai?

— Não sei. Foi o que o sr. Fine disse. Não que ele tenha lhe vendido o relógio. Ele vende apenas cenouras e repolhos. Mas ela lhe mostrou o relógio uma vez, aqui em casa, quando você e eu não estávamos. Um relógio muito bom, segundo ele. Feito em Nova York. Com carrilhão de Toronto.

— O que é isso?

Enquanto eu falava, minha mãe apareceu na porta atrás de meu pai. Tinha em mãos um objeto quadrado de porcelana, com um mostrador de horas elegante, em torno do qual alguém, certamente em Nova York, havia pintado pequenas flores.

— Eu não o deixava funcionar para não fazer barulho, por medo — contou ela, em uma voz baixa, como uma criança destemida.

Meu pai se levantou.

— Onde você comprou, Cissy? Onde você comprou algo assim?

— Na Grace's of the Weir.

— Grace's of the Weir? — repetiu ele, sem acreditar. — Eu nunca entrei naquela loja. Eu teria medo de entrar nela, porque podiam querer me cobrar só para entrar.

Ela simplesmente ficou lá, minguando em sua infelicidade.

— É fabricado pela Ansonia, em Nova York.

— Podemos devolvê-lo, Cissy? Vamos levá-lo de volta e ver como ficamos. Não podemos continuar pagando as parcelas ao Fine. Eles não devolverão todo o dinheiro, mas devem dar alguma coisa a você, e, talvez, possamos quitar a dívida com o sr. Fine. Sei que ele me fará esse favor, se ele puder.

— Eu nunca ouvi um tique-taque dele, ou a badalada.

— Bom, dê corda para que ele comece a funcionar. E, quando der a próxima hora, ele vai badalar.

— Não posso, senão eles vão encontrá-lo — respondeu minha mãe. — Vão seguir o som e encontrá-lo.

— Quem, Cissy? Nós, é isso? Acho que tudo o que havia para ser descoberto já foi.

— Não, não, os ratos — disse ela. — Os ratos o encontrarão.

Minha mãe olhou meu pai com um brilho misterioso no rosto, como um conspirador.

— Melhor se o quebrarmos — disse ela.

— Não — falou meu pai, mais desesperado impossível.

— Não, é melhor. Quebrar. Esmagar Southamptom e tudo o mais. Toda Sligo. E você. Vou suspendê-lo agora, Joe, e descê-lo à terra assim... — E, de fato, ela o ergueu e o jogou contra a camada fina de concreto do chão. — Lá, todas as promessas recobradas, todas as mágoas curadas, todas as perdas reparadas!

Os pedaços de porcelana do relógio ficaram ali, estatelados, algumas engrenagens soltas, e, pela primeira e última vez em nossa casa, o relógio Ansonia badalou seu carrilhão de Toronto.

Foi pouco depois disso, bem pouco, que, devo contar, meu pai foi encontrado morto.

Até hoje não sei exatamente o que o matou, mas tenho quebrado a cabeça com isso nesses últimos oitenta anos ou mais. Apresentei a você o fio da meada, e onde isso me levou? Apresentei todos os fatos.

É certo dizer que a questão do relógio tenha sido algo tão pequeno para matar um homem?

Por certo que os meninos mortos foram algo sombrio, mas terá sido sombrio o bastante para obscurecer meu pai para sempre?

As meninas também, sim, aquilo foi algo sombrio, que ficou claro, porém, quando elas caíram.

Era o destino de meu pai que aquelas coisas se abatessem sobre ele.

Meu pai era simplesmente como qualquer pessoa, e qualquer coisa, um relógio ou um coração, ele tinha um ponto de ruptura.

Foi na rua seguinte, no chalé abandonado, onde ele trabalhava para acabar com os ratos, para o bem dos vizinhos do lado, que ele se enforcou.

Oh, oh, oh, oh, oh, oh, oh, oh, oh.

Você sabe a dor disso? Espero que não. A dor que não envelhece, que não vai embora com o tempo, como a maior parte das dores e questões humanas. É uma dor que está sempre lá, balançando um pouco na casa abandonada, meu pai, meu pai.

Grito por ele.

CAPÍTULO IX

Creio que eu deva contar mais algumas coisas desagradáveis que recaíram sobre meu pai após sua morte, quando ele não era mais do que um grande amontoado de sangue e de eventos passados. É possível amar alguém mais que a si mesmo, e, ainda assim, como uma menina, quase mulher, ter um pensamento como esse quando seu pai é carregado para casa, para o velório inevitável... Não que esperássemos que muitas pessoas o velassem.

Sua motocicleta foi levada ao quintal por sr. Pine, nosso vizinho, um carpinteiro de olhar frio que se colocou imediatamente a nosso dispor para nos ajudar. Não preciso dizer que a moto nunca mais voltou para dentro de casa, foi deixada a seus próprios cuidados, da melhor maneira possível, do lado de fora.

No lugar da moto, foi colocado o longo caixão de um centavo e meio, de onde despontava o nariz comprido de meu pai. Como ele havia se enforcado, seu rosto foi coberto por uma tinta branca, espessa como um vidro de relógio, um trabalho feito pelos diretores do serviço funerário Silvestre. A rua se encheu, e, mesmo que tivéssemos poucos cachimbos e chaleiras e nem uma gota de uísque para oferecer, fiquei surpresa com o desembaraço e a satisfação das pessoas, além do óbvio pesar que demonstravam pelo falecimento de meu pai. Vieram o pastor presbiteriano, sr. Ellis, e padre Gaunt e, apesar de supostos inimigos ou rivais na Irlanda, partilharam ditos espirituosos por alguns minutos na esquina. Então, de manhãzinha, fomos deixadas a sós, eu e minha mãe, e dormimos — ou melhor, eu dormi. Chorei e chorei e enfim dormi. Mas uma dor como essa é uma boa dor.

Quando, de manhã, desci do sótão onde ficava minha cama estreita, havia um tipo diferente de dor. Procurei meu pai e, por alguns instantes, não consegui entender o que eu via. Havia algo de errado com seus olhos. Quando olhei mais de perto, vi o que era. Alguém havia furado cada globo com uma pequena haste preta. As setas apontavam para cima. Entendi imediatamente do que se tratava: eram os ponteiros de metal do relógio Ansonia de minha mãe.

Tirei-as como espinhos, como ferrões de abelha. "Um espinho para encontrar uma bruxa, um ferrão para encontrar um amor" é um ditado antigo do interior. Não eram provas de amor. Eram provas de não sei o quê. Foi a última tristeza de meu pai. Ele foi enterrado em um pequeno cemitério presbiteriano, com uma graciosa aparição de seus "amigos" — amigos que eu mal sabia que ele tinha. Gente que ele ajudara a se livrar de ratos ou, nos tempos áureos, gente de quem ele enterrara parentes e amigos. Ou ainda gente que o estimava pela alma humana que exibira ao mundo, que gostava de sua conduta. Havia muita gente cujo nome eu não sabia. Padre Gaunt, enquanto o pastor presbiteriano obviamente realizava a cerimônia, quase como um amigo, ficou a meu lado e me disse alguns nomes, como se isso fosse algo que eu quisesse. Um nome e outro, que eu esquecia tão logo ele tivesse falado. Mas também havia lá um homem chamado Joe Brady, que substituiu meu pai no trabalho do cemitério a convite de padre Gaunt. Um homem meio gorducho e esquisito, com olhos abrasadores. Não sei por que ele estava lá e nem sei se, em minha dor, eu o queria por lá, mas não é possível tirar alguém de um funeral. Os pranteadores são como o mar de Canute. Eu estava contente em pensar que ele prestava suas condolências.

Minha cabeça latejava com a cadência sombria e profunda do luto, que pulsa como uma dor física, como um rato no cérebro, um rato em chamas.

Caderno de anotações do dr. Grene

Extremamente atarefado participando de todos os preparativos no hospital e sem muito tempo para escrever aqui. Senti falta da estranha intimidade desta escrita. Como eu tipicamente tenho pouca noção de mim mesmo, ou seja, tenho antes um senso miserável de manter minha própria fraqueza como pessoa, a fraqueza de minha alma, de certo modo me dedicar a este caderno me ajudou, mas não sei como. Mal é uma terapia. Mas, pelo menos, é sinal de uma vida interior em andamento. Ou assim espero e desejo.

Talvez com certa razão. Noite passada, indo para casa tão exausto quanto sempre estou, maldizendo tudo, aquelas crateras medonhas das estradas de Roscommon, a suspensão precária de meu carro, a luz quebrada na varanda, o que significa que dei um esbarrão com meu braço na coluna de concreto, entrei no hall, realmente de mau humor, prestes a amaldiçoar tudo por lá também, se eu tivesse chance.

Mas Bet estava de pé no alto da escada. Não sei se já estava lá antes de eu entrar, talvez sim, porque ela se encontrava diante da janelinha, olhando para o emaranhado de jardins da cidade e para prédios aleatórios da indústria de energia. A luz da lua estava sobre Bet, e ela estava sorrindo. Acho que estava. Fui tomado por uma imensa leveza. Foi como a primeira vez em que pensei que a amava, quando ela era jovem e leve como uma aquarela, uma simples pose de esqueleto e feições, bela e perfeita a meus olhos, quando me entreguei a ela, para fazê-la feliz, adorá-la, prendê-la em meus braços — o estranho e talvez bobo combo de todos os amantes. Ela se virou de costas para a luz da lua e me olhou e, para meu espanto, começou a descer as escadas. Estava com um vestido simples estampado, um vestido de verão, enquanto descia as escadas; trazia consigo a luz da lua e outras luzes. E, quando chegou ao patamar, inclinou-se e me beijou, sim, sim, e, bobo que sou, chorei, mas calmamente e com o máximo de dignidade que pude reunir, desejei estar a altura de seu encanto, mesmo que isso estivesse acima de minhas possibilidades. E, então, ela me conduziu ao quarto da frente, entre as bugigangas de nossas vidas, segurou-me e me beijou outra vez e, com uma paixão que me enlouqueceu, me puxou contra si de um jeito delicado, concentrado e firme, beijando e beijando, e, então, todo o nosso teatro de amor, a peça que encenamos milhares de vezes no passado, e depois ficamos deitados no carpete Axminster como animais abatidos.

Roseanne sobre si mesma

Minha cabeça tem estado ocupada com os assuntos de meu pai, e não escrevi uma palavra sobre as freiras da escola.

Tenho que informar agora que devo deixá-las na obscuridade da história, sem citá-las uma a uma, apesar de terem sido mulheres inte-ressantes. Contra nós, as meninas mais pobres, elas eram selvagens, mas nós permitíamos isso. Gritávamos e chorávamos quando nos batiam e percebíamos, com uma inveja imaculada, a bondade solícita para com as meninas mais ricas da cidade. Há um momento na história de qualquer criança espancada em que as esperanças de dignidade vão embora de seus pensamentos — a esperança se vai como um barco sem ter quem o reme, que se deixa ir com a correnteza e se resigna a enumerar os golpes de dor.

Essa é uma verdade feroz, porque as crianças não conhecem nenhuma outra.

Uma criança nunca é autora de sua própria história. Acho que isso é bem sabido.

Mas, ferozes como eram, apesar de nos aplicarem varadas com cada miligrama de força de seus corpos, para afastar os demônios da luxúria e o baixio da ignorância que fervilhavam em nós, eram mulheres bem interessantes. Deixo-as ir, porém. Minha história me apressa.

Acredito que tudo o que podemos oferecer aos céus é a honestidade humana. Digo, oferecer nos portões de são Pedro. Tomara que seja como sal em reinos sem sal ou especiarias nos países obscuros do norte. Poucos gramas na sacola da alma, oferecidos em nossa tentativa de entrar. Como é a honestidade celeste, não sei. Mas me repito isso para me fortalecer nessa busca.

Houve uma época em que eu achava que a beleza era o maior dos meus bens. Talvez fosse, no paraíso. Nesses campos terrenos, porém, não era.

Estar sozinha e, ainda assim, trespassada por uma alegria majestosa de vez em quando, como creio que seja meu caso, é de fato um grande bem. Ao me sentar aqui, a esta mesa, marcada e riscada por dezenas de gerações de internos, talvez, pacientes, anjos, seja lá o que formos, é impossível não contar a você essa sensação de uma essência dourada que se abate sobre mim, nas profundezas de meu sangue. Não contentamento, mas uma prece, tão selvagem e perigosa quanto o rugido de um leão.

Digo isso a você, *você*.

Querido leitor. Deus o proteja. Deus o proteja.

Ou será que devo mesmo passar direto por aquelas irmãs? Talvez eu possa me demorar um pouco na brutalidade e na modéstia misturadas. Não, não, vou dar a volta neste assunto. Apesar de, nos últimos anos, eu ter sonhado muitas vezes que elas vinham me resgatar, como um buquê feito de botões de flores de lótus, com seus chapéus brancos derramando-se pela rua principal de Sligo, nada do tipo jamais aconteceu, claro. Não sei por que penso que haja algum embasamento para esse sonho, porque não me lembro de nenhuma gentileza enquanto estive entre elas. E, é claro, como minha história mostraria, eu estaria longe delas aos 16.

As memórias que tenho de padre Gaunt são curiosamente precisas e completas, acesas e claras, seu rosto nítido e intenso. Sentada aqui, escrevendo, posso mesmo vê-lo por trás de meus olhos, naquela vez, naquele dia em que ele veio a mim com sua própria versão de resgate.

Eu soube imediatamente que teria que sair da escola depois da morte de meu pai, porque o juízo de minha mãe estava agora em algum desvão de sua cabeça que não tinha portas ou escadas, ao menos nenhuma que eu tenha encontrado. Se quiséssemos comer, eu teria que encontrar algum tipo de trabalho.

Um dia, padre Gaunt chegou, vestindo sua costumeira batina lustrosa — não falo isso de maneira crítica —, e, como chovia aquela chuva especial de Sligo, uma chuva que transformou milhares de antigas fazendas em brejo, ele também estava com um casaco cinza-escuro lustroso, de um material brilhante parecido com o da batina. Talvez a pele de seu rosto também tivesse sido feita disso, há muito tempo, na barriga de sua mãe. Ele trazia um guarda-chuva bem eclesiástico, algo de aparência genuína e austera, que rezasse por si só de noite no cabideiro.

Eu o deixei entrar e o levei à saleta. O piano de meu pai ainda ficava encostado à parede, tão animado quanto o guarda-chuva, como se, em suas entranhas de cordas e teclas, ele se lembrasse de meu pai.

— Obrigado, Roseanne — disse o padre, quando lhe estendi uma xícara de chá feita heroicamente com poucos gramas de chá já usado três vezes, o que era triste. Mas eu esperava que houvesse um resquício de cheiro ali, vindo direto da China, no navio da família Jackson. Comprávamos nosso chá na esquina, não na grande loja Blackwood, onde os figurões compravam, então, talvez não fosse o melhor chá, para início de conversa. Mas padre Gaunt o bebericou educadamente.

— Você teria uma gotinha de leite? — perguntou.

— Não, padre.

— Tudo bem, tudo bem — disse ele, bastante arrependido. — Bem, eu e você, Roseanne, temos coisas a tratar, coisas a tratar.

— Sim, padre?

— O que você fará agora, Roseanne, agora que seu pobre pai partiu?

— Sairei da escola, padre, e procurarei um trabalho na cidade.

— Aceitaria ser orientada por mim?

— Hã?

Ele deu um gole no chá por alguns instantes e sorriu seu sorriso de padre, seu pequeno repertório. Mesmo hoje, sei que ele estava tentando cumprir seu dever, ser bondoso, ser útil. Sei disso.

— Há características a seu favor, Roseanne, você tem certos dons óbvios, se posso dizer isso...

Por alguns segundos, no entanto, ele não disse o que era. Percebi que aquilo de que ele falava era algo não muito delicado. Ele vasculhava, em seu arsenal de frases, pelas mais apropriadas. Definitivamente, o padre não estava sendo desagradável nem tentando ser. Na verdade, acredito que ele morreria antes de oferecer algo desagradável.

— Beleza — disse o padre.

Olhei para ele.

— O dom da beleza. Roseanne, creio que, sem muita dificuldade, eu poderia, claro, levando em conta a opinião de sua mãe, e mesmo a sua, embora eu deva dizer que você ainda é quase uma criança, se posso colocar assim, e em séria, seriíssima necessidade de orientação, devo dizer... O que eu estava falando? Ah, sim, que acredito que, aqui na cidade, eu poderia lhe encontrar, rapidamente, habilmente, facilmente e da melhor maneira possível, um marido. Claro que haveria certas coisas a serem feitas antes.

Padre Gaunt estava, como se diz, se aquecendo. Quanto mais ele falava, mais facilmente vinham as palavras, todas boas e opacas e melífluas. Como muitos homens de autoridade, ele ficava imensamente feliz quando apresentava suas ideias, em especial quando concordavam com elas.

— Não acho... — comecei a dizer, na tentativa de afastar aquela grande pedra de bom-senso que, senti, ele parecia fazer rolar em direção à minha cabeça.

— Antes de você dizer qualquer coisa a respeito, sei que você tem apenas 16 anos, e talvez não seja o mais comum pensar em casar tão jovem, mas, por outro lado, tenho em mente um homem bastante apropriado, o qual acredito que terá muita consideração por você, talvez já tenha, e tem um emprego estável, estando, portanto, em posição de sustentá-la, e à sua mãe, claro.

— Eu posso nos sustentar. Tenho certeza de que posso — respondi e, aliás, nunca em minha vida falei algo tão sem ter certeza.

— Talvez você já conheça esse homem, é Joe Brady, que está no antigo emprego de seu pai, no cemitério, um homem muito estável, agradável e bom, que perdeu a mulher dois anos atrás e ficaria bem feliz em se casar de novo. Na vida, devemos buscar certa simetria, e como seu pai já teve esse... Humm... E Joe não tem filhos, e tenho certeza...

De fato, eu conhecia Joe Brady, o homem que tirou o emprego de meu pai e veio vê-lo enterrado. Pelo que pude perceber, Joe Brady tinha uns 50 anos.

— O senhor me fará casar com um homem velho? — perguntei, em minha inocência. Afinal, uma vez que ele estava oferecendo tamanha caridade, creio que eu poderia esperar por um homem com menos de 30. Na hipótese de eu querer um homem.

— Roseanne, você é uma moça muito amável. Por isso, temo que sair pela cidade seja uma tentação deplorável, não apenas para os meninos de Sligo, mas também para os homens, e, assim, e, de todas as maneiras, casá-la seria uma bênção e algo de total probidade e cativante em sua... probidade.

Sua eloquência falhou por um momento, talvez porque ele tenha me olhado no rosto. Não sei o que meu rosto mostrava, mas não era concordância.

— E naturalmente eu ficarei tão feliz, tão aliviado, tão encantado em ser o agente, o autor, como se diria, de sua acolhida em nosso rebanho.

Espero que você veja que essa é uma perspectiva astuta e de fato maravilhosa e mesmo tentadora.

— Rebanho? — perguntei.

— Você deve saber, Roseanne, das revoltas recentes na Irlanda, e que nenhuma delas favorece as seitas protestantes. Claro que serei da opinião de que você está cometendo grave erro e de que sua alma mortal está perdida caso você continue onde está. Todavia, posso dizer que tenho pena de você e que quero ajudá-la. Posso lhe encontrar um bom marido católico, como falei, e ele não vai se importar com suas origens, porque, como, como também falei, você tem a graça de, se é que posso dizer, de tamanha beleza. Roseanne, você é realmente a moça mais bonita de toda Sligo.

Ele disse isso com tanta transparência e simplicidade — eu quase disse "inocência", era algo como a inocência — e de maneira tão bondosa que sorri sem querer. Era como ganhar um elogio de uma velha senhora distinta nas ruas de Sligo, uma Pollexfen ou uma Middleton, com sua roupa de tweed e sua pele de arminho.

— É escusado elogiá-la. O que quero dizer é que, se você me permitir colocá-la sob minhas asas, poderei ajudá-la, e quero ajudá-la. Devo também acrescentar que eu tinha a mais alta consideração por seu pai, apesar de ele ter me envergonhado, e que eu tinha verdadeiro amor por ele, porque ele era uma alma direita.

— Mas uma alma presbiteriana — disse eu.

— Sim.

— Minha mãe é da Plymouth Brethen.*

— Bem — disse ele, pela primeira vez com certa hostilidade —, não importa.

— Mas tenho que me importar com minha mãe. E vou me importar. É meu dever de filha.

— Sua mãe, Roseanne, é uma mulher muito doente.

Tudo bem, eu ainda não ouvira alguém dizer aquilo, e fiquei chocada ao escutar. Mas, sim, eu sabia que era verdade.

— É mais que provável que você tenha que a colocar em um asilo. Espero não estar assustando você.

Ah, mas ele estava me assustando. Quando falou essas palavras temíveis, meu estômago se revirou, meus músculos doeram até onde tocavam os ossos. Sem notar o que estava para acontecer, repentina e inexplicavelmente, vomitei no carpete diante de mim. Padre Gaunt tirou suas pernas da frente com rapidez e destreza extraordinárias. Ali no chão, estavam os restos da bela torrada que eu fizera para minha mãe e para mim no café da manhã.

O padre se levantou.

— Imagino que você tenha que limpar isso.

— Sim, vou limpar — falei, mordendo a língua, na ânsia de pedir desculpas. Eu sabia que, de alguma forma, eu jamais deveria me desculpar com padre Gaunt e que, dali em diante, ele seria uma força desmedida, como uma catástrofe climática esperando despercebida e imprevisível para arrasar uma paisagem. — Padre, eu não posso fazer o que o senhor está falando. Não posso.

— Mas você vai pensar a respeito? Em sua dor, você pode tomar decisões erradas. Entendo isso. Cinco anos atrás, meu próprio pai morreu de câncer, foi uma morte horrível, e eu ainda o pranteio. Lembre-se, Roseanne, a dor leva dois anos. Por muito tempo, você não conseguirá pensar direito. Seja orientada por mim, deixe-me orientá-la *in loco parentis*, entende, em lugar de seu pai, deixe-me ser seu pai nesse caso, como deve ser um padre. Nós tínhamos tantos assuntos, eu e ele, e você, que você praticamente já é do rebanho. Salvarei sua alma imortal, e vou salvar você nesse vale de dores e lágrimas. Vou protegê-la de toda tempestade e de todos os desastres do mundo.

Balancei a cabeça. Eu me vejo, por trás de meus olhos, balançando a cabeça.

Padre Gaunt também balançou a cabeça, mas de um jeito diferente:

— Você vai pensar nisso? Pense nisso, Roseanne, e então conversaremos de novo. Este é um momento de sua vida em que você corre grande perigo. Bom-dia, Roseanne. Obrigado pelo chá. Foi adorável. E agradeça à sua mãe.

Ele passou pelo pequeno hall de entrada e foi para a rua. Quando estava bem longe, bem distante de onde pudesse ouvir, e apenas o cheiro de suas roupas se tardava no ambiente, respondi:

— Adeus, padre.

CAPÍTULO X

Dr. Grene hoje. Ele se barbeou!

Não lembro se mencionei sua barba. Uma barba em um homem é apenas um meio de esconder algo, seu rosto, claro, mas também questões internas, como uma cerca em torno de um jardim secreto ou uma capa sobre a gaiola de um pássaro.

Eu gostaria de dizer que não o reconheci quando ele entrou, porque é o que você espera, mas eu o reconheci.

Eu estava sentada aqui, escrevendo, quando ouvi seus passos no corredor e consegui esconder tudo a tempo, no chão, antes de ele bater e entrar, como sempre uma tarefa nada fácil para a velha *cailleach** que sou. Uma *cailleach* é a velha encarquilhada das histórias, a mulher sábia e, às vezes, um tipo de bruxa. Meu marido, Tom McNulty, era mestre nessas histórias, que contava com imensa energia, principalmente porque acreditava em cada palavra delas. Algum dia, se você quiser, vou contar a você sobre o cachorro de duas cabeças que ele viu na estrada para Enniscrone. Como saberei o que você quer? Estou me acostumando a pensar em você aí, em algum lugar. Essa *cailleach* aqui está confusa das ideias! A velha parteira. Sou apenas a parteira de minha própria velha história. Já é bastante trabalho.

Dr. Grene estava muito brando, bastante quieto, com o rosto muito brilhante. Deve ter passado algum unguento na pele depois de se barbear, para lhe poupar o contato com o ar. Ele caminhou em volta da mesa —

eu estava sentada na cama, entre as pequenas paisagens da coberta, acho que são cenas francesas, um homem carregando um burro nas costas e outras coisas — e dr. Grene levantou da mesa a velha edição do *Religio Medici* de meu pai e a olhou bem ociosamente. Quando meu pai morreu, fiquei surpresa por perceber que o livro havia sido impresso em 1869, embora eu soubesse que ele sempre o tivera, por muitos e muitos anos. Seu nome e o local, Southampton, e a data, 1888, estavam, claro, escritos a lápis na guarda do livro, mas eu ainda esperava que o *Religio Medici* talvez houvesse sido entregue a suas jovens mãos pelas mãos de seu próprio pai, meu avô, uma pessoa que, claro, jamais conheci. Devia ter sido. Então, quando eu segurava o livro em minhas mãos, era como se houvesse uma história das mãos em torno daquele pequeno exemplar, as mãos de minha gente. Porque uma pessoa solitária se conforta muito com sua gente, na vigília da noite, mesmo com a simples memória dessas pessoas.

Como eu conhecia tão bem esse pequeno livro, podia adivinhar o que dr. Grene estava vendo. Era uma imagem de sir Thomas Browne, de barba. Talvez, ao olhar a barba, que sobressaía impetuosa naquela gravura arredondada, o doutor tenha repentinamente se arrependido da perda de sua própria. Sampson Low, Filho e Marston publicaram o livro. Aquele *Filho* era bonito. O filho de Sampson Low. Quem era ele, quem era ele? Teria trabalhado sob o chicote de seu pai ou seria tratado com gentileza e respeito? J. W. Willis Bund escrevera as notas. Nomes, nomes, todos falecidos, esquecidos, um mero canto de pássaro nos arbustos das coisas. Se J. W. Willis Bund pôde morrer esquecido, isso não será ainda mais fácil para mim? Partilhamos disso, ao menos.

Filho. Tão pouco sei de meu próprio filho. O filho de Roseanne Clear.

— Um velho livro — disse ele.

119

— Sim.

— De quem é esse nome, sra. McNulty, Joe Clear?

Naquele momento, dr. Grene tinha um olhar perplexo, um olhar bastante pensativo, como um jovem garoto tentando resolver um problema de aritmética. Se ele tivesse um lápis, teria molhado o grafite na língua.

Ele se barbeara e não estava mais escondendo o rosto, então, repentinamente, senti que lhe devia algo.

— Meu pai — respondi.

— Então, ele era um homem instruído?

— Era, sim. Era filho do pastor. De Collooney.

— Collooney — disse ele. — Collooney sofreu as turbulências dos anos 20. Fico feliz que, naquela época, um homem lesse o *Religio Medici.*

Pela maneira como pronunciou lentamente as duas últimas palavras, percebi que ele nunca tinha ouvido falar no livro.

Dr. Grene abriu a capa, passou pela introdução e buscou suavemente o início do livro, como qualquer um faz.

— "Nota ao leitor. Certamente aquele homem era cobiçoso da vida, desejava viver enquanto o mundo chegava ao fim..."

Dr. Grene deu um riso estranho, não uma risada de verdade, mas um tipo de grito em miniatura. Então, ele colocou o livro de volta onde o encontrou.

— Entendo — disse ele, apesar de eu não ter dito nada.

Talvez ele estivesse falando com a velha cara barbada do livro ou com o próprio livro. Setenta e seis anos, a idade de Thomas Browne quando morreu, um jovenzinho se comparado a mim. Morreu em seu aniversário, como acontece às vezes, apesar de raro. Creio que dr. Grene tenha uns 60 ou algo assim. Nunca o vi tão cerimonioso quanto hoje.

Ele não é um homem de gracejos e piadas, mas, às vezes, carrega consigo uma leveza curiosa. Se comparado ao pobre John Kane, com todos os seus pecados, seus supostos estupros e outros malfeitos no asilo, dr. Grene é como um anjo. Talvez se comparado a muitos outros, não sei dizer. Se dr. Grene se sente levado pelas águas para esse terrível litoral do asilo, se ele se sente, de algum modo, um homem do passado, como se diz, para mim ele é o futuro e o futuro. Foi isso que pensei ao olhar para ele, tentando desatar o nó de seu novo humor.

Dr. Grene passou pela pequena poltrona perto da janela, onde gosto de me sentar quando a temperatura está um pouco mais quente. Senão, há um frio que parece transpassar o vidro. Abaixo da janela, há o jardim, o muro alto e os campos infinitos. Disseram-me que a cidade de Roscommon é depois do horizonte, e deve ser. Há um rio que corre pelos campos, que no verão reflete a luz e usa minha janela como sinal, mas sinalizando o que, para quem ou para onde, não sei. A luz do rio brinca no vidro. Então, naturalmente, gosto de sentar ali. Seja como for, o doutor colocou seu peso na cadeira, o que sempre me alarma; afinal, é uma simples cadeira de vestir, uma daquelas belas cadeiras que as mulheres do interior gostavam de ter em seus quartos, para deixarem um vestido, mesmo se fosse o único belo objeto da casa. Só Deus sabe, se é que Ele sabe, como a cadeira chegou a este quarto.

— A senhora se lembra do que foi, sra. McNulty? Quer dizer, dos eventos que a levaram ao asilo de Sligo. Lembra-se de que lhe falei que não consegui encontrar nenhum registro apropriado sobre a questão? Desde então, procurei outras vezes e não encontrei nada. Temo que a história de sua presença aqui e em Sligo não exista mais. Mas continuarei a procurar, e contatei Sligo, caso haja alguma remota chance de terem algo a respeito. A senhora consegue se lembrar de alguma coisa?

— Não acho que lembre. Lembro que o chamavam de Hotel Leitrim. Disso eu lembro.

— O quê?

— Eles chamavam o asilo de Sligo de Hotel Leitrim.

— Chamavam? Nunca soube disso. Por quê? Ah... — disse ele, quase rindo, quase — porque... sim.

— Diziam que metade de Leitrim estava lá.

— Pobre Leitrim.

— Sim.

— Essa é uma palavra estranha, Leitrim. Eu me pergunto o que significa. Creio que seja irlandês. Claro que é.

Sorri para ele. Parecia um menino que bateu com o joelho e agora a dor estava sumindo. O júbilo de um menino depois da dor e das lágrimas.

Então, de algum modo, ele afundou de novo, obscurecendo a si mesmo, profundamente, como uma toupeira na terra. Ofereci-lhe uma resposta, em grande parte para reerguê-lo.

— Lembro-me de coisas sombrias e terríveis, e de perda e de barulho, mas é como aquelas imagens sombrias e terríveis penduradas em igrejas, só Deus sabe por que, pois não é possível ver nada nelas.

— Senhora McNulty, essa é uma linda descrição de memória traumática.

— É?

— Sim, é.

Então, dr. Grene ficou ali, sentado, em sua própria versão de silêncio, por um longo tempo. Manteve-se daquele jeito por tanto tempo que quase se tornou interno do quarto! Como se ele mesmo morasse ali, como se ele não tivesse outro lugar para ir, nada para fazer, ninguém de quem cuidar.

Sentava-se a uma luz gelada. O rio, afogado em suas próprias águas, e afogado também pelas chuvas de fevereiro, não conseguia jogar sua luz. A vidraça era severamente apenas ela mesma. Somente a grama sossegada do inverno lá longe lhe emprestava uma leve mancha esverdeada. Os olhos de dr. Grene, agora, de algum modo, bem mais claros e mais evidentes sem a barba, miravam adiante, como se vissem um objeto a um quilômetro de distância, aquele olhar fixo que os rostos têm em retratos. Sentei-me na cama e o olhei, sem qualquer embaraço, porque ele não estava me vendo. Olhava aquele lugar estranho, o meio do caminho, a distância mais misteriosa, rica e humana de todas. E de seus olhos caíram lentas lágrimas, humanas e imaculadas lágrimas, antes que o mundo as toque. Riacho, janela e olhos.

— O que houve, dr. Grene?

— Ah — disse ele.

Eu me levantei e caminhei em sua direção. Você teria feito o mesmo. É algo antigo. Algo nos impele ao encontro de um pesar repentino e talvez, às vezes, nos afaste dele. Você se afasta. Eu me aproximei, não podia fazer outra coisa.

— Não se preocupe se eu ficar perto do senhor — falei. — Tomei meu banho ontem, não estou cheirando mal.

— O quê? — perguntou, surpreso, mas cuidadosamente. — O quê?

Fiquei de pé atrás dele e coloquei minha mão direita em seu ombro, aliás, um pouco atrás do ombro, mais para as costas. Veio-me repentinamente essa lembrança de meu pai sentado em sua cama, dando apoio a minha mãe e lhe afagando as costas, de um jeito quase infantil. Eu não ousaria afagar dr. Grene, mas apenas deixei minha mão ali.

— Qual é o problema? — perguntei.

— Ah... — disse ele. — Ah, a minha mulher morreu.

— Sua mulher?

— Sim — disse ele —, sim. Sua respiração a abandonou. Ela engasgou, engasgou. Sufocou.

— Ah, coitada.

— É — disse ele. — Sim.

Então, eu soube algo sobre dr. Grene. Eu havia aberto a boca para lhe falar de mim graças à sua barba perdida, e de seus lábios saíra essa novidade, essa informação enorme.

Com uma tristeza imensa e de maneira muito calma, ele completou:

— Também é meu aniversário.

Agora, uma história de minha tolice. Talvez você não tenha noção do tamanho dela.

Eu queria muito falar com meu pai, e meu pai estava morto. Eu estive algumas vezes em seu túmulo no cemitério presbiteriano, mas achei que não conseguiria encontrá-lo lá. Talvez ele não estivesse mais em seus ossos, talvez seus sinais e seu ser estivessem em outro lugar.

Estávamos nas trevas tão úteis de uma tarde de dezembro, quando escurecia às quatro da tarde. Eu bem sabia que os velhos portões do outro cemitério estariam abertos, mas quão fácil seria passar por eles no escuro e estar entre os túmulos sem que me notassem? Eu tinha certeza, tinha esperanças de que, se fosse encontrar meu pai em algum lugar, seria lá, algo dele permanecia por ali, alguns galhos torcidos de arbustos e caminhos e coisas enterradas que se tornariam um rádio antigo para captar seus sinais.

Então, rastejei pelo cemitério com meu velho vestido azul e meu casaco, magra e frágil naquela época, como uma garça, e tenho certeza de que parecia muito com uma garça com minha cara desajeitada, naquela roupa e, saindo dela, meu pescoço comprido — uma grande oportunidade para um resfriado.

Como serenei pelas aleias de um lado a outro, as pedras silenciosas, os números familiares marcados em placas de metal presas no chão perto de cada sepultura, um registro que eu conhecia no livro dos túmulos, guardado em segurança no templo de concreto. Uma luz amarela estava inerte por entre a floresta rala de pequenas árvores que cobriam as aleias, uma floresta que se tornou mais esparsa e empobrecida pelas rajadas da morte. Fechei mais o casaco até a gola e, sem pensar no que eu realmente estava fazendo, sem estar no tempo presente, entrei até a área circular de sepulturas à frente do templo.

Lá estavam as pilastras, o velho arco bem-pronunciado, com suas figuras apagadas, heróis gregos e coisas do gênero, de guerras e tempos desconhecidos, e a porta de ferro boquiaberta em suas pesadas dobradiças, e aquela luz da lareira, de que eu tanto sentia falta, e a lâmpada, que falava tanto de meu pai. Sem pensar no momento presente, em outras palavras, com imensa estupidez, rastejei até a luz, pensando em — meu coração implorando para que eu avançasse — reivindicar mais uma vez meu estimado quinhão de luz, calor e conversa. A porta estava suficientemente aberta para eu entrar direto.

E nada havia mudado. Tudo lá dentro continuava a falar de meu pai. Sua chaleira continuava na mesma débil grelha, ao lado da grade com carvão que queimava, sua xícara esmaltada, a minha também, sobre a mesa, os poucos livros e os cadernos de registro empilhados organizadamente e as mesmas pegadas no chão desbotado de ardósia. Meus olhos se abriam e abriam, e meu rosto, e eu tive certeza absoluta de que, em breve, eu estaria na presença de meu pai, eu seria confortada, orientada, restaurada.

De repente, senti um empurrão pelas costas. Não esperava algo assim no refúgio de meu próprio pai. Cambaleei alguns passos para a frente, bem desequilibrada, sentindo na barriga aquela sensação odiosa de desamparo por ter que me aprumar rapidamente. Virei-me, e havia um homem estranho à porta. Tinha uma barriga grande sob um suéter de lã pequeno demais para ele, dando-lhe formato e aparência da casca de um pão de forma de confeitaria. Seu rosto era sério, com estranhas faces encovadas e as vastas sobrancelhas dos idosos, embora ele não parecesse ter mais que 50 anos. Não, não, mas eu conhecia aquele homem, claro que conhecia. Era Joe Brady, que havia substituído meu pai.

Padre Gaunt não havia me dito? Por que aquilo havia saído de minha cabeça? Em nome de Deus, o que eu estava fazendo ali? Você pode dizer que é loucura, um desencaminhamento das ideias. Definitivamente, ele não tinha a aparência de um pretendente ou algo assim. Parecia bravo e se virou, seus olhos com aquela infelicidade abrasadora que eu notara no enterro. Em minha saudade de meu pai, eu simplesmente me esquecera de Joe Brady desde que padre Gaunt me apresentara suas pretensões.

O inferno não é mais furioso que uma mulher desprezada, pode ser, mas, pela minha experiência, os homens não são muito diferentes. O terror cresceu em mim, vindo das lajes frias do chão, um terror tão sério que, devo confessar — e desculpe-me a honestidade de uma velha senhora lembrando horrores —, que não pude me conter e urinei em minha roupa de baixo. Mesmo à luz esmaecida do templo, sei que Joe Brady viu aquilo e, seja por isso ou por outro motivo, soltou uma gargalhada. Mais parecia o rosnado de um cachorro quando teme levar um pisão, uma gargalhada de alerta, se é que há algo assim. E não dizem nos livros que o riso humano tem sua origem em caretas e rosnados ancestrais? Naquele dia, aquilo me pareceu provar essa hipótese.

— Você não me quis — disse ele, falando comigo pela primeira vez, o que me espantou — e prefere continuar a ser a menina sem Deus que é.

Veio em minha direção, e não sei o que ele queria. Mas, enquanto se movia, percebi que algo ancestral e irresistível nascia nele. O templo silencioso no cemitério silencioso, a escuridão de dezembro e fosse lá o que fosse que ele desejava em mim. Ao se mover, sua intenção parecia mudar, a humanidade desapareceria de seu rosto, algo particular e mais obscuro que humanidade se atiçava em seus olhos, vindo de antes de ganharmos nossas almas atormentadas. Tanto tempo depois, penso que ele queria me matar, não faço ideia de por quê. Eu havia acabado de entrar em alguma história desse Joe Brady, mas não sei que grandes planos ele e padre Gaunt tinham feito. Na busca por meu pai, eu parecia haver encontrado meu assassino. Gritei com uma força subitamente encontrada em minha voz. Urrei!

Por trás dele surgiu, então, outro homem. Que sorte eu tinha por haver outro homem naquele lugar ermo. Naquele momento, Joe Brady deu seu último passo em minha direção e, como se fosse o que ele mais desejava em todo o mundo, esticou suas mãos em torno de meu pescoço magro e me puxou para si. Então, eu soube sem saber que ele estava roçando sua braguilha para soltar o que quer que houvesse lá, Deus me acuda, eu tinha apenas 16 anos e, apesar de saber sobre abelhas e passarinhos, jamais ouvira falar em algo assim, no máximo que alguns garotos podiam nos deixar mais animadas quando passávamos por eles, sem que soubéssemos por quê. Naquele momento de minha vida, talvez eu fosse a menina mais inocente de Sligo e lembrava bem, tanto quanto lembro aqui, escrevendo, que meu primeiro pensamento foi de que ele ia tirar uma arma ou uma faca de suas calças, afinal, é claro, esse era o único lugar de que eu havia visto armas serem sacadas e detonadas.

Como se em total harmonia com meus pensamentos, o outro homem por trás de Joe Brady tinha de fato uma arma, um jugo grande e pesado, que ele desceu sobre a nuca de Joe Brady em um movimento como o do corte de um alto espinheiro por uma foice. Apesar de estar mergulhada em terror, acompanhei tudo isso. Joe Brady não apagou no primeiro golpe, mas caiu sobre os joelhos, e, com o maior dos nojos e misérias, vi seu pênis inchado entre as pernas e tapei os olhos com as mãos. O outro homem atacou-o outra vez com a arma. Pensei: "Todos aqui têm armas, estarei destinada a sempre ver armas aqui?"

Naquele momento, Joe Brady estava estirado em silêncio no chão. Tirei as mãos dos olhos e o encarei, depois olhei o homem atrás dele. Era um rapaz magro, de cabelos pretos.

— Você 'tá bem? Esse é seu pai? — perguntou.

— Não, não é meu pai — respondi, quase histérica. — Meu pai está morto.

— E você não se lembra de mim? Eu me lembro de você.

— Não, não me lembro.

— Bem — disse ele —, você me conheceu. Estou indo para a América e quis vir aqui me despedir de meu irmão, Willie.

— Quem é esse? — perguntei bobamente. — Por que ele estaria aqui?

— Porque está enterrado aqui. Você não lembra? Não foi você a garotinha que trouxe aquele maldito padre aqui? Que muito provavelmente trouxe soldados para cá, aqueles mesmos soldados que nos levaram embora e mataram alguns de nós e acabaram me deixando escapar e fugir para casa por algum milagre?

— Conheço você — disse eu —, conheço. — E o nome dele veio à minha cabeça, talvez apenas porque meu pai o tenha falado, lendo jornal sentado na saleta, ou teria sido no templo? — Você é John Lavelle. Das ilhas.

— John Lavelle, das Inishkeas. E vou para aquele outro lugar de onde sou, bem longe desse país imundo e nojento, com seus juramentos de fidelidade de merda e seus mortos traídos.

Eu o encarei. Era de fato um assombroso fantasma.

— Como eu fiz a gentileza de salvar você — continuou, com uma bravura hostil —, uma gentileza que você nunca me fez, você deveria me dizer onde é o túmulo de meu irmão, porque andei de cima a baixo, de cima a baixo neste cemitério e não o encontrei.

— Eu não sei, não sei. Mas, mas vai estar neste caderno aqui, em cima da mesa. Este homem está morto?

— Não sei se ele está morto. É engraçado que ele não seja seu pai e eu o tenha atacado assim mesmo. Talvez você saiba que existia uma sentença de morte contra seu pai pelo que ele fez. Ou melhor, não pelo que ele fez, pelo que você fez, trazendo os soldados. Mas não podemos atirar em meninas.

— Acho que você poderia atirar em meninas, se tentasse. O que você quer dizer com sentença de morte contra meu pai?

— Quando a guerra endureceu, fomos obrigados a enviar a ele uma carta com sua sentença de morte, e ele teve sorte quando a guerra terminou e o deixamos para lá.

— Sorte? — Minhas palavras começaram a jorrar de minha garganta, em fúria. — O homem mais sem sorte de toda a Irlanda. O pobre homem está morto em outro cemitério! Você lhe enviou uma carta? Você não sabia a vida dura que ele levava? O destino sombrio dele? Ah, eu estava certa de que havia algo mais que eu não sabia. Vocês, vocês, vocês o mataram! Você o matou, John Lavelle!

Então, aquele tal John Lavelle ficou em silêncio. Seu olhar um tanto agitado e sem cor sumiu de seu rosto. De repente, ele falou de maneira muito normal, gentil até. Por algum motivo que ainda não posso entender totalmente, eu sabia que minhas palavras não eram verdadeiras. Fico orgulhosa por ter entendido isso naquele momento. Fosse lá o que aquele jovem houvesse feito em sua vida, ele não matara meu pai.

— Bem — disse ele —, sinto muito que seu pai esteja morto. Claro que sinto. Você não sabia que mataram meus companheiros? Levaram meus companheiros para fora sem misericórdia e atiraram neles. Irlandeses matando irlandeses.

Sua súbita mudança parecia um resfriado contagioso, e eu o peguei.

— Sinto muito por isso — disse eu. Por que, do nada, me senti boba e constrangida? — Sinto por tudo. Eu não trouxe os soldados, não mesmo. Mas não me importo se você acha que eu trouxe. Não me importo nem se você me der um tiro e me matar. Eu amava meu pai. E agora seus companheiros estão mortos, e meu pai está morto. Eu não disse uma palavra a ninguém a não ser o padre, e ele não teve a menor chance de falar com ninguém no caminho. Você não percebe que os soldados estavam seguindo vocês? Você acha que ninguém mais os viu? Esta cidade tem olhos. Não tenha dúvida de que esta cidade consegue ver segredos.

Ele me encarava com seus olhos tingidos da cor estranha das algas. As algas de suas ilhas estavam em seus olhos. Talvez houvesse algas movendo-se nos ventres das mães daquele lugar, um povo que meio que voltou ao mar, como os primeiros pequenos seres da criação em seu som monótono, se é que acredito no que leio. Os olhos dele clarearam-se, então, e ele me olhou, e, pela primeira vez, vi o que se escondia em John Lavelle, uma espécie de bondade. Quanto dessa bondade a guerra cobrira com cadáveres e maldições não sei.

— Você vai me mostrar a sepultura de meu irmão? — perguntou ele, com a mesma entonação com que alguém diria *eu te amo*.

— Sim, se eu conseguir achá-la.

Então, busquei o tal caderno e vasculhei os nomes. Lá estava a bela letra azul em bico de pena de meu pai, a letra de um verdadeiro escriba, embora ele não o fosse. E entre os Ls, encontrei Willie, Willie Lavelle. Anotei, então, os números de referência e, como se eu fosse meu pai, não uma menina de 16 anos que acabara de quase ser nocauteada e estuprada, passei pelo corpo inerte caído de Joe Brady e por John Lavelle, saí pelas aleias e levei John Lavelle a seu irmão, para que pudesse se despedir.

Então, talvez John Lavelle tenha ido para a América por um longo tempo, antes que qualquer um ouvisse falar dele.

John Lavelle foi para a América, e eu fui para um lugar chamado Café Cairo — que não era tão longe.

CAPÍTULO XI

John Kane apareceu hoje com uma declaração extraordinária. Disse que as campainhas-de-inverno apareceram mais cedo este ano. Não é de se esperar que um homem como esse perceba campainhas-de-inverno. Disse-me que, no jardim de cima, aonde apenas os funcionários do asilo podem ir, ele viu açafrão florescendo. Disse tudo isso de um jeito muito gentil, no meio do quarto, com um esfregão nas mãos. Na verdade, ele entrou para passar o esfregão no quarto, contou-me esses milagres e depois saiu, esquecendo-se de passar o esfregão de fato. Absorto que estava, suponho, por seu próprio ataque de poesia repentino. Isso ainda prova, mais uma vez, que poucas pessoas permanecem firmes em seus traços de personalidade e continuam fugindo deles. Ao mesmo tempo, John ainda passa longe do chuveiro, e sua braguilha estava aberta, como acontece na maior parte do tempo. Algum dia, um animalzinho vai perceber o zíper aberto e entrar ali para morar, como um porco-espinho faz com o convidativo e úmido buraco de um freixo.

Escrevo isso calmamente, embora, nesse momento, eu não esteja nada calma.

Dr. Grene esteve aqui durante uma hora, à tarde. Fiquei bem espantada com seu rosto cinzento, e, para minha surpresa, ele vestia as roupas pretas de um lamentador, como se tivesse acabado de vir do velório e do enterro de sua esposa. Ele se referiu a ela como Bet, que deve ser um apelido de Betty, que é um apelido de que nome? Não consigo me lembrar. Talvez de Elisabeth. Ele disse que havia 44 pessoas no velório e no enterro, ele as contou. Fiquei pensando que, no meu enterro, haverá menos pessoas, poucas pessoas, ou nenhuma, a não ser que o próprio dr. Grene vá. Mas que diferença faz? Eu podia ver o pesar em cada traço de seu rosto, e, onde ele tinha se barbeado, havia agora assaduras vermelhas bem feias, que ele insistia em tocar, cauteloso. Eu lhe disse que ele não deveria se preocupar com gente como eu em um dia desses, mas ele não respondeu.

— Inesperadamente, encontrei material extra — disse ele. — Não sei se vai nos ajudar, porque se refere a questões de outrora. Como dizem.

Como quem diz? As pessoas que ele costuma visitar? Os velhos de sua juventude? Quando terá dr. Grene sido jovem? Imagino que nos anos 50 e 60 do século passado. Quando a rainha Elizabeth era jovem e a Inglaterra era velha.

— Era um pequeno testemunho que alguém fez, muitos anos atrás, não sei se pertencia a esta instituição ou se veio do Hospital Psiquiátrico de Sligo, trazido com você para cá. Mas me deu esperanças de que o original esteja lá. Essa cópia está em péssimo estado, datilografada, mas já apagada, como você pode imaginar. E está faltando grande parte. Parece mesmo saída de uma tumba egípcia. Refere-se ao fato de seu pai ser da Força Policial Real Irlandesa, uma expressão de que não ouço falar há muito tempo, e às circunstâncias da morte dele..., seu assassinato, pode-se dizer. Fiquei bastante perturbado ao ler sobre isso. Não sei, achei que deveria vê-la hoje, apesar de meus próprios... desafios neste momento. Parecia tão vívido, tão recente, talvez porque, no momento, eu esteja tão suscetível a... a lutos e pesares. Deve ser por isso. Fiquei muito triste, Roseanne. Principalmente porque eu não sabia.

Suas palavras ficaram balançando no ar, como costumam ficar palavras desse tipo.

— Deve ser um documento sobre outra pessoa.

— Hã? — disse ele.

— Isso. Talvez o senhor tenha ficado triste desnecessariamente. Por mim, pelo menos.

— Não foi assim que seu pai morreu?

— Não.

— Ele não era da polícia?

— Não.

— Bom, estou aliviado por ouvir isso. Mas havia seu nome lá, Roseanne McNulty.

— O senhor me chama de sra. McNulty, mas há outra história ligada a esse nome. Eu deveria ser chamada por meu nome de solteira.

— Mas você foi casada, não?

— Sim, fui casada com Tom McNulty.

— Ele morreu?

— Não, não.

Mas eu não era capaz de falar mais nada naquele momento.

— O documento afirma que seu pai estava na Força Policial Real Irlandesa em Sligo, durante os tumultos dos anos 20, e foi tragicamente morto pelo IRA. Confesso que ainda não sei muito sobre esse período. Na escola, parecia-nos uma imensa sucessão de erros medonhos, uma história tão beligerante. Mesmo a Segunda Guerra Mundial..., não sei o que nos parecia. História da Antiguidade? E olha que eu nasci durante a guerra. Seu pai não se chamava Joseph, Joseph Clear?

Mas eu estava emperrada por alguma sensação desagradável. Não sei se você já sentiu isso, como se alguém tivesse paralisado seu corpo com massa corrida. Quando cerrei os dentes com aquele sentimento, eu poderia jurar que estava mordendo massa corrida. Olhei em pânico para dr. Grene.

— O que houve, Roseanne? Eu a perturbei? Desculpe-me.

— Talvez — disse eu, conseguindo deixar passar ao menos algumas palavras através da massa — esse seja seu trabalho, dr. Grene?

— Perturbá-la? Não, não. Meu trabalho é ajudá-la. Nesse momento, avaliá-la. Isso me foi dado como incumbência. Hoje há todo tipo de leis. Eu ficaria mais que feliz em não a perturbar..., quer dizer, não que eu queira deixá-la sozinha, mas quieta, e conversar sobre outras coisas, ou sobre nada, o que começo a julgar o assunto mais saudável que existe.

— Meu nome de solteira é Clear — disse eu, de repente.

— Foi o que pensei. Li naquele livrinho, não foi? — disse ele. — Um nome muito raro, é claro. Joe Clear. Não deve ter havido muitos com esse nome. Não deve haver muitos Clear na Irlanda. Pergunto-me se não será uma forma de Clare, ou estará ligado ao cabo Clear, ou o quê?

Sua entonação era agora estranha e agonizante, com um olhar perplexo de novo, como o de um jovem menino subjugado na escola.

— Acho que é um nome protestante, e talvez tenha vindo há muito tempo da Inglaterra.

— Será? Claro, McNulty é um nome bem comum. Deve haver McNultys por todo lado.

— É um nome antigo em Sligo. Meu marido disse que eles foram a última tribo canibal de que se tem notícia na Irlanda. Está registrado em algum lugar que eles comiam seus inimigos.

— Minha nossa.

— É. Eu mesma não comia carne naquela época. O cheiro da carne me desfalecia, apesar de eu cozinhar carne todo dia para ele.

Então, meu marido gostava de dizer às pessoas que eu era a última canibal vegetariana de que se tinha notícia na Irlanda.

— Engraçado, seu marido.

Ai, ai, ai, novamente os bancos de areia. Cerrei meus lábios o mais rápido que pude. Não queria reviver tudo aquilo.

— Muito bem, muito bem — disse o doutor, tencionando ir-se finalmente —, devo trazer amanhã esse documento de que lhe falei, talvez lhe interesse dar uma olhada nele.

— Não consigo ler tão bem quanto no passado. Leio Thomas Browne, mas sei quase tudo de cor.

— Vamos lhe trazer óculos de leitura, sra. McNulty, ou devo dizer srta. Clear?

— Estou feliz sem eles.

— Muito bem.

Em seguida, por algum motivo, o doutor riu, uma daquelas pequenas risadas tilintantes que as pessoas dão quando um pensamento interior as diverte e que surgem antes que se consiga segurá-las.

— Ah, não — disse ele, embora eu não tenha falado nada —, desculpe-me, não foi nada, nada.

E lá foi ele embora, balançando a cabeça. Na porta, ele levantou sua mão direita e acenou, como se eu fosse passageira de um navio.

Terá tudo isso sido antes ou depois de John Kane vir falar das campainhas-de-inverno? Não me lembro.

Não, lembro sim. John Kane voltou, mas foi para passar o esfregão no chão. Por algum motivo, ele evidentemente acabou lembrando que não havia esfregado o chão de meu quarto. Afinal, também ele está ficando velho. A velhice busca velhice. Não que ele a busque. Quando limpava debaixo de minha cama, acabou trazendo uma colher nas cerdas do esfregão. Não estava limpa, mas suja de sopa. Eu devo ter deixado cair da bandeja. Ele me lançou um rápido e obscuro olhar, bateu de leve em meu rosto e se foi.

Como uma boa história se torna aos poucos uma história má?

Caderno de anotações do dr. Grene

"Certamente aquele homem era cobiçoso da vida, desejava viver enquanto o mundo chegava ao fim..."

Faz apenas duas semanas que ela foi enterrada. Bet. É tão difícil até mesmo escrever seu nome. Às vezes, aqui em casa, de noite, agora sozinho, ouço umas pancadinhas em algum lugar, provavelmente um som que ouvi inconscientemente um milhão de vezes, uma porta que encosta na esquadria com a corrente de ar e, não sei, procuro temeroso no corredor escuro perguntando-me se é Bet. É terrível e estranho ser assombrado pela própria esposa.

É claro que não sou. Esse é um dos muitos frutos estranhos na cornucópia da dor.

Como é difícil viver. Eu estava prestes a dizer que todo o meu mundo *chegou* ao fim. Quantas vezes devo ter ouvido displicentemente e com uma distância profissional alguma pobre alma torturada pela depressão, uma doença que pode ter sua origem em uma catástrofe exatamente como a minha.

Sinto-me tão desolado que estou quase inclinado a admirar qualquer exemplo da simples força da mente, toda a saúde da mente.

Assisti às imagens de Saddam Hussein, "presidente do Iraque", como ele ainda se intitulava, sendo enforcado e procurei em seu rosto sinais de dor e sofrimento. Ele parecia confuso, mas forte, quase sereno. Tinha tamanho desprezo por seus captores, mesmo quando debochavam dele. Talvez não acreditasse que eles tinham força para acabar com sua vida. Completar sua história. Ou pensasse que, se conseguisse encontrar forças em si mesmo, ele completaria sua própria história com um floreio admirável. Parecia tão esfarrapado e perdido quando o tiraram daquele esconderijo meses antes. No julgamento, sua camisa e seu casaco estavam sempre imaculados. Quem os lavou, esfregou, passou? Que lavadeira? Como será a história de Saddam vista por um amigo, um admirador, alguém nascido na mesma cidade que ele? Eu o invejei por sua nítida paz de espírito a caminho da morte. Eles não tiveram misericórdia de Saddam, como ele mesmo não teve de seus inimigos. Ele parecia sereno.

É verdade que, nos últimos dez anos, uma década inteira, Bet havia se recolhido para o velho quarto de empregada, no segundo andar da casa. Sento-me aqui, em nosso antigo quarto — antigo de formas diferentes, por exemplo por termos dividido durante vinte anos, por não ter sido redecorado, por ser onde dormíamos *no início* etc. —, como me sentei milhares de vezes — quantas noites em dez anos?, 3.650 noites — e ela não mais está logo acima, caminhando no chão de tábuas, fazendo, ao se deitar, sua estreita cama ranger. Tudo está perfeitamente tranquilo e calmo, a não ser por essas pancadinhas em algum lugar, como se ela não estivesse realmente morta, mas tivesse se emparedado atrás de um armário e quisesse sair. No quarto de cima, a cama ainda está bem-feita, como se Bet a tivesse arrumado na manhã passada. Não fui capaz de tocar a cama. Sua coleção de livros sobre rosas ocupa o parapeito da janela, como sempre (quando dividíamos a cama, eram livros de rosas do seu lado e de história irlandesa do meu), amparada por dois suportes havaianos de livro esculpidos em forma de duas donzelas impudicas. Ao lado da cama, o telefone, em cima da mesinha de estilo chinês deixada por sua tia-avó. Essa tia-avó morreu de Alzheimer, mas havia ganhado a mesa em um jogo de cartas anos antes, em sua juventude, e Bet ficou encantada e, depois, emocionada ao recebê-la. No gaveteiro, estão suas roupas; no armário, seus vestidos de inverno e de verão, e seus sapatos, entre os quais está aquele par de salto que ela costumava calçar para jantar e que eu achava que não lhe caía bem, mas ao menos nunca tive a falta de delicadeza de lhe dizer isso anos antes, quando fazíamos coisas do gênero — esse não é um de meus pecados. Mas essa não é a mulher que encontrei no corredor, lutando para respirar quando seus pulmões falharam e seu último grito fez com que eu me atropelasse escada acima, a mulher que me arrebata, como o fez aquela jovem, quando me apaixonei por ela, essa é a pessoa que me assombra. A desejável e perfeita beleza que ela era, que foi contra a vontade de seu pai e insistiu em se casar com um pobretão, estudante, em um hospital na Inglaterra, da desconhecida e nada promissora ciência da psiquiatria, um homem que ela havia conhecido em um fim de ano em Scarborough. A natureza absolutamente acidental das coisas.

Não havia nada em mim de que o pai de Bet gostasse, um dos subempreiteiros do grande projeto da hidrelétrica de Shannon* e, como tal, um homem histórico e épico, fornecendo cascalhos das pedreiras de Connaght. Mas a vontade de Bet prevaleceu, e nos casamos. Deus a ajudasse, seus inúmeros familiares enfileirados em um lado da igreja, e ninguém em meu lado a não ser meu pai adotivo, aturando os olhares belicosos do lado oposto. Meus pais eram católicos, o que deve ter contado a seu favor, mas eram católicos ingleses, gente, aos olhos de meus sogros, mais protestante que os próprios protestantes ou, pelo menos, profundamente misteriosa, como criaturas de alguma outra época, quando Henrique VIII quis se casar. Talvez pensassem que Bet estava se casando com um fantasma.

Imagino que o maior desejo de Bet fosse que eu continuasse exatamente como eu era, e como me arrependo de que não tenha sido assim. A única mudança que ela desejava dizia respeito a suas rosas, o estranho momento de encanto floral, quando o ramo de uma rosa se modifica e surge uma mutação, algo novo vindo da rosa já conhecida. Um salto de beleza.

— Vou lá fora no jardim para ver se há novidades — dizia ela a quase qualquer momento, pois tinha rosas crescendo em todas as épocas do ano.

Ela estava esperando pelo que quer que fosse que Deus, o mago secreto, houvesse decidido fazer de Seu pelas rosas. Creio que eu não demonstrasse quase nenhum interesse por aquilo tudo. *Mea culpa.* Tentei, mas não consegui encontrar a paixão em mim. Eu deveria ter estado lá fora com Bet, com as luvas e a tesoura de jardineiro, como alguém equipado para uma batalha em miniatura.

Pequenos pecados da omissão que se agigantam agora. É de enlouquecer.

De todo jeito, por minha sanidade, escrevo aqui. Tenho 65 anos. Ultrapassei a música dos Beatles.* Para alguns, isso é jovem. Mas, quando um homem acorda em seu quadragésimo aniversário, ele pode dizer que não há mais juventude a sua frente. Julgo isso extremamente pequeno e ridículo. Uma pessoa saudável pode ficar feliz com a vida, como uma qualidade em si mesma, e ver com interesse o passar dos anos, o ganho de idade e a chegada da velhice. Mas sou um miserável diante de tal tarefa. Quando Bet morreu, eu me olhei no espelho pela primeira vez em muitos anos. Digo, eu encarava o espelho a cada manhã, aparava a barba e coisas assim, mas não *olhava* para mim mesmo. Fiquei espantado com o que vi. Eu não me conhecia. Meu cabelo rareava no topo de minha cabeça e estava cinza como um texugo, embora eu pensasse estar com a mesma cor de cabelo de antes. Minhas rugas pareciam dobras em um pedaço de couro que ficou na chuva por muito tempo. Eu estava totalmente desalentado, absolutamente chocado. Não me dera conta desse simples fato enquanto Bet vivia. Eu estava velho. Eu não sabia o que fazer. Então, procurei minha velha navalha e me barbeei.

Sessenta e cinco. Em poucos anos, me aposento. Não é apenas este prédio que está chegando a seu ponto último de depreciação. Aposentadoria. Para fazer o quê? Perambular pela cidade de Roscommon? E há Roseanne McNulty, com 100 anos. Se fosse inglesa, a rainha lhe enviaria uma carta. Será que Mary McAleese* envia cartões aos centenários irlandeses? Mas tenho certeza de que, como o resto do mundo, Mary McAleese não sabe que Roseanne existe.

Na verdade, eu não pensava em escrever sobre mim aqui. Queria escrever sobre Roseanne.

Porque há um mistério ali. Suspeito de que, em algum momento do passado distante, em uma instituição como esta, ela tenha sofrido de alguma forma na mão de seus "enfermeiros". Não é algo incomum nas histórias antigas. Seu sofrimento no reino da vida real, no chamado mundo lá fora, foi sem dúvida algo ainda maior. Tentei lhe fazer uma série de perguntas cuidadosas, do tipo que não a assustaria nem a levaria ao silêncio. Ela é e sempre foi uma pessoa bem capaz de conversas brincalhonas e até utópicas. Anos atrás, eu e Bet éramos assim. Quando as coisas eram mais fáceis — mas, não, tenho que deixar isso tudo de lado. O que me questiono é se Bet está sozinha onde quer que esteja agora. Como foi estranho ligar para os agentes funerários, naquele local indesejado pelo qual passei de carro tantas vezes, com a entrada elegante, a área dos carros fúnebres ao fundo, as frases quietas e precisas, os números, o chá, os sanduíches, a documentação do túmulo, o serviço funerário, a remoção, os issos e aquilos da morte. E agora, essa manhã, a conta discreta, cada item listado, o caixão que escolhi em um súbito golpe de mesquinharia e de que me arrependi profundamente no velório. O que eu comprei para enterrar minha esposa.

Cada nuance de Bet, cada movimento de sua cabeça, cada momento de ternura entre nós, cada presente, cada surpresa, cada brincadeira, cada passeio, o fim de ano em Bundoran e depois Benindorm, cada palavra gentil, as frases de ajuda, tudo se junta como um mar, o mar de Bet, e emerge das profundezas de nossa história, do fundo do mar de tudo o que fomos, com uma grande onda que quebra em minha praia cinza, me engole, e eu queria que me levasse embora para sempre.

Ah, Deus. Mais uma digressão. Mas esse foi o padrão das últimas semanas.

Roseanne. Velha senhora. A *cailleach* das histórias. Com tanta idade e, ainda assim, com um daqueles rostos tão esbeltos que trazem a aparência de sua juventude, do que ela era. Ah, ela está diminuindo, como costuma acontecer. Quando a lavam, certamente não é mais que pele e ossos, tudo o que foi belo e fecundo nela agora vazio e seco. Posso dizer que Bet foi poupada disso? É inútil falar do que fomos poupados pela morte. A morte arreganha os dentes quando falamos isso, tenho certeza. A morte de todas as criações sabe o valor da vida.

Por mera curiosidade, eu gostaria de encontrar uma foto antiga de Roseanne, de quando ela era jovem. Deve ter sido um encanto em sua época. Não há fotografias, porém.

De início, não consegui encontrar nada sobre Roseanne. Posso dizer que já esperava não ter muitas pistas nos registros, dada sua idade.

O que sei sobre ela? Afinal, conversei com ela de vez em quando por dezenas de anos! Tão poucos fatos. Que ela foi chamada de sra. McNulty, que não tem parentes ou amigos com quem entre em contato, ninguém jamais a visitou neste hospital e, talvez, tenho a impressão de que ela foi trazida de Sligo para cá, mas há quarenta anos ou mais. Não sei como sei disso, a não ser que eu já tenha visto algum documento que o dissesse quando eu era jovem e vim para cá da Inglaterra. Naturalmente, Bet queria estar perto da família, e eu sabia, por meu pai, que eu tinha ligações com a Irlanda, então fiquei mais que satisfeito em estar aqui.

Acaso, mero acaso, tudo. Como fiquei surpreso e feliz, honrado, em receber, aparentemente do nada, a carta do sr. Amurdat Singh, o diretor daqui, com a oferta de um cargo inicial. Como ele chegou ao meu nome, não sei. Eu tinha saído havia poucos meses da faculdade, estava desempregado e desesperado para me casar com Bet. E eis que surge um emprego na Irlanda, exatamente o que ela queria. Era quase um milagre. Os árabes dizem que tudo já está escrito no livro da vida e que nosso trabalho é apenas preencher a narrativa já existente, desconhecida e invisível. Pensei que talvez dr. Singh tivesse estudado na mesma faculdade que eu, mas não, ele estudou na Irlanda, por conta de uma das antigas conexões imperialistas que continuaram a existir por muito tempo, mesmo depois das independências da Irlanda e da Índia, como costuma acontecer. Não sei se alguém me indicou nem por que alguém faria isso, pois devo confessar que meu currículo não era exatamente brilhante, apenas adequado. Contudo, chegou a carta miraculosa e eu a respondi, cheio de felicidade — cheio de juventude e felicidade. Creio que se possa dizer que eu nem conhecia Roscommon. Mas, se fosse um fim de mundo, era um fim de mundo amado por Bet. Tínhamos todas as chances de ser felizes aqui.

Amurdat Singh, que Deus o tenha, era uma espécie de santo. Talvez por conta de sua raça ele não tenha prosperado na Irlanda como outras pessoas. Merecia ter se tornado secretário de Psiquiatria de toda a Irlanda. Enquanto estava vivo, seu hospital era um verdadeiro paraíso, ele tinha ideias radicais e instigantes. Jung e R. D. Laing eram seus deuses e compunham uma mistura potente. Tristemente, ele morreu jovem, talvez tenha até tirado sua própria vida. Penso que, de maneira geral, fico feliz que ele tenha me convocado, ainda que misteriosamente.

É claro que, quando cheguei, Roseanne Clear já tinha passado aqui a maior parte dos vinte anos anteriores; se não aqui, pelo menos sob os auspícios dos (que eu não escreva "dos assim chamados") serviços psiquiátricos.

Como essa porta bate. Como se eu tivesse 5 anos de novo, em nossa casa, já desaparecida, em Padstow, temo ir ver o que faz esse barulho. Tenho certeza de que é apenas uma porta, talvez a porta do quarto de visitas, que Bet desprezava, por ser no mesmo andar que meu quarto.

Entrei em contato com o Hospital Psiquiátrico de Sligo para ver se eles tinham algo sobre Roseanne. Não devem ter. Nesse meio-tempo, encontrei aqui o remanescente de alguma espécie de testemunho, em grande parte comido por ratos e traças, como um pergaminho no deserto. Um pequeno evangelho apócrifo, como pode ser. Não sei quem o escreveu, mas foi trabalho de alguém instruído, embora eu não pense que tenha sido um médico. Está datilografado, mas já apagado, talvez por conta do papel-carbono antigo que foi usado, aquele papel azul enrugado posto na máquina de escrever para fazer uma cópia. Espero que Sligo tenha o original.

Enquanto isso, tenho conversado o máximo que posso com Roseanne, roubando o tempo de minhas outras obrigações e, às vezes, confesso, inclinado a me protelar por mais tempo que deveria. Pode-se dizer que, quando estou em seu quarto, o veneno do pesar se abranda por algum tempo. Outro dia, não aguentei e chorei em sua companhia e, em um atentado desesperado à distância profissional, soltei que Bet morrera e, longe de qualquer distanciamento, fiz com que sra. McNulty viesse para perto de mim. Era como ser tocado por uma espécie de luz benigna, algo primitivo, estranho e curiosamente claro.

Talvez uma pessoa que nunca recebe visitas acumule algum tipo de calor, como uma usina de energia que jamais liberou eletricidade — como o próprio projeto Shannon nos primeiros anos, quando ninguém usava energia elétrica em casa.

Sim, recebi algumas respostas a minhas indagações. Primeiro, me perguntei se ela tinha respostas, se, no que concernia a seu passado, ela era incapaz de ter memórias, ou seja, se era, de algum modo, insana. Teria sido colocada sob os "cuidados" do asilo porque sofria de alguma psicose de fato ou algum colapso de suas faculdades mentais? Como alguns psicóticos, ela tinha muita certeza e falava com consistência sobre o que parecia saber. Ainda assim, também confessou ignorar muitos outros assuntos, o que me pareceu sugerir que não era psicótica, mas que talvez também sua memória tenha sofrido com as traças da idade. Em geral, os psicóticos dão respostas a tudo, não importa qual seja a verdade. Eles odeiam não saber, porque lhes traz as dores e tempestades da confusão.

Em seguida, imaginei que Roseanne estivesse sendo cautelosa por me temer, ou talvez até por medo de falar, caso isso lhe trouxesse lembranças que ela preferia esquecer. De alguma forma, sei que ela sofreu imensamente. Vê-se em seus olhos, está claro como o dia. Aliás, é o que lhe dá uma estranha graça, se é que posso dizer isso. Isso não é algo que eu tenha pensado antes de escrever. Então, talvez escrever neste caderno tenha alguma utilidade.

E, seja como for, eu gostaria de, de algum jeito, encontrar o âmago, o fio da meada de sua história, como se diz. Sua história verdadeira, ou o mais perto disso, pode ser salva. Ela certamente não tem mais muitos anos de vida. Creio que o registro do irlandês mais velho da modernidade seja o de uma pessoa com 107 anos, o que daria a Roseanne mais sete anos. Não penso, porém, que ela desfrutará de tantos anos.

Espero que haja mais notícias de Sligo.

Eu me arrependo, acima de tudo, do êxodo de Bet para o quarto de empregada. Meu flerte — ah, uma palavra hábil e elegante, escolhida por meu mais profundo eu para esconder meu pecado — com outra, cuja vida também alterei para pior, foi o motivo. Creio que foi o motivo. Mais provavelmente a visão repentina que Bet teve de mim à luz do ocorrido. Uma pessoa menor, mais torpe do que ela pensava.

PARTE II

CAPÍTULO XII

Roseanne sobre si mesma

Não faço mais nada além de chover, cantava Gwen Farrar, Billy Mayerl lampejando suas mãos no piano. E ela deve ter nascido em Sligo, cantava tão lamentosamente *Acho que nascemos vestidos com nossas capas de chuva...*

Sempre o cataclismo da chuva caindo sobre Sligo, caindo sobre as pequenas e grandes ruas, fazendo as casas estremecerem e se encolherem como pessoas em uma partida de futebol. Caindo fantasticamente, em grandes quantidades, o conteúdo de centenas de rios. E o próprio rio, o Garravoge, avolumando-se, os belos cisnes pegos de surpresa, nadando nas torrentes, sendo atirados sob a ponte e reaparecendo do outro lado, como suicidas malsucedidos, seus olhos misteriosos chocados e negros, sua misteriosa graça incólume. Como são selvagens os cisnes, mesmo com sua famosa beleza. E a chuva caindo também na calçada em frente ao Café Cairo, enquanto eu me debatia com caldeiras e máquinas e olhava para fora, com os olhos queimando, através do embaçado das janelas.

É assim que parece agora. Quem era eu naquele tempo? Uma estranha, mas uma estranha que ainda hoje se esconde em mim, em meus ossos e meu sangue. Que se esconde nessa enrugada roupagem de pele. A menina que fui.

Comecei a escrever sobre o Café Cairo ontem e então fui silenciada por uma sensação horrível. Era como se meus ossos estivessem virando água, água fria. Foi algo que dr. Grene mencionou rapidamente. O efeito de suas palavras foi o de uma ardósia em cima de uma flor seca. Passei o dia em minha cama, pensando, sentindo-me antiga, miserável, em pânico. John Kane entrou no quarto e até mesmo ele se surpreendeu com meu rosto, a tal ponto que não falou nada, apenas varreu rápido o assoalho com sua vassoura horrível. Acho que eu parecia um tanto louca. Sabe-se muito bem que, a todo momento, seres humanos espalham uma chuva de pele morta. Aquela vassoura dele deve carregar um pouco de todos os segredos dos pacientes daqui. Quando ele a esfrega no chão de cada quarto. Não sei o que isso significa.

Sinto como se me afastasse de minha tarefa. Imagino que seja estranho eu tentar escrever minha história inútil aqui e, ao mesmo tempo, resistir à maioria das perguntas de dr. Gene. Imagino que ele adoraria ler isso, nem que fosse para facilitar seu trabalho. Bem, quando eu morrer, se alguém pensar em procurar embaixo da tábua solta, ele vai descobrir. Não me importa que ele leia, desde que eu não tenha que ser interrogada de perto, como ele, sem dúvida, faria caso meus escritos caíssem em suas mãos hoje. Talvez a verdade seja que escrevo isso para ele, pois é a única pessoa que conheço, em qualquer sentido da palavra. E, ainda assim, foi apenas recentemente que ele começou a vir aqui de maneira regular. Lembro quando eu o via somente duas vezes por ano, na Páscoa e no Natal, quando ele vinha bem animadamente perguntar como eu estava, não ouvir de fato a resposta e ia embora de novo. Mas, naquela época, ele tinha cem pacientes, sei lá, talvez até mais. Eu me pergunto se, de fato, há menos gente aqui agora. Talvez sejamos como aquelas tristes ordens de freiras e monges que mínguam até poderem ser contados nos dedos da mão em velhos conventos e monastérios. Não tenho como saber, a não ser que eu mesma faça um passeio por este lugar, o que não é muito provável agora.

Lá embaixo, no pátio, hoje mais uma vez em um tempo congelante, apesar das campainhas-de-inverno de John Kane, tenho certeza de que a macieira está sentindo um frio terrível. Deve ter uns 100 anos aquela árvore. Muitas e muitas luas atrás, eu descia até ela, quando me deixavam. Há um banco de madeira dando a volta na árvore, como em um antigo vilarejo inglês, algo de uma antiga história inglesa. O gramado do parque. Mas, quando há sol, o pátio é um pequeno receptáculo de luz e calor, que aquecem a árvore nos tempos de primavera. Então, vêm as poderosas florações. Mas ainda não vieram, sei disso, e, se ousassem despontar alguns botões, o gelo os escureceria, e a árvore teria que começar outra vez.

Havia uma copeira lá embaixo, que jogava migalhas dos grandes pedaços de pão que chegavam à cozinha em um alimentador provisório de pássaros. Isso atraía o chapim-azul, o *green-tit* e todos os tentilhões vorazes de Roscommon que se possa imaginar. Suponho que a copeira se tenha ido há muito tempo. Suponho que a macieira vá durar mais que todos nós.

Essa antiga árvore faria de um melro um filósofo. A floração da macieira é mais tranquila que a da cerejeira, mas, mesmo assim, é impressionante, inspiradora. Na primavera, fazia-me chorar. Acaba vindo sempre, com ou sem gelo. Eu adoraria vê-la de novo. O gelo pode apenas atrasar a árvore, nunca a derrota. Mas quem me levaria lá para baixo?

When milk comes frozen home in pail,
And Dick the shepherd blows his nail.[3]

O velho Tom, meu sogro, tinha uma horta incrível em seu bangalô de Sligo. Era o todo-poderoso das verduras de inverno. Lembro-me de ele dizer que o gelo melhorava repolhos e alfaces. Ele era o cão em fazer as verduras crescerem ao longo de todo o ano, o que parece ser bem possível se você souber o que deve ser feito. Como acontece com a maioria das coisas.

O velho Tom McNulty. Até hoje não sei se era amigo ou inimigo. Até hoje tenho uma opinião ambígua sobre todos eles, Jack — não, não, talvez eu possa, com justiça, maldizer padre Gaunt e aquela velha senhora, a mãe de Tom e Jack, a verdadeira sra. McNulty, digamos. Ao mesmo tempo, não sei bem. Ao menos a sra. McNulty sempre foi abertamente hostil, enquanto Jack e padre Gaunt sempre se mostraram amigos. É um mistério incômodo.

Agora estou pensando em algo ruim, pois não se mostra dr. Grene um amigo? Um amigo profissional, talvez, digamos. Amigo ou inimigo, ninguém tem o monopólio da verdade. Nem mesmo eu, e esse também é um pensamento incômodo e preocupante.

Foi muito difícil ouvir dr. Grene dizer, tão casualmente, que meu pai era da polícia. Não acho que ele devesse dizê-lo. Já ouvi alguém afirmar isso, mas não lembro onde ou quem. É uma mentira e uma mentira nada bonita. Mentiras como essa, nos velhos tempos, podiam

---

[3] Literalmente: "Quando o leite no balde chega em casa congelado, / E Dick, o pastor, sopra as unhas." Trecho invertido da peça *Trabalhos de amor perdido* de William Shakespeare (ato V, cena II). "When icicles hang by the wall, /And Dick the shepherd blows his nail, / And Tom bears logs into the hall, /And milk comes frozen home in pail [...]" (N.E.)

lhe valer um tiro, e atirar já foi moda na Irlanda um dia, por exemplo os famosos 77 que foram mortos a tiros pelo novo governo. E os executados eram companheiros no passado. John Lavelle teve muita sorte de escapar e não somar 78. Por outro lado, tenho certeza de que havia assassinatos secretos, tiros secretos, jamais registrados ou lembrados por alguém. Mortes miseráveis, tristes e frias de meninos nas encostas das montanhas, ou lugares assim, como a que eu mesma vi, ou pelo menos vi o resultado dela, o que aconteceu com o irmão de John, Willie.

Depois disso tudo, foi um verdadeiro alívio simplesmente usar meu uniforme de garçonete no Café Cairo. O Café servia a todos em Sligo, sem distinção. Era de uma família *quaker*, e nos diziam para não fecharmos as portas para ninguém. Podia se ver, então, um pensionista pobre e solitário, bebendo chá e tirando de seu colo, achando que ninguém via, alguns pedaços de queijo que trouxera no bolso. Lembro-me muito bem desse homem e me lembro de pensar em como ele parecia velho naquele velho terno marrom. Ele tinha provavelmente apenas 70! A presença desses personagens rotos, no entanto, não afastava as damas de Sligo, que iam lá para bater papo. De fato, pareciam verdadeiras galinhas no quintal, a maneira como se sentavam à mesa, o papo e a fofoca brotando delas como a poeira que sobe depois da passagem de uma caravana de camelos pelo deserto. Algumas eram mulheres maravilhosas e brilhantes, que nós, o pelotão de garçonetes, amávamos, e amávamos vê-las chegando todos os dias e ficávamos contentes em servi-las. Algumas tinham a língua afiada, como é de se esperar. Mas gente de todo tipo ia lá, foi de fato minha faculdade, aprendi tanto no Café Cairo, servindo chá e sendo educada, e talvez tivesse sido o início de uma vida boa, não sei.

Creio que eu conseguiria o emprego da maneira normal, vendo o aviso na vidraça, entrando e, pouco promissora que era, de algum modo fazendo saber que era presbiteriana e, logo, condizente com o serviço (o coração aberto dos donos *quakers* não empregava nenhuma menina católica, a não ser Chrissie, que havia sido católica, mas fora criada como protestante em uma escola). Mas tudo aconteceu de forma diferente.

Depois que meu pai morreu, minha mãe, já então uma pessoa silenciosa, decaiu ainda mais, ao menos nos termos desta instituição. Certa manhã, ao acordar em casa, desci para lhe fazer seu chá e, ao tornar a subir, não a encontrei em sua cama. Foi um choque terrível, e corri escada abaixo, chamando-a, procurando por toda parte, na rua, em todo lugar. Então, acabei olhando pela janela da copa e vi minha mãe enroscada como um sheepdog, debaixo da motocicleta em ruínas de meu pai. Oh, sim, eu a levei de volta e a aconcheguei na cama, os lençóis que me envergonho por admitir que ficaram cinza por ela se deitar ali suja. Fiquei tão triste e frustrada que andei por Sligo naquele dia e fui até a ponta Rosses, onde ficava a praia mais bonita, pensando que deveria passear pelo campo de golfe, com os pequenos lagos dos pássaros solitários e as belas paisagens das mansões ao longo da costa, como se tivessem ido até o fundo do mar para beber (claro que era água salgada, mas e daí?). E caminhei por lá, passando pelos chalés de Rosses, com a ilha Coney do outro lado da foz do Garravoge e a estátua maravilhosa e tranquilizadora do Metal Man, o homem de metal, com suas roupas azuis de ferro e seu chapéu preto, apontando eternamente para o alto-mar, para mostrar o caminho aos navios que chegavam. Era uma estátua em cima de uma pedra, mas um método tão lindo de indicar o alto-mar jamais foi visto. Ouvi dizer que o irmão do homem de metal está em um parque de Dalkey, no mar de Dublin, mas não sei qual é sua tarefa.

Para além de Coney e do homem de metal, há, claro, a região de Strandhill, uma praia menor, palco de meu próprio sofrimento posterior.

Quando cheguei à praia da ponta Rosses, soprava aquele vento feroz e, apesar de haver certo número de carros pretos estacionado atrás das dunas, os donos deviam estar sentados dentro deles, porque não havia ninguém ao largo da costa. Apenas aquela sucessão de rajadas de vento. Mas, ao longe, havia uma figura, uma mulher com um vestido branco ondulante, como logo vi, empurrando meio perdida um grande carrinho de bebê preto. Ao chegar mais perto dela, eu a ouvi chamar, suas palavras diminuindo e depois crescendo conforme o desejo do vento. Finalmente, cheguei até ela, e apesar do tempo gelado do junho irlandês, ela estava suando.

— Ah, meu Deus, meu Deus — disse ela, parecendo bastante com o coelho de *Alice no país das maravilhas* —, não consigo encontrá-la, não consigo encontrá-la.

— Quem a senhora não consegue encontrar? — perguntei, pensando que, por seu sotaque, ela deveria ser um tipo de dândi, sendo, logo, digna de ser chamada de senhora.

— Minha filha, minha filhinha — disse, com um estranho tom agudo. — Caí no sono nas dunas, em um belo recanto aquecido, e minha pequena estava brincando a meu lado, mas, quando acordei, ela havia sumido. Ela tem apenas 2 anos. Oh, meu Deus, meu Deus.

— Ela não estará no carrinho? — perguntei, em um sopro de inspiração.

— Não, não está, ela está andando. O irmão dela está no carrinho, dormindo profundamente! Minha filha, Winnie, está andando. Winnie, Winnie!

E, de repente, ela pareceu correr para longe de mim, como se desistisse de acreditar que eu poderia ser capaz de ajudá-la depois de minha ignorância a respeito do carrinho.

— Vou ajudar a procurar — disse eu. — Vou ajudar a senhora.

E segurei seu braço por um instante. Era magro por baixo do linho branco. Ela parou e me olhou. Encarou-me com olhos de um verde choroso.

Então, corri pelas dunas, tomando a trilha que ia ao alto, como eu já havia feito com meu pai dezenas de vezes. A trilha subia e descia, e, depois de um tempo, eu estava de volta junto aos carros. A maré jogava suas moedas nas grandes botas de pedra daquela parte da costa. Por puro instinto, corri para a água, porque me lembrei de uma caverna que eu conhecia, uma estranha e profunda caverna que qualquer criança iria adorar. eu pai me contou que, naquela gruta, foram encontrados os mais antigos restos de vida humana na Irlanda e que parte daquele povo primevo — sem dúvida ao mesmo tempo heroico, corajoso e aterrorizado, sozinho na terra das grandes florestas e dos pântanos — havia se abrigado lá.

Entrei na escuridão da caverna e fui recompensada por meus instintos. Havia uma figurinha acocorada ali, cavando na areia seca, seu bumbum molhado como uma poça, mas, de resto, feliz da vida. Eu a puxei dali e nem aquilo a assustou, pois talvez ela tenha pensado que eu era um ser de sua imaginação. Quando voltei para o lado de fora, vi a mãe, bem longe, procurando em pedras parecidas do outro lado da praia. Era a imagem da maior das inutilidades, do maior dos erros, a maternidade sentenciada ao fracasso. Como eu desejei, de repente, que minha própria mãe estivesse procurando por mim com tanto afinco, suando tanto para me encontrar outra vez em uma praia perdida no mundo, para me resgatar, recrutando outras pessoas para meu resgate e me colocando de novo em seu peito, como acontecia com aquela mãe ao longe, que tão claramente sofria por causa da criatura feliz em meus braços.

Parti pela areia, salpicada de uma miríade de conchinhas afiadas, o vento espalhando água por todos os lados. Quando eu estava na metade do caminho, acho que a mãe percebeu que eu me aproximava, seu rosto se virando levemente para mim. Mesmo àquela distância, tive uma impressão imensa de mistério, do pânico enorme daquela figura e da chama de alívio que lhe escapou quando imaginou, esperou, acreditou ter me visto com sua filha nos braços. Acelerei, espirrando água e cruzando a distância de areia que nos separava. Naquele momento, a mãe galopou em minha direção, ainda empurrando o grande carrinho de bebê, e estávamos a apenas poucos metros de distância, ela gritando, como me pareceu, extremamente alegre, quando o carrinho de bebê quase me esmagou e a criança me foi arrancada dos braços, e só então chorou, urrou e ganiu. Era como se eu tivesse trazido a menina de volta da morte para aquela mulher, sobretudo quando lhe contei sobre a gruta e o mar que avançava.

— Não posso lhe descrever, não posso — disse ela —, a sensação de completa desgraça quando não consegui vê-la. Minha cabeça gritava como se tivesse milhares dessas gaivotas. Meu peito doía como se alguém tivesse derramado óleo quente em mim. Toda a praia respondia aos meus gritos em seu vazio. Minha querida, minha querida, minha querida menina.

A última parte era, na verdade, para mim, embora ela segurasse firmemente sua outra "querida" e agora segurasse meu braço também.

— Muito, muito obrigada, menina querida, muito querida.

Essa era a sra. Prunty, mulher do dono do Café Cairo. Não demorou muito para que ela soubesse de minha história, contada por mim no modo que julguei mais apropriado enquanto voltávamos para Sligo em seu grande carro preto. E ela ficou satisfeita em sugerir que eu trabalhasse no Café Cairo, uma vez que minha escola tinha terminado, meu pai tinha morrido e minha mãe estava em casa "indisposta", como coloquei.

Não me recordo do tão especial momento em que Tom entrou no Café pela primeira vez, mas tenho uma memória vívida de Tom — como se em uma fotografia com um fio dourado enfeitando as bordas, feito aquelas imagens do lado de fora do cinema de Sligo — e de sua aura, sua sensação de bem-estar infinito, um homem baixo, atarracado, quase gordo, com um belo terno de tecido grosso, tão diferente de seu irmão, Jack, cujos ternos eram do mais alto nível e cujo casaco era tão infinitamente elegante que tinha uma gola de couro macio, como os casacos das estrelas de cinema. Os dois usavam chapéus estupendamente caros, embora fossem filhos do alfaiate do Asilo para Lunáticos de Sligo, e talvez esse fato fosse responsável pelo corte mais grosseiro do terno de Tom — certamente não pelo corte do terno de Jack. Acontece que seu pai era também o líder da principal banda dançante de Sligo, a Tom McNulty's Orchestra, o que quer dizer que tinham mais dinheiro que a maior parte das pessoas naqueles tempos desendinheirados. Seu pai, outro homem baixo, visto de chapéu de palha no verão causticante e um paletó listrado como o que somente se vê nas corridas de quarta-feira na cidade, era chamado de velho Tom; enquanto Tom mesmo era chamado de jovem Tom, algo útil, uma vez que ele também tocava na famosa banda, mesmo que famosa apenas para as dunas de Strandhill e os sonhos do povo de Sligo.

Já haviam se passado mais de dois anos de trabalho no Café quando eu soube da existência desses irmãos McNulty. Aqueles primeiros anos por lá, como uma mera garçonete, foram anos simplesmente felizes, eu e a solitária Chrissie nos tornamos rapidamente amigas, além de protegermos uma à outra contra o mundo. Chrissie era delicada, uma pessoa boa e gentil, pois há almas assim no mundo. Nem todos estão com sete pedras na mão. Além do mais, apesar de raramente ser vista, sempre senti a sra. Prunty como uma presença secreta por trás das caldeiras e seus vapores e dos graciosos pratos de bolo cheios de saliências e do rio de prata de colheres e facas e daqueles garfinhos adoráveis usados apenas para bolos finos. Em algum lugar por trás de tudo aquilo e das portas de entalhe elaborado, e dos toques de um Egito que ninguém jamais viu, eu estava certa de que a sra. Prunty pairava, como um anjo *quaker*, falando bem de mim. Ao menos, era como eu imaginava. Eu ganhava alguns xelins e alimentava e dava banho em minha mãe, frequentava o cinema muitas e muitas noites, via milhares de filmes, cinejornais e tudo o mais, a maravilha das maravilhas entre os sonhos mais extravagantes e refinados. E, de algum modo, naquela época, eu estava satisfeita com aquilo, rejeitando todas as ofertas de namorar "firme" com alguém, de dançar com alguém em particular mais que uma ou duas músicas. Nós, um amontoado de mocinhas da cidade, nos precipitávamos para o salão de dança de Tom McNulty, à beira-mar, como uma torrente de rosas pelas lúgubres estradas, às vezes transbordando de felicidade e simplicidade pelo litoral, até onde a estrada descia da cidade alta de Strandhill, e os postes de amarração de barcos, seguidos uns aos outros na areia, indicavam, na maré baixa, o caminho até a ilha Coney. Talvez você preferisse nos chamar de gaivotas, pássaros brancos e elegantes, mergulhando e arrulhando, e estávamos sempre em terra firme — como se houvesse sempre uma tempestade no mar. Ah, as garotas de 17 e 18 anos sabem como viver a vida, e amam esse viver, se nos for permitido.

Ninguém nunca viu o Egito, eu disse, mas claro que Jack, quando jovem, foi da Marinha Mercante Britânica e viajou por todos os portos do mundo — mas claro que eu não sabia disso tudo. Era-me desconhecida a história épica de Jack — um pouco épica, de um épico comum, local, mas, ainda assim, épica. Tudo o que eu via, ou começava a ver, eram dois irmãos novos em folha vindo para suas xícaras de chá, qualquer chá chinês para Tom e Earl Grey, de preferência, para Jack.

Apenas muito tempo depois eu soube da história sombria de seu irmão Eneas, se é que cheguei a sabê-la de verdade. Apenas um retalho dela, algumas páginas rasgadas de seu livro roto. É possível amar um homem que somente se conheceu — no sentido bíblico — uma vez? Não sei. Mas havia amor ali, delicado, forte, amor correto. Deus me perdoe.

Caderno de anotações do dr. Grene

Mirabile dictu (a obrigação de ler Virgílio na escola ao menos me fez algum bem, nem que tenha sido decorar essa frase), chegaram mais documentos do Hospital Psiquiátrico de Sligo. É o original da tal declaração, e o armazenamento deles deve ser melhor que o nosso, porque as folhas estão praticamente intactas. É preciso dizer que a história de Roseanne, contada no documento, interessa-me imensamente, fornecendo algum tipo de paisagem para colocar por trás da personagem que sempre vejo naquela cama. Uma espécie de perspectiva humana dos problemas e eventos, como em uma pintura de Da Vinci ou algo assim, a própria Mona Lisa, com seu castelo e as colinas (é como me lembro — talvez não haja um castelo ao fundo). Como Roseanne continua sem se aproximar, também fiquei muito animado em ler, como se estivesse conseguindo as respostas que desejava dela, mas tenho que ser cauteloso com isso. A palavra escrita assume uma autoridade que pode não ter. Não devo necessariamente preencher o silêncio de Roseanne com esse documento, embora seja uma enorme tentação, porque é um atalho, ou um desvio. O documento soma dezessete folhas datilografadas e parece dar conta de acontecimentos que chegaram a seu..., eu ia dizer encarceramento, mas o que quero dizer, claro, é seu afastamento do convívio social. Divide-se em duas partes o relato, a primeira tratando da vida de Roseanne antes do casamento e, então, as razões para a anulação dele, se é que esse era o termo certo na época. Ao que parece, seguiu-se a isso um período de imensa desordem na vida dela, desordem tremenda, realmente muito terrível e lastimável. Tudo isso foi há muito, muito tempo, em grande parte no conto de fadas selvagem da Irlanda dos anos 1920 e 30, embora as maiores dificuldades pareçam ter vindo na época da Emergência, como De Valera* costumava chamar a Segunda Guerra Mundial.

Para ser muito sincero, não sei o quanto disso posso apresentar a Roseanne. De alguma forma, duvido, por sua reação outro dia, que ela vá estar aberta às revelações, que podem ou não ser revelações de fato para ela. Se for tudo verdade, é uma verdade medonha e opressora. Em um lugar como esse, não devemos nos preocupar muito com julgamentos morais, nem mesmo com julgamentos legais. Aqui, somos como capelães de prisão, lidando com o refugo de pessoas depois de as autoridades já terem feito suas declarações a respeito delas. Tentamos aprontar, aprumar as pessoas para quê? Para o machado, a guilhotina da sanidade? Para velar longamente a pena de morte em vida que é isto aqui?

O documento que me interessou, se é que não me horrorizou, foi assinado pelo padre Aloysius Mary Gaunt, um nome que não me era estranho. Tentei lembrar, confusamente, por algum tempo, até que, de repente, me toquei de que ele foi o auxiliar do bispo de Dublin nos anos 1950 e 60, que conseguiu da incerta constituição irlandesa uma declaração de seus poderes de domínio moral sobre a cidade, como o fez grande parte de seus irmãos clérigos. Um homem que parecia, a cada dito, desejar o banimento das mulheres para dentro de seus lares e a elevação da humanidade à condição de castidade sublime e de façanhas honradas. Hoje, há algo de engraçado nisso, mas não havia graça nenhuma naquela época.

Esse padre Gaunt, quando jovem cura de Sligo, parecia saber muito bem o que se passou com Roseanne Clear. Ao que parece, ela era filha de um policial, sargento da Força Policial Real Irlandesa (o que eu já sabia, pela cópia danificada que eu tinha). De Valera, ainda um jovem líder durante a guerra de independência, declarou que qualquer membro da polícia podia levar um tiro se, de algum modo, obstruísse os anseios da revolução. Então, tais indivíduos e suas famílias, apesar de irlandeses e, em sua maior parte, católicos (o pai de Roseanne era presbiteriano), viveram sob constante ameaça e em verdadeiro perigo. Algo muito compreensível em um período revolucionário, mas eu me pergunto se Roseanne, aos 12 anos mais ou menos, poderia ver dessa forma. Aos olhos dela, o que aconteceu pode ter sido sinceramente trágico, genuinamente desnorteante e terrível.

Acabo de olhar para meu relógio e são 19h50, meu último minuto aqui, antes de sair para começar a ronda das 20h10. Tenho que correr.

Uma nota para mim mesmo: os empreiteiros dizem que o novo prédio estará pronto em seis semanas. Isso veio de fonte primária porque, outro dia, estive lá no local para perguntar a eles, como um espião. Mas chega...

CAPÍTULO XIII

Roseanne sobre si mesma

É curioso contar que não foi no Café Cairo que "conheci" Tom, mas em um lugar bem diferente. No mar mesmo.

É pelas praias do mundo que o privilégio de ter filhos fica imensamente mais evidente. Que tormento para as solteironas e para os homens sem filhos é ver pequenos anjos e demônios de todos os tamanhos perambulando pela beira-d'água. Como alguma espécie de animal migratório. O animal humano começou como algo reles e serpenteante nos mares da antiguidade, debatendo-se em direção à terra, cheio de arrependimentos. É por isso que sentimos tanta falta do mar.

Não sou uma pessoa totalmente sem filho.

Essa história também pertence ao mar, ou, ao menos, à praia.

Meu filho. Meu filho foi para Nazaré, foi o que me disseram. Ou foi o que eu os ouvi dizer. Mas eu não ouvia nada muito bem, muito adequadamente, naquela época. Eles poderiam, por exemplo, ter dito que ele foi para o Wyoming.

A praia de Strandhill é estreita, amontoada, perigosa, e o próprio monte de areia parece ter recolhido seus joelhos enormes para escapar do que se passa lá embaixo. Há uma área acidentada onde charretes, carroças, carrinhos puxados por motos e automóveis costumavam estacionar, seus ocupantes com certeza saltando para fora na mesma intensidade de ansiedade humana, as crianças se despencando na frente, os pais rindo, praguejando, as mães chamando atenção, entrando em pânico — todo o tumulto e a agitação da felicidade corriqueira. Roupas de banho até o joelho competindo para sempre com aqueles biquínis magníficos que vi somente em revistas por aí. Como eu gostaria de ter ostentado um deles.

A princípio havia, sem dúvida, poucas casas, ousadas, construídas sobre o brejo e as areias sopradas pelo vento, a parca grama, a terra subindo e subindo até alcançar a área do monte Knocknarea,* onde a rainha Maeve dorme em seu túmulo de pedra. Do alto de Knocknarea, pode-se ver a praia de Strandhill, mas as pessoas são apenas pontinhos, e qualquer coisa do tamanho de uma criança é uma partícula de poeira aos olhos.

Lá do alto, olhei para baixo, chorando em desespero.

Toda aquela região seria "minha" região mais tarde. Strandhill, Strandhill, a mulher louca de Strandhill.

De início, poucas casas se arriscavam naquele terreno inseguro, depois veio o velho hotel, e então chalés e mais casas, e então, em algum momento dos idos anos 1920, Tom McNulty construiu o salão de baile Plaza. Um glorioso armazém de aço corrugado, com teto redondo, uma frente quadrada de concreto que dava para o hall, com uma porta estranhamente modesta e uma bilheteria — o brilho convidativo, promissor, ah, e tumultuado do redemoinho de sonhos que se elevavam da multidão a se aproximar todas as sextas à noite, sonhos que iam até o céu, confortar Deus nas dúvidas de sua criação.

Esse era o trabalho de Tom McNulty, pai e filho, dar ingressos para esses sonhos. E eu senti aquele sonho em mim com uma inteireza apaixonada.

Sentar-me aqui para escrever isto, minhas mãos tão velhas quanto as de Matusalém. Veja estas mãos. Não, não, você não pode. Mas a pele é fina como — você já viu as conchas de um peixe-cachimbo? Elas estão espalhadas pela costa da ponta Rosses. Bem, há uma película transparente que cobre essas conchas, como um verniz quase seco. É uma coisa estranha. Assim é minha pele hoje. Imagino que eu possa contar meus ossos. A verdade é que minhas mãos parecem ter sido enterradas por um tempo e depois desenterradas. Elas assustariam você. Há quinze anos não olho no espelho.

Os primeiros poucos metros de água em Strandhill eram bem seguros. No verão, eram como uma banheira. O mar de lá fazia apenas um pequeno esforço para ir e vir, sempre foi o que me pareceu. Talvez o fato de as crianças fazerem xixi na água tivesse algo a ver com isso, com a temperatura, digo. Ainda assim, era adorável. Eu e Chrissie e as outras meninas do Café Cairo... A sra. Prunty sempre buscou contratar boas meninas para o Café, mas boas meninas de boa aparência, o que é algo diferente. Acho que parecíamos jovens deusas. Mary Thompson poderia estar estampada em uma revista. Winnie Jackson *esteve* retratada uma vez, no *Sligo Champion*. "Srta. Winnie Jackson Aproveita o Bom Tempo em Strandhill." Ela e seu belo maiô, enviado para ela em uma caixa direto da Arnott's de Dublin no trem Dublin-Sligo. Isso sim era estilo. Winnie tinha um busto roliço e atraente, e acho que os rapazes se desesperavam em olhar para ela, porque nunca conseguiriam sequer conversar com ela.

Nossas peles se africanizavam no calor úmido de agosto. Nossos rostos de um vermelho vivo em alguns momentos da noite, ao irmos para casa pelo litoral, inflamadas, e deitávamos em nossas camas, na cidade, quase sem coragem de deixar nossos ombros tocarem o lençol. Felizes. E, então, a pele se acalmava na manhã seguinte, desejava fugir de novo para a praia, e de novo e de novo. Felizes. Éramos apenas meninas honestas, normais. Gostávamos de desesperar os rapazes o máximo que pudéssemos.

E os rapazes olhavam nossa felicidade de esguelha, como tubarões, comendo com os olhos nossos atributos. Às vezes, eu conversava com algum rapaz no salão. Rapazes não falavam muito e, quando falavam, não diziam muita coisa que valesse a pena ouvir. Mas tudo bem. Havia-os de todo tipo no salão, figurões da cidade e mocinhos com as calças curtas demais para eles, meias à mostra ou pés sem meia enfiados nos sapatos surrados. Sempre havia alguns burros amarrados do lado de fora e cavalos velhos de um tipo ou de outro e carroças. A montanha derramava seus filhos e filhas como uma estranha avalanche. Humanidade adorável.

Padre Gaunt estava sempre por lá, ou algum de seus colegas, um ou outro pároco, garças entre peixes ornamentais. Por Deus, houve algum tipo de Ato do Salão de Dança, acho que me lembro. Ou talvez eu esteja inventando. Creio que, na igreja, se insultassem os salões de baile, mas eu não teria me privado deles. Não deveria haver muito contato. Deveria ser uma dança estranha e fria, sem contato. Era encantador se aconchegar a um rapaz ao fim da dança, você e ele suados, no verão, o cheiro de sabão e grama nele. E aquele troço de cabelo daquela época, brilhantina, esse era o nome, acho. Havia rapazes por ali cujos pais e mães provavelmente falavam irlandês nos vales de Sligo e que, por irem ao cinema de vez em quando, achavam ter obrigação de parecer as estrelas dos filmes, ou desejavam aparentar patriotas irlandeses, podia ser isso também. Michael Collins* foi um homem forte de brilhantina no cabelo. Mesmo De Valera era meio boi lambeu.

E a banda de Tom McNulty estourando a boca do balão. O jovem Tom de pé à beira do palco com seu trompete ou sua clarineta levantadas, soprando com toda a força as músicas da época. Era preciso ter jazz no baile, mas ainda se dançava foxtrote lá e mesmo valsa. Tom chegou até a gravar uma música, chamada "Tom McNulty's Ragtime Band", meu Jesus, aquilo levava o salão ao delírio. Havia uma luz que brilhava em Tom naqueles tempos. Claro que, naquela época, Tom era apenas o homem incrível com quem eu nunca tinha falado, a não ser no Café, para perguntar: "O que o senhor deseja?" A que a resposta provavelmente seria: "Chá chinês e pão doce de passas. Earl Grey para meu irmão." Tom era obcecado por pão doce de passas. Será que ainda o fazem? Era como um objeto de devoção na época, não era possível tomar um café sem comer um pãozinho desses, que seria o principal. É engraçado como as coisas eram engessadas naquela época. Pão doce de passas, bolo com cobertura cremosa, *éclairs*, pãezinhos de cereja com glacê branco por cima, parecia que essas coisas eram antigas e instituídas como baleias, golfinhos, cavalinhas — como fenômenos naturais, a história natural do Café.

Meu pai não estar mais conosco era extremamente significativo, mas, de algum modo, eu conseguia dormir com aquilo, enfiando esse fato debaixo do travesseiro e dormindo sobre ele. Eu não podia evitar a felicidade quando acordava de manhã, sim, havia minha mãe para eu cuidar, mas eu conseguia alimentá-la e tomar conta dela, ela nunca disse nada nem foi a lugar algum, apenas ficava em casa, com seu casaco riscado, e havia toda aquela energia em mim, como a partida à manivela de um automóvel, eu era acionada misteriosamente todas as manhãs ao acordar, eu incendiava de energia, uma chama que me varria para fora de casa, pelas ruas de Sligo e através da porta envidraçada do Café Cairo e me fazia beijar minha amiga Chrissie, dando-lhe bom-dia e rindo e, se a sra. Prunty estivesse por perto, ela daria seu sorriso tímido, e eu ficaria radiante, radiante.

É sempre útil listar a felicidade, há tanto de seu oposto na vida que é melhor apontar os indicadores de felicidade enquanto se pode. Quando eu estava naquele estado de espírito, tudo me parecia belo, a chuva caindo me parecia prata, tudo me interessava, todos pareciam estar bem, mesmo aqueles garotos de olhos semicerrados que ficavam nas esquinas de Sligo, de dedos amarelados pelo cigarro, a mancha amarela acima dos lábios, de onde o cigarro não saía. Sotaques como garrafas se quebrando em um beco.

Cá estou, e tudo volta sem ser convidado. Sentei-me hoje para escrever sobre Tom e o mar. Resgatando-me no mar de felicidade.

Mergulhei. Acho que eu sabia aonde estava indo. É curioso como me lembro totalmente da sensação daquela roupa de banho de lã tão leve em minha pele. Tinha três listras grossas de cores alternadas, e eu havia economizado dinheiro o inverno todo por ela. Impossível encontrar uma tão bonita em Sligo. Um dia quente irlandês é um milagre tão grande que viramos estrangeiros enlouquecidos em um piscar de olhos. A chuva leva a todos para espaços fechados, e a história vai junto. Em um dia quente, há uma adorável falta de tudo, e, porque nosso mundo e sua verdade interior são muito úmidos, o verde surpreendente de campos e colinas parece queimar, em uma espécie de desconcerto, de maravilhamento. A terra em si mesma parece encantadora, e as meninas e os meninos do litoral ganham tons de amarelo queimado, do azul e do verde do mar, que também queima, queima. Ou era o que me parecia. Toda a cidade parecia estar lá, tudo sofrendo das mesmas pinceladas de calor, tudo se misturando e fundindo. Não sei se o Plaza existia naquela época, acho que sim, porque vi Tom McNulty tocando lá, mas, se isso aconteceu, foi em 1929 ou mesmo depois, então eu não era exatamente uma menina, mas estou confusa com essas datas. É difícil saber a idade de uma pessoa em trajes de banho no turbilhão da luz do sol, e não consigo ver que idade eu tinha, estou observando atentamente o passado com os olhos de minha mente e tudo o que vejo é um brilho fabuloso.

E o mundo submerso também brilhante, salpicado, acorrentado, de alguma forma, aos milagres, aquela maravilhosa cegueira parcial que os olhos têm debaixo d'água, embaçados porque o próprio mar é uma lente enorme, como se você vestisse o próprio mar diante dos olhos. Dá mais a impressão de uma pintura, uma pintura furiosa e louca, havia um livro inteiro delas na biblioteca da prefeitura, os caras que pintavam na França e de quem faziam troça no início, como se não soubessem pintar. Não me arrisco a escrever nenhum dos nomes, mas me lembro deles, nomes duros e ásperos, e vidas perturbadas para combinar, posso dizê-los em minha cabeça enquanto escrevo. Mas eu teria vergonha de escrever errado. E eu, submersa no mar, todo o meu corpo solto, mas também aguçado, meus pulmões ricos de ar a princípio, depois empobrecidos, e a cabeça mais leve, mais graciosa, e a água esfriando conforme a profundidade, lavando meu rosto, perguntando ao meu rosto quem ele era, que forma ele tinha, querendo detalhes infinitos. De repente, tenho uma enorme vontade de contar a dr. Grene sobre isso, não sei por que, imagino que lhe interessaria, que lhe agradaria, mas também temo que ele fosse ler algo mais no que eu lhe contasse. Ele interpreta as coisas, o que é perigoso, extremamente perigoso. Ah, sim, a praia de Strandhill, sua maré alta, o que é bom por um tempo, baixando rapidamente, e você está, de repente, no meio da baía, um grande poder, enorme, como o famoso rio Hudson, não, não tão grande, claro, mas eu não me sentia entrando e sim tocando algo vasto, que se curvava sob os olhos de Deus. Será que eu podia sentir o mar me puxando para longe, rápido, para o fundo? Não sei. Sei apenas que lhe entreguei meu coração, sei que me emocionava, talvez eu chorasse, é possível? Será possível chorar debaixo d'água? Há quanto tempo eu nadava submersa sem voltar à tona? Um, dois, três minutos, como um caçador de pérolas nos mares do sul, onde quer que estivessem, o que quer que fossem? Eu e meu maiô e nele um bolso com quatro xelins, o valor da passagem para voltar a Sligo no velho ônibus verde, guardados por segurança naquele bolso, como se eu pudesse guardar ali um escapulário caso eu fosse católica. Creio que minha juventude, minha brandura, minha firmeza, meus olhos azuis, meu cabelo louro abrandaram-se sob a água, e talvez houvesse uns trezentos tubarões por ali, pois lá começava a região dos tubarões, maravilha, maravilha, eu não me importava... Virar um tipo de tubarão.

O forte puxão da corrente começando a me levar, como uma palavra perdida no balanço de uma música.

Então, em meio a toda aquela felicidade, fui subitamente puxada de volta para cima, por braços humanos que eu conhecia, peritos, quase ardilosos. Essa pessoa, macia e arredondada e forte, fez-me emergir através do brilho selvagem, e chegamos à tona, e lá estava o mundo bramindo outra vez, o mar pesado, e eu não sabia se o céu estava acima ou abaixo de mim. E o nadador me levou de volta à praia, com seus garotos e garotas, os baldes, o velho canhão apontando para o mar, as casas, o Plaza, o burros atordoados, os poucos automóveis, Sligo, Strandhill, meu destino, meu destino lastimável como o de meu pai, meu destino ridículo, cruel, cômico.

Ninguém mais além de Tom McNulty poderia ter me pescado. Apenas poderia ser ele. Seja como for, ele era um nadador conhecido, já havia ganhado uma medalha das mãos do próprio prefeito de Sligo por salvar uma vida, e foi isso que o levou à política, como ele sempre contava. A outra pessoa que ele salvou era uma velha e enrugada senhora que as ondas puxaram da beira da praia, brincalhona que era a maré — uma velha e enrugada senhora, mas não tão velha quanto hoje sou. Não.

— Conheço você — disse ele, reluzindo na areia, seu belo rosto quadrado e gorducho sorrindo para mim, e o mundo todo ficou a nossa volta, e Jack também, com seu calção preto e sombrio, e seu corpo que nunca pareceu mesmo ter carne, mas algo de pedra, os ossos e músculos de um viajante. — Você é a moça do Café Cairo.

E eu ri, ou tentei, gargarejando a água salgada.

— Misericórdia! Você engoliu o oceano — disse ele. — Ah, engoliu, sim. Jesus, onde está sua bendita toalha? Você tem uma? Tem? E suas roupas? Sim, venha. Venha comigo.

Então, minha toalha foi colocada em meus ombros e minhas roupas, recolhidas por Jack, que as segurava animadamente, e os dois me acompanharam pelo caminho causticante em direção ao Plaza, íamos pelo canteiro de grama quando podíamos e cruzamos o estacionamento deserto e a bilheteria, e Tom ria, muito sossegado e aliviado, provavelmente pelo meu resgate. Não lembro se ele ganhou outra medalha pelo meu salvamento, espero que sim, porque provavelmente a merecia no fim das contas.

Ah, céus, é difícil olhar para trás, para a alegria daqueles dias, mas, ao mesmo tempo, sei que é raro uma vida conhecer tamanha felicidade, ter tanta sorte.

Eu sabia da minha sorte, sabia bem, como um pardal que encontra uma migalha de pão toda para si.

Também havia orgulho, meu orgulho por Tom, sua fama, sua confiança.

Nós íamos ao cinema subindo degraus de cimento por entre as sebes de loureiro. Podíamos ser um casal de Hollywood, eu seria a própria Mary Pickford, embora eu ache honestamente que Tom era muito baixo para ser Douglas Fairbanks.

As trevas de nosso pequeno mundo eram os hábitos alcoólicos de Sligo. Homens como Tom e seu irmão ficariam tão bêbados de madrugada que aconteceriam coisas de que eles não se lembrariam, mas que não queriam que acontecessem, o que já era, sem dúvida, uma verdadeira bênção.

Eu ficaria pelo salão de dança, feliz por estar sozinha, olhando para o palco, onde se espalhava a banda de Tom; seu pai, garboso, com a mão flutuando pela clarineta, ou pelo instrumento que você preferir. Tarde da noite, Tom tocaria "Remarkable Girl", com seus olhos de águia todos para mim. Certa vez, quando caminhávamos pela praia da ponta Rosses, ele implicou comigo cantando "When Lights are Low in Cairo", porque eu era a menina que trabalhava no Café Cairo. Havia um cantor chamado Cavan O'Connor, cuja voz ele imitava, que Tom pensava ser o maior entre todos os cantores. Mas Tom havia crescido mais ou menos na época de Jelly Roll Morton e era louco por Bubber Miley, como eram todos os trompetistas, ainda mais que pelo próprio Louis Armstrong. Tom dizia que Bubber havia melhorado o jazz de Duke Ellington, ponto final. Esses assuntos eram quase tão importantes para Tom quanto política. Mas eu ficava aérea quando ele começava. Política não me parecia tão interessante quanto música. Logo ele me juntaria à banda, tocando piano quando o pianista não estava se sentindo bem. O pianista era um rapagão de Knocknarea e tinha tuberculose. Sua música para animar a festa, como se diz, era "Black Bottom Stomp". Jack nunca subia ao palco, mas ele gostava de cantar quando começava a beber, quando estava animado, animadíssimo. Depois, viriam "Roses of Picardy", "Long Way to Tipperary", porque ele tinha sido da Marinha Mercante Britânica quando era apenas um garoto, mas acho que escrevi isso antes. Ele viu todos os portos, de Cove ao Cairo, mas acho que também já escrevi isso. Talvez, isso valha ser dito duas vezes.

Jack estava sempre por perto e depois partia por um tempo. Ia à África a trabalho. Ah, Tom era muito orgulhoso de Jack, Jack fez duas faculdades ao mesmo tempo em Galway, Geologia e Engenharia. Era simplesmente brilhante. Tenho que confessar que ele era três vezes mais bonito que o irmão, mas isso não faz diferença. Só que ele era, tinha aquela aparência de estrela de filmes em cidades pequenas, era como estar no cinema vendo *Melodia da Broadway* ou algo assim, e, quando as luzes se acendessem no fim, estaríamos de volta à maldita Sligo — a não ser Jack. Jack ainda teria uma aura de Hollywood com ele.

Mas Jack se mantinha a alguma distância de nós, que tipo de distância não sei. Era irônico demais para ser amigável, estava sempre fazendo piadas e brincadeiras, e, às vezes, eu o pegava me olhando de um jeito errado. Não quero dizer que ele me cobiçasse, mas que talvez me desaprovasse. Dirigia-me longos olhares quando pensava que eu não estava olhando para ele. Ele me avaliava.

Jack tinha um Ford, para combinar com a gola de couro de sua jaqueta. Estávamos sempre no carro, vimos milhares de paisagens irlandesas pelo vidro, enxugamos toneladas de chuva com o limpador de para-brisa indo e vindo, indo e vindo, e os dois irmãos beberam galões de uísque no carro enquanto viajávamos nele. O grande passeio era ir pela praia até a ilha Coney na maré baixa e correr pelo raso da água, gargalhando sem a menor preocupação. Havia sempre amigos conosco, a menina mais bonita que seguia a banda e outros moços como esses de Sligo e Galway. Engraçado que Jack tinha uma namorada com quem ia se casar, Mai era seu nome, mas nunca a vimos, ela vivia em Galway com os pais, gente de muitas posses. O pai dela era corretor de seguros, algo que impressionava muito Jack, e eles viviam em uma casa de tirar o fôlego em Galway, outro fato importante aos olhos do filho do alfaiate do Asilo para Lunáticos de Sligo. Ele a conhecera na universidade, ela foi uma das primeiras meninas a entrar lá, ah, e eu diria que era uma das primeiras meninas em um monte de outras coisas, por exemplo, em me olhar com ar superior. Não, talvez eu esteja sendo injusta, não acho que eu a tenha visto mais que uma vez, aquela vez.

Na verdade, porém, faço um desserviço a Tom falando assim. Seu próprio primo-irmão era dono do *Sligo Champion* e era TD* no que chamavam de primeiro *Dáil*, de verdade, o que significa o *Dáil* depois do Tratado. Jack também sempre falava — eu sempre o ouvia contar a alguém que acabasse de conhecer — que era primo daquele impiedoso Edward Carson, o que pulara fora do *Free State* como um rato fugindo de um navio a afundar, ou talvez rezasse e pedisse para o barco afundar mesmo. Tom me contou que sua família era de importadores de manteiga em Sligo, ou seriam exportadores?, e tinha um navio, como os Jackson e os Pollexfen. E que seu sobrenome Oliver, de Thomas Oliver McNulty, vinha de terem perdido suas terras no tempo de Cromwell, quando um certo Oliver McNulty se recusou a virar protestante. Ele me disse isso com um olhar atento, para ver como eu reagiria, sendo eu mesma uma protestante, creio. Eu era protestante, mas talvez não fosse o tipo certo de protestante. Jack gostava das grandes vertentes protestantes e acreditava ser ele mesmo de algum tipo de pequena nobreza católica. Não acho que ele considerasse muito a grande tradição presbiteriana da Irlanda. A classe operária. Esse termo era a morte.

"Esse cara é classe operária de cabo a rabo" era um dos xingamentos de Jack. E, como ele tinha estado na África, tinha também umas expressões estranhas, como "serviço de branco". E "hamma-hamma". Como passou muitas noites bêbado, outra de suas frases era "manter a festa limpa". Se ele pensava que alguém não era confiável, dizia que a pessoa era um "patife de meia-tigela".

Cabelo castanho-avermelhado, ruivo, na verdade, penteado para trás. Traços bem sérios, olhos severos. Ah, sim, Clark Gable ou, mais ainda, Gary Cooper. Lindo.

Procuro por minha mãe nessas memórias, não consigo achá-la. Simplesmente desapareceu.

CAPÍTULO XIV

Caderno de anotações do dr. Grene

Hoje de manhã, dirigindo até o trabalho, passei por uma colina com moinhos na qual eu nunca havia reparado. Talvez eu não os tenha notado antes porque não estivessem lá, mas, se tiver sido isso, perdi a construção deles, o que deve ter levado um bom tempo. Simplesmente surgiram do nada. Bet sempre dizia que eu absolutamente não tinha a cabeça no mundo. Uma vez, entrei em casa vindo da chuva e me sentei no sofá por alguns minutos, então encostei em meu cabelo e perguntei *Por que minha cabeça está molhada?* Bet adorava contar essa história, ou costumava fazê-lo, quando havia alguém a quem contar.

Mas, de repente, lá estavam os moinhos. É uma colina — está mais para montanha, creio, se é que temos montanhas na Irlanda — chamada Labanacallach, e há um bosque também, chamado bosque de Nugent, subindo até onde a terra se cobre de gelo. Vá saber quem era Nugent ou por que plantou aquele bosque, ou pelo menos deve haver uns velhos loucos que sabem coisas assim. Eu dirigia meu Toyota, sentindo-me desprezível, com a mesma recriminação persistente badalando em minha mente estúpida, quando vi os moinhos, dando voltas, brilhantes, e meu coração levantou voo. Voou. Os moinhos eram tão bonitos. Pensei nos moinhos das pinturas, na emoção estranha que temos mesmo ao nos lembramos delas. Dom Quixote, talvez. Quão pesaroso sempre me senti ao ver as ruínas de um moinho tempos atrás. Prédios mágicos. Claro que essas versões modernas não são exatamente a mesma coisa. Há quem não goste nada delas. Mas são bonitas, fazem-me otimista, como se eu ainda pudesse realizar algo.

Acordei no meio da noite com uma sensação apavorante de inquietação e vergonha. Se eu pudesse listar as características de meu luto e publicá-las em algum periódico, eu daria uma imensa ajuda ao mundo. Suspeito de que seja difícil se lembrar da dor do luto, ele é, por certo, algo invisível. Mas é um lamento da alma, e não devo subestimar sua força corrosiva nos outros. Se não houver mais nada a ser aproveitado, ao menos tentarei reunir todo esse conhecimento, na esperança de, depois de a dor passar, eu ainda reter sua descrição clínica.

Obrigado, Deus, pelos moinhos.

Mas, acordei, às altas horas da noite. Penso que foram aquelas batidas misteriosas outra vez, cuja fonte ainda desconheço. É Bet me implorando que não a esqueça. Ela não precisava se preocupar. Dei uma olhada no que escrevi sobre Roseanne Clear, mas tudo o que vi, tudo o que registrei foram minhas palavras ridículas sobre Saddam Hussein. Creio que isso se dê também porque sou um homem sem importância, que guarda suas visões apenas para si, sobretudo quando são inapropriadas e vergonhosas, íntimas.

Quando o antigo papa morreu, também senti emoções peculiares. Senti-me extremamente consternado pela morte do homem que não foi nada útil a pacientes meus que eram religiosos, mas também gays, ou, Deus as proteja, mulheres. Enquanto era vivo, parecia que o ápice de sua existência era ele mesmo. Mas, ao morrer, tornou-se corajoso. Talvez, ao morrer, ele tenha se tornado mais democrático, porque

177

a morte inclui tudo, gosta de tudo o que é humano — nunca se satisfaz. A morte não é orgulhosa. Bem, sim, mas a morte *é* poderosa e medonha. O papa terminou logo com ela.

Pensa-se demais na morte. Ainda assim, ela é a música de nossos tempos. Com a virada do milênio, idiotas como eu pensaram que viveríamos um século de paz. Clinton com seu charuto foi um homem tão melhor que Bush com seu rifle.

Quanto mais leio a declaração de padre Gaunt, mais nela pareço crer. Isso porque ele escreve bem, de um jeito clássico, certamente tendo aprendido sintaxe e ganhado habilidade de escrita ao estudar em Maynooth. Ao que me parece, tem um estilo bem latino, pelo que me lembro de debater sobre Cícero na escola, na Cornualha. Seu desejo ou sua ansiedade (em termos psiquiátricos) para contar a história acaba por abrilhantá-la.

O padre está se confessando, como se faz com os pecados. Por certo seu texto está longe de ser sagrado. Mas o padre não hesita. É firme. Destemido. Padre Gaunt detalha tudo com muita consciência.

De praxe, na Irlanda, um policial não era designado para perto de sua própria cidade natal, ao que parece para evitar a possibilidade de favores a pessoas entre as quais havia crescido. O pai de Roseanne era uma das poucas exceções à regra, uma vez que nascera e crescera em Collooney, não tão longe. Aliás, certamente não longe o suficiente da cidade de Sligo. Portanto, ele conhecia as redondezas de maneira não muito sã para si mesmo. É possível que as pessoas da cidade tivessem uma relação mais pessoal com ele, em particular depois da entrada da polícia especial, composta de oficiais que haviam lutado na Primeira Guerra Mundial e de *Black and Tans*, gente da mesma área de massacres. Essa foi uma resposta a vários "ultrajes" da guerra da independência, em sua maior parte emboscadas e tiros a soldados e policiais — as forças da coroa, como os chamavam.

Ao que parece, portanto, o pai de Roseanne tinha a capacidade de saber de muito do que ocorria na cidade. Talvez fosse capaz de conseguir por acaso uma ou outra informação, algo que um forasteiro não conseguiria. As pessoas ficariam mais à vontade em contar a ele algum rumor ou fofoca no *pub* à noite. Certamente, seu pai também tinha um gosto imenso por álcool, sendo capaz de entornar quinze canecas grandes de cerveja porter em uma única noite e seguir aprumado para casa depois. Parece que Roseanne esperava, ansiosa sem dúvida, por seus passos na rua e o levava para casa.

O parque de diversões de Roseanne era o cemitério de Sligo, nos fundos de sua casa. Ela conhecia cada curva e cada alameda de lá, e seu lugar preferido era um templo abandonado no meio do cemitério, em cujo pórtico caindo aos pedaços ela gostava de brincar de amarelinha. Certa noite, escreve padre Gaunt, parece que ela viu um estranho funeral. Um grupo de homens chegou com um caixão, sem padre ou cerimônia, e o baixou em uma cova aberta, enterrando-o silenciosamente no escuro, as únicas indicações de que estavam lá sendo as fagulhas de exaustão em suas bocas e a conversa contida. Roseanne, como era de se esperar de uma filha, correu para contar a seu pai o que vira. Ao que parece, pensou que eram ladrões de sepultura, ainda que o caixão tivesse sido colocado, não tirado da cova, sem falar que, por meio século, não havia esse tipo de ladrão, nem nenhum outro, na Irlanda.

Não fica claro como padre Gaunt sabe desses detalhes, e, aliás, ao relê-los, fico um pouco intrigado com sua onisciência, mas esse era o grande desejo de um padre na época.

Seja como for, o pai de Roseanne desenterrou o caixão no dia seguinte, junto a padre Gaunt, e no caixão não havia um corpo, mas um estoque de armas, itens difíceis de se conseguir na época da guerra de independência e guardados com afinco, em geral obtidos do cadáver de algum policial assassinado. E esse era o caso das armas escondidas, muitas delas tinham sido da polícia, produto de emboscadas e ataques. De modo que, para o pai de Roseanne, aquelas eram lembranças e relíquias de colegas assassinados.

O nome que constava na lápide era Joseph Brady, mas não havia morrido ninguém com aquele nome na cidade.

Inacreditavelmente, os homens haviam enterrado, junto com as armas, anotações sobre encontros secretos, incluindo, por algum milagre da desatenção, diversos nomes e endereços, inclusive de gente procurada por homicídio. Para a polícia, era como encontrar um veio de ouro maldito. Antes que qualquer pessoa soubesse o que estava acontecendo, alguns dos nomes foram presos, e um outro foi morto ao "resistir à prisão", um homem chamado Willie Lavelle, cujo irmão mais tarde desempenharia um papel na história de Roseanne em Sligo, segundo o bom padre. Por algum motivo, o tal Willie Lavelle foi enterrado na mesma cova em que estavam as armas tão infrutiferamente escondidas.

O resgate das armas e dos documentos e a morte do homem geraram um furor subterrâneo no círculo de pessoas que os escondera. Foram, sem dúvida, dadas ordens de toda e qualquer retaliação possível contra a polícia, mas isso não aconteceu de imediato; demorou o suficiente para Roseanne e sua família viverem, dia a dia, minuto a minuto, sob a pressão daquela maré de medo. Estou certo de que rezaram para que os rebeldes fossem derrotados e a Irlanda voltasse aos dias de paz. Seria bom ter sorte, devem ter dito.

Enquanto pouso minhas mãos nas folhas esbranquiçadas de padre Gaunt, questiono-me sinceramente como usá-las. Poderei de fato pedir a Roseanne que reviva tudo isso? Mas tenho que lembrar que o que busco, em primeiro lugar, não é a dor em sua vida e sim a consequência dessa dor e o real motivo para que Roseanne tenha sido separada do convívio social. Agora me volto para a razão original de minha tarefa, que é simplesmente afirmar se ela era louca e se seu confinamento foi ou não justificado e se recomendo ou não sua volta ao mundo lá fora. Penso que terei que decidir isso sem sua corroboração, ou apenas com sua confirmação, se ela assim desejar. Tenho que julgar as verdades diante de mim, não as verdades apenas intuídas ou sugeridas por meus instintos.

Os sinos da igreja de são Tomás badalam. São oito da noite. Estou atrasado como o coelho de Lewis Carroll.

Roseanne sobre si mesma

Com Tom fui apresentada a todo mundo, porque ele era um homem sociável ao extremo, mas foi, na verdade, alguns anos antes que conheci sua mãe. Eu havia ouvido falar dela, claro, dois irmãos conversando acabam sempre tocando nesse assunto. Formei uma imagem dela, sua baixa estatura, seu carinho em fazer álbuns com recortes de tudo o que tratasse de seus filhos, passagens das viagens de Jack, documentos, notinhas no *Champion* sobre os bailes de Tom e, mais tarde, com o passar do tempo, seus discursos na cidade sobre vários assuntos. Tive a impressão de que a relação dela com o marido não ia bem, de que, para ela, o Velho Tom seguia seu caminho de maneira precária. Mas talvez ela fosse, por isso mesmo, uma conhecedora da precariedade. Não por conta de si mesma. Sei que ela prometeu sua única filha, ainda muito pequena, às freiras, e a menina, Teasy, foi no devido momento para as Irmãs da Misericórdia, como uma talentosa freira. Essa era uma ordem mendicante que vivia em um lugar chamado Casa de Nazaré. Tinham conventos por toda a Inglaterra e até na América. Nunca fiquei sabendo se a mãe tinha ambições de sacerdócio para os filhos, mas talvez tenha pensado que era um seguro para sua alma imortal oferecer a filha àquela vida, não sei.

Havia outro filho, Eneas, claro, mas só se falava dele pelos cantos, embora uma ou duas vezes parece que ele se esgueirou pela casa, voltando do grande mundo por onde vagueava, para dormir de dia na casa da mãe, só se aventurando lá fora à noite. Esse era um pequeno mistério em um tempo de grandes mistérios, e não me lembro de ter dado muita atenção a isso.

— Por que seu irmão, Eneas, não está em casa a maior parte do tempo? — perguntei certa vez a Tom.

— É apenas um pecadilho — disse Tom, e isso foi tudo o que disse de início.

Mas houve outra vez em que estávamos juntos na cidade e um de seus adversários, um dos republicanos prometedores, zombou dele na rua de um jeito enigmático. Era um homem chamado Joseph Healy e não era de jeito algum um sujeito do mal.

— Ah, Tom, o irmão do policial.

— O quê? — disse Tom, sem seu sossego e bonomia usuais.

— Deixe para lá, deixe para lá, sei que todos nós temos nossos podres a esconder.

— Você quer fazer disso um acontecimento, Healy, nas eleições que estão chegando?

— O quê? Não — respondeu Joseph, quase se desculpando, porque apesar de serem oponentes, todos gostavam sinceramente de Tom, e Healy, como eu disse, tinha um bom coração. — Só estava implicando com você, Tom.

Então, os dois deram um aperto de mão bem amigável. Mas eu percebi que o humor de Tom havia mudado, e por todo o caminho ele ficou quieto e obscuro. Em um país cheio de coisas a esconder, após a guerra civil em especial, ninguém era exceção. Mas eu via que Tom se ressentia, amargamente. Afinal, ele tinha um plano, um caminho a seguir, o que, para um jovem como ele, era algo admirável. Mas obviamente ele preferia fazê-lo sem nenhum podre.

A mãe pensava do mesmo jeito. Amava a glória de Jack e a glória de Tom, mesmo que Jack se empenhasse em vestir peças de um baú do velho decoro e Tom fosse um homem vestindo a moderna camisa da nova Irlanda. Percebi isso pelas conversas deles, e eu sempre estava atenta quando falavam da mãe, como um espião de ouvidos ligados a conversas fiadas nos bares, porque eu tinha a sensação de que, algum dia, precisaria de cada migalha de informação que pudesse ter se eu quisesse sobreviver ao encontro com ela.

Se havia uma carta na manga naquele jogo, era a obscura carta em branco de minha própria mãe.

Naquela estranha época em que, se pudesse acontecer algo de inesperado, aconteceria, o sr. De Valera tornou-se governante do país.

— Agora há armas outra vez no *Dáil* — disse Tom, sombriamente.

— O que você quer dizer, Tom? — perguntei.

— Eles estão com tanto medo de ficar lá que levam suas armas
para o Congresso.

Tom falava isso com um desgosto compreensível, afinal aqueles
homens eram os mesmos que seu pessoal se empenhara em vencer,
prender e, oh, céus, executar. Então, como os mesmos homens con-
trários ao Tratado, e que rapazes como Tom queriam apagar da história
irlandesa, tinham se tornado detentores do poder...? Era possível sentir
o desamparo na vida de Sligo. Eram camaradas como Joseph Healy
que estavam por cima agora. Isso era amargo e difícil para Tom no
fim das contas. Eu mal me importaria com qualquer um deles, mas,
mesmo falando de amor, Tom era capaz de me desconcertar a respeito
da política.

Estávamos deitados de costas na grande duna que deu nome
a Strandhill quando ele falou dos sentimentos que descrevi acima. Era
um obstáculo maior a seu futuro que qualquer outro que ele tenha
vivido. Ele próprio jamais fora um homem de armas, chegara à maturidade depois daquilo tudo. Dando-lhe os devidos créditos, ele achava
que o tempo das armas havia passado. Pensara que o Norte finalmente
se uniria ao Sul, mas tinha a ideia louca de que o primeiro "rei da
Irlanda", como brincava, seria alguém como Carson. Era assim que
tradicionalmente pensavam homens como Tom. Havia algum tipo de
balanço dançante em suas ideias, como em sua música. Joseph Healy
teria dado um tiro em Carson, se pudesse fazê-lo escondido, e depois
voltado tranquilamente para sua família.

Agora havia famílias e jovens reunidos nisso tudo, não apenas rapazes sozinhos andando por aí, e moças talvez a ajudá-los.

Bem, apesar de tudo isso, Tom logo voltou a me beijar, nas dunas sossegadas, com as gaivotas injuriadas, mas apenas elas a nos verem, e o mar, do outro lado da areia, a testemunhar a fala heroica de Tom. A brisa costumeira de Strandhill soprava, a cada minuto, agressivamente sobre a vegetação da duna. Estava um frio danado, mas os beijos resolviam o problema.

Semanas depois, caminhando pela ponte do Hotel Swan, quem me pararia senão o quase esquecido John Lavelle.

Ainda era um homem jovem, mas algo havia acontecido a ele. Parecia muito castigado por seu tempo na América, ou fosse lá aonde houvesse ido, e olhei para baixo e vi as solas de seus sapatos bem-gastas. Imaginei-o pulando de trens como um vagabundo e vagueando por aí a esmo. Ainda assim, era bonito, com seu rosto fino e acinzentado.

— Olhe só para você — disse ele —, mal a reconheci.

— É recíproco. — disse eu. Estava sozinha, mas alerta, porque Sligo era como uma família infame, todo mundo conhecia todo mundo e, se não sabia tudo sobre alguém, pelo menos desejava sabê-lo.

Acho que John Lavelle percebeu meu olhar furtivo:

— O que há? Não quer falar comigo?

— Ah, não é isso — disse eu. — Quero. Como está? Você foi para a América, afinal?

— Essa era a ideia — respondeu ele. — Mas as coisas simplesmente não saíram como o planejado. Os melhores planos são deixados de lado.

— Sim, com certeza.

— Ao menos posso andar livremente na Irlanda agora — disse ele.

185

— Hã?

— Agora, com o Dev.

— Ah, sim. Que bom, então.

— Melhor que a porra da prisão de Curragh.

O palavrão me fez dar um pulo, mas acho que ele tinha o direito de usá-lo.

— Foi onde você esteve?

— Isso.

— Bom, John, vejo você por aí.

— Vou voltar para casa, para as ilhas, mas, sim, você me verá por aqui. Vou trabalhar para a assembleia.

— Você foi eleito?

— Não, não — respondeu ele —, nas estradas, as obras da assembleia. Cavar e coisas do tipo.

— Que bom. É trabalho.

— É trabalho. É difícil encontrar trabalho. Mesmo na América, disseram-me. Você trabalha?

— No Café Cairo — respondi. — Garçonete.

— Que bom. Irei vê-la quando voltar a Sligo.

— Ah, sim, faça isso — disse eu, um tanto desconfortável comigo mesma e envergonhada, embora não soubesse bem por quê.

***

John Kane acaba de trazer minha sopa.

— Esse maldito emprego vai me matar — diz ele. — Eu preferia ser um caça-toupeiras em Connaght. — O tempo todo aquele gorgolejo em sua garganta.

— Mas não há toupeiras em Connaght — disse eu.

— Em lugar nenhum da Irlanda. Não é o emprego perfeito para um velho? Essas malditas escadas.

E ele foi embora.

O bangalô da mãe era muito bom, mas cheirava a cordeiro cozido — em meu estado tão ativo de alerta, eu poderia ter dito "cordeiro sa-crificial". Sentia-se o cheiro de panelas fervendo nos fundos da casa, couve-crespa, repolho, da horta do Velho Tom, e um cordeiro, fervendo, fervendo, cuspindo pelos corredores seu suave cheiro úmido caracte-rístico. Essa foi minha impressão. Só estive perto daquele bangalô duas vezes em toda a minha vida e nas duas senti como se morresse apenas por estar por perto de lá. Naquela época, o cheiro de carne sendo preparada me enjoava. Mas carne sendo cozida era pior. O porquê eu não sei, afinal, minha mãe fazia milagres com o sabor de qualquer carne, mesmo restos e miúdos que dariam medo a um cirurgião. Ela jantaria bem feliz um coração de cordeiro.

Tom me levou à sala de visitas da frente. Senti-me como um bicho de fazenda ali, senti-me como a vaca, o bezerro ou o porco deviam se sentir antigamente, quando eram levados para dentro da casa à noite. Pessoas e animais já dormiram sob o mesmo teto certa época na Irlanda. É por isso que muitas cozinhas do interior ainda hoje têm assoalhos em declive, descendo para o lado oposto à lareira, à cama dos donos da casa e ao quarto principal, para que, obviamente, o mijo e a merda dos animais não escorressem para lá. Em direção aos humanos. Mas foi assim que me senti, sem jeito, esbarrando nos móveis como nunca faria

187

normalmente. E o motivo disso era que eu não devia estar ali. Não era para acontecer. Eu diria que até Deus foi pego de surpresa por eu ter ido até lá.

Os poucos sofás e poltronas da mãe eram cobertos com um veludo vermelho bem, bem escuro e eram tão velhos e empelotados que parecia que algo havia morrido sob o veludo e se transformado, de alguma forma, nas almofadas. E por toda parte o fedor daquele cordeiro. Eu não queria escrever fedor, não gostaria de descrever isso tudo de maneira desagradável. Deus me perdoe.

Ela me olhou de um modo muito gentil. Isso me surpreendeu. Mas sua voz não era tão bondosa quanto o olhar. Penso, tanto tempo depois, que talvez ela estivesse tentando ser gentil, para começar com o pé direito. Era uma mulher pequena e estava usando algo que costumavam chamar de bico de viúva no cabelo. Estava toda vestida de preto, um vestido pequeno de algum tecido negro, um material de brilho suspeito, como os cotovelos do casaco de um padre. De fato, a mãe tinha uma belíssima cruz de ouro no pescoço. Eu sabia que ela era costureira do asilo da cidade, assim como seu marido, o Velho Tom, era o alfaiate. Sim, sim, eles se conheceram por lá, na mesa de costura.

Ela parecia um anjo à luz da janela, disse-me o Velho Tom certa vez. Não lembro por que ele me disse isso, nem onde. Talvez em épocas passadas, melhores. Acho que ele tendia a pensamentos sinuosos. Era um homem imensamente satisfeito consigo, como acho que ele tivesse mesmo total direito de ser. Mas sua mulher já não parecia um anjo.

— Você não tem colo — disse ela, olhando severamente para minhas pernas.

— Não tenho o quê? — perguntei.

— Colo, não tem colo.

— Para apoiar bebês — disse Tom, tentando ajudar, mas não ajudou.

— Ah — disse eu.

Havia uns traços esbranquiçados nas feições da mãe, como flocos de neve indiferentes no canto de uma rua. Talvez fosse o pó de arroz que ela usava. A luz do sol que o dia lá fora despejava na sala o entregava.

Tenho que ser cuidadosa para escrever com justiça sobre ela.

Então, o Velho Tom me sentou em uma das poltronas grumosas. Cada braço da cadeira tinha um estofado com flores bordadas de maneira simples. Era um trabalho belo, cru. A sra. McNulty se colocou no sofá, e, ao lado dela, erguia-se uma pilha de livros, que suspeitei serem seus álbuns de recortes. Naquele momento, ela os deixava de lado severamente, como uma viciada em chocolate torturando-se perto de uma barra. O Velho Tom puxou uma cadeira de madeira em minha frente. Ele era tão jovial quanto se possa imaginar. Tinha nas mãos uma pequena flauta, ou flautim, e, sem grandes cerimônias, começou a tocar uma cantiga irlandesa, com sua renomada maestria. Então, ele parou e riu e tocou outra.

— O que você acha do violoncelo? — perguntou. — Você gosta?

É claro que ele nunca havia tocado flautim nem violoncelo na banda, e era como se, em vez de conversar, ele falasse comigo por meio daqueles instrumentos exóticos. Mas me escapava o que ele tentava dizer. Conversávamos com frequência no Plaza, mas aquelas trocas pareciam sem valor naquele momento. Eu poderia nunca o ter conhecido em minha vida. Era muito estranho.

A sra. McNulty fez um som de *humm*, levantou-se e flanou para fora da sala. Poderia querer dizer qualquer coisa aquele som, e eu esperava que fosse apenas uma interjeição característica, como se dizia em romances antigos. O Velho Tom seguiu um pouco mais com seu repertório, então também levantou e saiu da sala. Em seguida, Tom saiu da sala. Ele nem sequer olhou para mim.

Então, fiquei ali sentada. Éramos eu e a sala e o eco da música do Velho Tom e outro eco, aquele deixado pela sra. McNulty atrás de si, algo tão enigmático quanto um rascunho de O'Carolan.*

Tom acabou voltando, chegou mais perto e me ajudou a levantar. Não disse nada, apenas abriu um sorriso, como quem diz *Aí está você, o que se pode fazer*.

Saímos para a estrada de Strandhill, onde havia outros quatro ou cinco bangalôs como o da mãe, cada qual ocupando mais ou menos um acre. Havia algo pela metade na estrada, mal-acabado, e algo bem pela metade em conhecer a sra. McNulty.

— Ela não gostou de mim? — disse eu.

— Bem, bem, ela tem preocupações em relação à sua mãe. Bem, disseram-lhe que é preciso buscar ajuda profissional. Mas esse não é o principal. Não. Pensei que seria. Mas não. A mãe é muito religiosa. Essa é a verdadeira dificuldade.

— Ah — disse eu, segurando o braço dele.

Ele sorriu para mim de maneira amável, e caminhamos adiante tranquilamente, chegando às ruas mais estreitas do fim da cidade.

— Ah, sim — disse Tom. — E ela gostaria de que você fosse falar com padre Gaunt, se for possível.

— Para quê? — disse eu. Então, ela era amiga de padre Gaunt, pensei, oh, céus.

— Você sabe — disse Tom. — Todas as explicações e afazeres dessas coisas. Sim. Esse infame decreto *Ne Temere*, você sabe, e tudo o mais. Perda de tempo. Eu não estaria nem aí se você fosse hindu, mas, veja, o presbiterianismo, você sabe. Ah, Jesus, não acho que ela jamais tenha sequer recebido um protestante em sua casa, isso é certo. Por Deus.

— Mas e quanto a mim? Ela ao menos gostou de mim?

— Não sei — respondeu. — Ela não comentou nada sobre isso. Era como uma reunião de assembleia na área de serviço, formal, sabe?

Tom não havia me pedido em casamento nem nada assim, mas eu percebi que aquela conversa tinha algo a ver com nos casarmos. De repente, eu não quis me casar com ele, nem com ninguém, tampouco ser pedida em casamento. Eu tinha vinte e poucos anos e, naquela época, uma donzela era considerada velha aos 25 e não conseguiria se casar nem com um corcunda. Havia muito mais meninas que homens na Irlanda daquele tempo. As mulheres foram mais espertas e fugiram para a América ou para a Inglaterra rapidamente, antes que seus pés se fincassem no atoleiro da Irlanda. A América implorava por mulheres, éramos um produto de exportação tão bom quanto ouro. Centenas e centenas e centenas iam todos os anos. Mulheres adoráveis, cheinhas, pequenas, feias, fortes, exaustas, jovens, idosas, todo maldito tipo. Liberdade era o que procuravam, imagino, e seguiam seus instintos. Preferiam ser donzelas na América que donzelas velhas na merda da Irlanda. De repente, desejei forte, ardente, quase violentamente me juntar a elas. Era que o cheiro daquele cordeiro estava nas minhas roupas, e apenas uma viagem transatlântica mudaria isso.

Acontece que, veja bem, eu amava Tom. Deus me ajude.

CAPÍTULO XV

Caderno de anotações do dr. Grene

Fiquei sabendo hoje de novidades curiosas e inquietantes acerca de John Kane. Em uma reunião com a equipe, tentamos dar conta de um relatório vindo de uma das alas. Uma parente encontrou uma paciente um pouco agitada, sendo a paciente uma mulher de Leitrim e jovem, se a compararmos com a população mais idosa daqui: ela deve estar no início dos 50, acho. Deu entrada aqui apenas recentemente, tendo sofrido um surto psicótico em que dizia ser a nova messias que falhou em salvar o mundo e deve, por isso, se flagelar. Para tanto, ela usou arame farpado. Tudo no cenário de uma fazenda perfeitamente normal de Leitrim e de um casamento perfeitamente comum e aparentemente feliz. Portanto, é já uma tragédia. Acontece que a parente — creio que sua irmã — encontrou-a certa manhã bastante perturbada, com as vestes do hospital puxadas para cima e um pouco de sangue nas pernas. Não muito, apenas superficialmente. E, claro, suspeitou-se do pior, como sempre, por isso a reunião da equipe. As suspeitas recaíram sobre John Kane, porque, claro, ele esteve envolvido com essas questões antes e foi liberado. Ao mesmo tempo, ele está tão velho. Seria capaz? Creio que um homem é sempre capaz. Mas não há provas, nada, e temos que ficar todos simplesmente vigilantes.

Mais uma vez me dei conta de como todos sempre ficam apavorados com essas reuniões de equipe, com eventos do hospital que

192

requeiram qualquer tipo de olhar externo. Com qualquer coisa a ser mencionada a profissionais visitantes de qualquer que seja a especialidade. Mesmo quando a cozinha consegue promover um pequeno caso de intoxicação em uma ala, há exatamente o mesmo nível de temor que houve hoje de manhã. Os funcionários parecem se unir e se enrolar em um novelo, com alfinetes apontados para fora. Confesso que também me sinto assim. Talvez alguém de fora se chocasse com o tipo de coisa que vai mal e que sentimos poder tolerar por aqui, mesmo uma catástrofe. Entretanto, é algo profundamente instintivo, especialmente em um hospital psiquiátrico, onde o trabalho é tantas vezes oneroso por si só, até mesmo bizarro. Onde a aflição pode alcançar diariamente a medida de um furacão ou tsunami. As coisas são mais bem-resolvidas dentro do hospital. Não sei, no entanto, como essa parente vai se sentir em relação a isso.

Muito estranho lembrar que, em breve, tudo isso, todas essas pessoas, esses quartos, essas questões estarão espalhados aos quatro cantos com a desativação do hospital.

Muito estranho também que isso tudo aconteça na mesma semana em que é diagnosticado o retorno do câncer de laringe de John Kane. Não que ele tenha sido avisado, não. Sua dificuldade de engolir está cada vez maior, e isso é tudo que ele sabe. Isso já seria bem triste para ele, se não fosse o outro assunto. Se essa outra questão for verdade, teremos que esperar que ele morra sofrendo, como se diz na Irlanda. Ele é suficientemente velho, porém, para tal câncer progredir bem lentamente. Mas não sei quão velho. Quando ele foi admitido aqui, trazido pelos pais adotivos, não tinha certidão de nascimento. Bem, temos isso em comum e espero que pouco mais. Ao que parece, o motivo de ele ainda trabalhar é que ninguém pensou em aposentá-lo, uma vez que ele não tem registro de idade. Além do mais, o trabalho de John Kane é tão servil que seria impossível substituí-lo — duvido que mesmo um trabalhador chinês, bósnio ou russo bem-disposto aceitasse o cargo. O próprio John Kane não demonstra qualquer desejo de largar seu escovão por livre e espontânea vontade. E ele insiste em subir a escadaria até o quarto de Roseanne, embora a subida lhe tire o fôlego e já lhe tenha sido dito que ele poderia deixar esse encargo para outra pessoa. Ah, não, ele começa a murmurar como se "trovejasse" em relação a isso.

Por causa de Bet, devo confessar, dediquei apenas uma leve atenção a esses assuntos. Ao menos, busquei a leveza. Minha mente, acredito, já está tão cheia de sofrimentos quanto uma romã e suas sementes vermelhas. Sangro a dor da perda, e não há espaço para mais nada. Enquanto o residente e as enfermeiras falaram da paciente molestada, se é que foi isso que aconteceu de fato com ela, minha cabeça urrava. Sentei-me entre eles com a cabeça urrando.

Então, fui ao quarto da sra. McNulty e me sentei com ela por algum tempo. Parecia o mais lógico a se fazer. Mesmo que seja uma lógica do pobre dr. Spock, que não tem sentimentos. Mas eu estava me sentindo pleno. Não prossegui com minha investigação sobre a vinda de Roseanne para o hospital. Não fui capaz. É horrível admitir isso, mas foi o que aconteceu.

Eu estava ali sentado, no lusco-fusco do quarto. Creio que ela me olhasse. Mas ela também não disse nada. Eu tinha pensamentos que não deveria, de jeito nenhum, em nenhuma circunstância, ter falado alto em sua presença. Pensamentos que são uma mistura bárbara de um desejo antigo e um arrependimento novo e contínuo.

Eu precisava organizar minhas ideias, como dizem os ianques. Porque noite passada foi outra noite estranha. Não sei o que eu diria a mim mesmo se eu fosse meu terapeuta. Quer dizer, não sei mais. Há fossas de dor que obviamente apenas o luto conhece. É uma viagem ao centro da Terra, uma máquina imensa e pesada furando a crosta terrestre. E um pequeno homem no controle, cada vez mais louco. Aterrorizado, aterrorizado, e sem poder voltar atrás.

São as pancadas que me exaurem. Algo tão bobo. Mas deixam meus nervos em uma espécie de hiperatenção. Nervos! Agora pareço um médico do período vitoriano. Mas é algo como os nervos vitorianos, sessões espíritas, invocação das almas, as tumbas esmaecidas no cemitério de Mount Jerome, intocáveis, porque são jazigos perpétuos, embora estejam se esfacelando e não haja ninguém vivo que vá até lá para lustrar os metais. Contemple meus feitos, Senhor Todo-poderoso etc.

Noite passada houve um passo adiante no escuro. Eu estava deitado em minha cama, mais desperto que um cão. De repente, no auge da escuridão, naquela hora vazia da madrugada, o telefone de Bet começou a tocar, eu o ouvi disparar como se sobre minha cabeça. Dei a Bet uma segunda linha quando ela começou a reclamar que eu estava sempre na internet e ela não conseguia sequer fazer suas ligações. Ela disse que suas amigas podiam apenas deixar recados e que eu nunca dava os recados. Então, sim, eu lhe dei uma segunda linha, mesmo sendo cara. O telefone ficava ali, ao lado de sua cama. E, de repente, estava tocando, e eu dei um salto como o de um desenho animado. Quimicamente, imagino que deva ter sido como uma injeção de adrenalina na cabeça. Deu-me certo enjoo, de tão repentino e estranho. E tocava e tocava, claro, afinal não havia ninguém para atender. Por certo que eu não subiria até aquele quarto no meio da noite. Então me dei conta de que o serviço de mensagem não atendeu, como costumava fazer quando Bet não estava em casa. Imaginei que a companhia telefônica tivesse encerrado o serviço. Tive, então, um pensamento miserável: não tinha eu ligado para eles semanas antes e solicitado o encerramento da linha? Se eu o tivesse feito, e não conseguia mesmo me lembrar, o telefone estaria tocando por algum tipo de falha. Ah, mas ficar ali deitado, ouvindo tocar e tocar...

Então, o toque parou. Tentei me acalmar, forçar-me a sentir alívio. E foi aí que algo terrível aconteceu. Ah, céus, sim. Ouvi-a claramente, sobre minha cabeça, um tanto abafada, porque tinha que passar pelas tábuas do chão do quarto de cima e pelo emboço de meu teto, mas eu a ouvi, a palavra *olá*. Era a voz de Bet.

Quase urinei, tão espantado eu estava. Tive, em minha mente, a visão de um monstro serpenteando a meu redor e me envolvendo, como uma anaconda, e começando a me espremer. A anaconda mata por colocar tanta pressão nos órgãos internos que o coração explode. E aquela simples palavra quase fez meu coração explodir. Eu sentia imensamente a falta de Bet, mas, sinceramente, eu não queria ouvir sua voz, não daquele jeito. A mulher viva, sim, mas não aquela simples palavra, flutuando em minha direção, trespassando-me. Foi aí que pensei: houve algum terrível erro? Eu imaginei que ela morreu? Ou a enterrei viva e...? Mas eu não tive tempo para maluquices desse tipo, porque logo veio outra palavra, clara como o dia: *William!*

Ah, Jesus, pensei, é para mim. Eu sabia que esse era um pensamento louco. Quer dizer, pelo amor de Deus, a ligação não tinha sido atendida e, além do mais, como poderia ser para mim?

Meu nome foi chamado. A voz era exatamente igual ao que sempre tinha sido, exatamente o mesmo tom, trazendo consigo a mesma impaciência, a mesma contrariedade por eu ter dado seu número para alguém e sua linha estar ocupada.

Eu não soube o que fazer.

— O quê? — gritei lá para cima, sem querer.

Eu não podia apenas deixar tudo como estava — agora sim, aquilo era a mais pura loucura —, não consegui não responder. Saí da cama sentindo-me eu mesmo um homem morto, como se eu estivesse no reino dos mortos ou em uma história de M. R. James, de quem Bet tanto gostava. Passei muito relutante por minha porta e caminhei descalço pelo corredor. Se Bet me visse assim, pensei, andando sem meus chinelos, arrumaria um jeito de me punir. Cheguei ao pé da escada e subi, degrau a degrau.

Alcancei o lugar em que encontrei Bet lutando pela vida, quase achei que iria encontrá-la ali. Dei um toque rápido no interruptor, mas a lâmpada deve ter queimado sem eu notar, porque nada aconteceu. Havia trevas de luz da lua no chão, um simples borrão de luz. Eu havia deixado a porta um tanto entreaberta para que o ar pudesse circular no quarto e evitasse mofo. Então, caminhei para a porta com passos lentos e arrastados e parei por um momento.

— Bet? — chamei.

Naquele momento, eu era a infelicidade em pessoa. Seja lá qual for a química associada ao medo — adrenalina e afins —, ela se injetava em meu cérebro. Meus joelhos estavam literalmente fracos, e senti um embrulho no estômago. Eu queria vomitar. Anos atrás, quando eu era menino, vi, no matadouro de Padstow, vacas em fila seguindo em direção ao disparo e eu as vi se mijarem e cagarem de pavor. Eu estava na mesma situação ali. Uma parte de mim desejava imensamente que Bet estivesse dentro do quarto, mas uma parte bem maior se apavorava com a ideia, no pânico respeitoso com que os vivos são obrigados a temer os mortos. É uma lei tão profunda da vida. Enterramos ou cremamos os mortos, porque queremos separar sua materialidade de nosso amor e nossas lembranças. Não queremos que ainda estejam em seus quartos depois de morrerem, desejamos manter sua imagem quando vivos, a plenitude da vida em nossas mentes.

E, ainda assim, de repente, com a mesma intensidade da primeira brisa de uma enorme tormenta, eu quis que ela estivesse ali, eu quis. Abri a porta e dei um passo adiante, desejando que Bet estivesse lá, querendo tomá-la suavemente em meus braços, como eu não fazia havia muitos, muitos anos, e rir e explicar a ela, explicar a loucura que passou por minha cabeça, explicar-lhe que pensei que ela tivesse morrido e, por favor, por favor, pedir que ela perdoasse minha estupidez em Bundoran, pedir-lhe que começássemos de novo, saíssemos de férias para algum lugar, por quê?, para Padstow que seja, para podermos ver a velha casa e comer nos novos e requintados restaurantes de que ouvimos falar e ter momentos encantadores...

O vazio. O vazio, claro.

Acho que olhar para mim naquele momento seria como ver um fantasma — como se o fantasma fosse eu. Um homem de 65 anos, bobo, de olhos vidrados no quarto de sua falecida mulher, enlouquecendo pela dor do luto, querendo, como de costume, ser perdoado e redimido, como as pessoas normais querem saber as horas. O mecanismo padrão de praticamente qualquer pensamento meu sobre ela. Bet: redenção, venha me remir, perdoe-me. Quando a verdade pura e simples é que ela devia ter me deixado.

Eu estava sentado no quarto de Roseanne, pensando em tudo isso.

Não poderia dizer nada disso a ela. Eu estava no quarto de uma paciente, supostamente para avaliar se ela podia ser liberada "de volta à sociedade". Uma das influências do governo da sra. Thatcher na Inglaterra, uma moda thatcherista, como se diria, e que não acabou. Roseanne estava sentada na cama, com o capote branco que costuma vestir e que, a meia-luz, parece um par de asas amarrotadas, as asas novas de uma borboleta, antes de o sangue ser bombeado para elas, e que, sem dúvida, para a perplexidade da própria criatura, podem ser abertas por ela mesma para voar.

Avaliá-la. De repente, isso me pareceu tão absurdo que ri alto. A única pessoa de sanidade duvidosa naquele quarto era eu.

Roseanne sobre si mesma

Casamos em Dublin, na igreja de Sutton — era a coisa mais fácil a se fazer. O padre de lá era amigo de Tom, eles haviam estudado juntos na faculdade, em Dublin, embora em cursos diferentes. Tom ficou apenas alguns meses estudando direito na Trinity College, mas foi tempo suficiente para fazer amigos na cidade. Ele era capaz de fazer amizades em uma tarde na corrida de cavalos. E tudo que precisava ser feito, certidões, proclamas, o que quer que fosse necessário para se casar com uma presbiteriana, foi feito. Acho que as pessoas de Sutton não se impressionaram muito com o casamento, mas, mesmo faltando pompa e circunstância, havia outros de seus camaradas de Dublin por ali e, depois da cerimônia, fomos ao hotel Barry, onde passamos duas noites, e, na segunda, fomos ao baile do Metropole, porque Tom conhecia o líder da banda, e, praticamente pela primeira vez, dançamos juntos. Por alguma estranha razão, mal havíamos dançado um com o outro em seu próprio salão de dança. Acho que isso era esquisito, não sei. Tom parecia bem contente e não falou nada sobre o fato de ninguém de sua família ter ido. Jack estaria lá se não estivesse na África, mas pagou pelo almoço de casamento como um presente para o irmão. Tom bebeu tanto uísque no almoço que não ficou muito acordado no hotel naquela noite, mas compensou na noite seguinte, com a dança. Ele era o mais encantador dos amantes. Isso é verdade.

Nós nos deitamos no escuro do quarto de hotel. Tom havia comprado na College Green, ao lado de sua antiga faculdade, um maço daqueles cigarros ovais dos russos e fumava um deles. Acho que eu tinha 25 anos, ele era apenas um pouco mais velho.

— Sabe — disse ele —, é legal aqui. Será que eu me daria bem em Dublin?

— Você não sentiria falta do lado oeste do país?

— Acho que sim — disse ele, fazendo um anel de fumaça russa no quarto escuro.

— Tom? — chamei.

— Sim?

— Você me ama?

— Claro que sim. Com certeza.

— Ainda bem, porque eu amo você.

— É? — perguntou ele. — Você tem muito bom gosto. Devo dizer que é muito sábio de sua parte. Sim.

E então ele riu.

— Sabe, é isso mesmo — disse ele.

— O quê? — perguntei.

— Não estou falando da boca para fora. É verdade. Eu amo você.

E acho mesmo que ele me amava.

Tom era um homem muito decente, acho que é importante contar isso.

Era possível avaliar da janela de um trem os efeitos da famosa guerra econômica travada pelo sr. De Valera naquela época. Casamos na primavera e, como o mercado não estava bom para criadores de carneiros, os fazendeiros tinham que matar esses animais no pasto. Por isso, quando passamos pelo interior, em vários trechos vimos os bichos mortos, apodrecendo. Tom ficou bem entristecido com isso. Os homens de De Valera estavam no poder e, para meu marido, isso era o mesmo que matadores e assassinos tomarem o país, esse mesmo país que tentaram massacrar depois do Tratado. Isso deixava gente como Tom louca de ódio. Ele era jovem, estava se tornando independente e queria herdar a nação, acho, fazer algo pelo país. Havia um forte sentimento de que, como De Valera havia tentado estrangular o país nascente, agora, na infância da Irlanda, ele meteria os pés pelas mãos e arruinaria tudo diante do mundo. Seja como for, partia o coração dos grandes fazendeiros ter que matar carneiros e não ter para onde mandar as ovelhas — era como se estrangulassem seus sonhos.

— Como uma merda de um hospício — disse Tom a meu lado, olhando para a desolação das fazendas do lado de fora. E é claro que ele sabia do que se tratava, afinal seu pai e sua mãe trabalhavam em um hospício. — Toda a Irlanda é simplesmente um hospício agora.

Tom pediu ao pai que lhe cortasse e costurasse uma camisa azul e começou a ir a Sligo para pequenas reuniões e passeatas, para tentar fazer com que as coisas caminhassem para outro lado. Um certo O'Duffy* organizou esse pessoal. Ele foi chefe de polícia, mas, por algum motivo, perdeu o emprego e passou a ser um desses sujeitos como Mussolini ou Franco. Tom o admirava, porque, quando foi ministro, ele tentou fazer com que as leis protegessem as crianças na Irlanda. Fracassou nisso, mas tudo bem. Também era um homem de discursos apaixonados, e Tom pensava que todos os grandes homens tinham sido mortos durante os confrontos, a começar por Collins, claro. E O'Duffy foi um grande aliado de Collins. Então fazia sentido, para Tom pelo menos. Nunca vi um homem que suasse tanto quanto Tom e, depois da passeata, sua camisa azul ficava encharcada. Tive que tingi-la algumas vezes, porque ficava esbranquiçada nas axilas, e isso não dava uma boa impressão. Nunca o vi nas passeatas, mas queria que ele estivesse vistoso, como naturalmente qualquer esposa desejaria.

Enquanto isso, fomos morar em uma casa de aço corrugado em Strandhill. Era quase um barraco, mas era perto do salão de baile e me mantinha longe de Sligo. Na época, era uma caminhada fácil para Tom ir à cidade. Nosso quarto tinha vista para Knocknarea, e podíamos ver as pedras no túmulo da rainha Maeve, lá no alto. Era engraçado ficarmos deitados ali, um jovem casal, beirando os 30 anos, em tempos modernos, e ela estar lá em cima, em sua própria cama, sua própria *leaba*,* como dizem, enfiada lá dentro por 4 mil anos. Do alpendre em frangalhos na frente da casa, tínhamos uma bela vista da ilha Coney, e, apesar de o relevo da ilha o cobrir, eu sabia que o Metal Man estava lá, sólido e eterno — eu podia vê-lo com os olhos de minha mente, leal e estoicamente apontando para o canal no mar.

Voando para o Rio. O picolino. O homem que governava o país do coração não era De Valera, com seu rosto magro e espantado. Era Fred Astaire, com o *seu* rosto magro e espantado.

Mesmo os figurões iam ao cinema. Se fosse na igreja, haveria assentos especiais para eles. Por lá, a maior parte dos casacos de pele podia ser encontrada nas frisas. O resto de Sligo amontoava-se na galeria, mais abaixo. Haveria uma carnificina se o sr. Clancy e seus irmãos não tivessem servido o Exército e colocado os espectadores em ordem como se fossem recrutas indisciplinados. Se alguém causasse tumulto, seria puxado pela orelha e enxotado para a noite escura e chuvosa de Sligo, o que não era desejável. Ah, mas ele não se importava com beijos, não era padre, e o que poderia fazer, afinal, quando as luzes estivessem fracas? O cinema não era igreja, mas era como a igreja, aliás, melhor, bem melhor. Era no cinema que se podia olhar em volta e ver aquele olhar arrebatado no rosto das pessoas, um olhar que talvez o padre ou o pastor sonhassem ver em suas paróquias. Toda Sligo em uma multidão sufocante, toda aquela gente diferente, de diferentes níveis, príncipes e mendigos unidos pelo encantamento. Você diria que a Irlanda era unida e livre, pelo menos no cinema. Apesar de Tom me manter em quarentena em Strandhill até que conseguisse fazer com que sua mãe abrandasse sua hostilidade contra mim, ele não era tão cruel a ponto de prolongar meu exílio às noites de sábado. O motor de seu pequeno e belo carro rondava pela cidade, e nós tomávamos nossos assentos, como sempre, como se ele temesse por nossas almas caso não o fizéssemos.

Havia sempre muita implicância no cinema, sujeitos xingando livremente uns aos outros. Às vezes, fazia-se menção a filiações políticas. Algumas vezes, isso era levado numa boa, mas vez por outra as coisas não eram tão leves e, aos poucos, nos anos 1930, isso foi piorando. Podia-se saber bastante sobre o estado do país conforme o tipo de insultos no cinema sábado à noite. É claro que o sr. Clancy não tomava as dores de nenhum partido, talvez fosse contra a política de uma forma geral. Era possível ser expulso por um comentário mais sujo, o que era mais do que merecia o próprio *Dáil*, segundo Tom.

SEBASTIAN BARRY

— Há coisas que podem ser ditas impunemente no *Dáil Éireann*, mas expulsariam você do Gaiety — diria Tom.

Havia sempre cinejornais antes dos filmes e, se houvesse material sobre a Guerra Civil Espanhola, por exemplo, haveria gritos a respeito dos Camisas Azuis e afins. Sr. Clancy e seus irmãos tinham bastante trabalho tentando descobrir quem eram os engraçadinhos.

— Que ralé — diria, Tom.

— Patifes de meia-tigela — diria Jack, se não estivesse na África. Não que Jack seguisse os Camisas Azuis.

— Acho que seu amigo O'Duffy é um patife de meia-tigela — diria ele a Tom.

Mas Tom gargalhava, gostava de seu irmão, Jack, não importava o que ele dissesse. Isso era parte do grande encanto de Tom como amigo e irmão. Era boa-praça até o osso. Além disso, pensava que Jack era um gênio, por ele ter cursado duas faculdades em Galway, engenharia e geologia, enquanto Tom mesmo havia ficado apenas poucos meses na faculdade de direito. O jeito de Tom de se deleitar com as palavras de Jack era como um hábito antigo, do tempo em que eram meninos. Não sei como o outro irmão deles, Eneas, se encaixava nisso. Claro, nunca ouvi falar muito do pobre Eneas.

Certa noite, enquanto *O picolino* era exibido, eu me dirigia ao toalete feminino quando uma figura sombria e familiar bloqueou minha passagem. Não era muito comum um homem solteiro chamar uma mulher casada para uma conversa casual, mas, por outro lado, nunca houve nada de muito usual em John Lavelle. Agora que sua turma estava no poder, em segurança, parecia que ele ia bem, ainda que estivesse apenas capinando mato à beira da estrada para a assembleia. Era melhor do que estar fugindo ou comendo *hash** na prisão de Curragh. Ele devia gostar de roupas pretas, porque eram apenas o que usava, e isso lhe dava uma aparência de caubói, com a palidez da pele branca e as mechas pretas de cabelos. Para um limpador de estradas, ele entendia bastante de coletes. Eu estava com

204

meu melhor vestido de verão, roxo, o que acho ser um tipo de comentário vazio em si mesmo. Seja como for, John Lavelle não se importava muito com o que uma pessoa fazia ou deixava de fazer.

— Oi, Roseanne. Sabe, menina, você está encantadora.

Isso era uma declaração imensa para ele. Para qualquer um. Ele jamais havia me dedicado o menor dos galanteios. Afinal de contas, nós nos conhecíamos graças à mais horrenda das tragédias. Talvez ele até mesmo ainda acreditasse em que eu havia levado os soldados *Free Staters* atrás dele anos antes. Talvez falar comigo daquele modo fosse algum tipo de vingança sutil. O que quer que fosse, não levei a sério, passei batido por ele, segui meu caminho. Até porque minha bexiga estava explodindo.

— Tenho ido a Knocknarea aos domingos — continuou. — Na maior parte dos domingos, às três da tarde, você me encontrará no monumento.

Corei sem graça. Havia uma pequena multidão de mulheres e meninas tentando fazer o mesmo que eu, mas estavam em bastante silêncio, porque o filme ainda estava passando atrás de nós. Na verdade, era bem difícil entender o que dizia John Lavelle, mas eu o entendi assim mesmo. Esperava que ninguém mais houvesse compreendido. Talvez ele apenas estivesse querendo ser amigável. Talvez estivesse apenas dizendo, bem, sei que você está morando por aqueles lados, e eu estou sempre por lá.

Nunca o vi no baile. Fique claro que eu já não ia mais ao Plaza como antes, quando era solteira e podia tocar piano sem que comentassem. Porque mulheres casadas não trabalhavam de jeito algum naquela época. Éramos como as muçulmanas naqueles tempos, os homens queriam que nos escondêssemos, a não ser em ocasiões como aquela, em que havia um bom filme para ver.

John Lavelle não era um sujeito qualquer. Não era da ralé que fazia comentários pelas minhas costas. Ele era uma pessoa importante, porque conhecera meu pai e sabia de coisas sobre ele. Duas mortes, entre outras coisas, nos ligavam, pode-se dizer: a morte de seu irmão e a morte de meu pai. Devíamos ser inimigos mas, de algum modo, não éramos. Eu não estava contra ele, embora tampouco estivesse a seu favor. Até hoje não entendo muito bem. Mal o via e, mesmo assim, ele aparecia em meus sonhos. Em meus sonhos, ele sempre levava um tiro e morria, como seu irmão na vida real. Com frequência, eu o via morrer em meus sonhos. Segurava sua mão e tudo o mais. Fraternalmente.

Nunca, porém, contei isso a Tom. Eu não queria. Como eu começaria? Tom me amava ou amava o que conhecia de mim, o que via em mim. Não quero falar algo deselegante, mas ele sempre elogiava minha bunda. Essa é a verdade.

— Quando estou triste — disse uma vez —, penso em sua bunda.

Não muito romântico, mas, de uma outra forma, muito romântico. Homens não são muito humanos, não mesmo, não, quer dizer, eles têm outras prioridades. É verdade que não sei quais são as prioridades femininas tampouco, ou melhor, sei, mas nunca as tive. Eu tinha de fato um desejo chocante por Tom. Por todo ele. Não sei. Ele me deixava tonta o tempo todo. Há coisas de que nunca se tem o bastante. De chocolate dá para se ter o bastante. Mas outras coisas. Eu gostava da companhia de Tom, em todos os sentidos. Gostava de tomar chá com ele. Gostava de beijar suas orelhas. Talvez eu não fosse uma mulher decente. Deus me perdoe. Talvez meu maior erro tenha sido sentir sempre o mesmo que ele. Eu sentia como se fôssemos nós dois, como Bonnie e Clyde, que naquela época, na América, saíam por aí matando gente e expressando seu amor de maneiras curiosas.

Tudo bem, mas então por que fui ao monumento, ao túmulo de Maeve, naquele mesmo domingo? Não sei. Porque John Lavelle me chamou? Não. Eu sabia que essa era uma coisa imprestável, um erro. Por que o salmão volta para o Garravoge se tem todo o oceano para perambular?

Caderno de anotações do dr. Grene

No início de todo ano íamos religiosamente para Bundoran de férias. Hoje as pessoas riem de Bundoran, pensam que é o principal roteiro irlandês de férias antiquadas, pensões úmidas, uma chuva horrenda, comida ruim e tudo o mais. Ainda assim, nós gostávamos, eu e Bet. Também ríamos de lá, mas afetuosamente, como se ri de uma velha tia louca. Nós amávamos ir para lá — fugíamos para lá, pode-se dizer, para nos refrescarmos no altar de Bundoran.

A luz do sol sabe bem como ler rostos. Voltar ano a ano para o mesmo lugar fez do rosto de Bet uma espécie de relógio. A cada ano, havia uma nova história, uma nova imagem na sequência. Eu deveria tê-la fotografado todo ano ao mesmo horário e no mesmo local. Ela estava sempre resmungando e preocupada com ficar velha e notava cada nova ruga em seu rosto no exato momento em que aparecia, como um cachorro sonolento desperta rapidamente ao ouvir os passos distantes de um estranho que se aproxima dos limites de seu território. Sua extravagância eram potes de creme noturno em que ela investia dinheiro na guerra contra as rugas. Era uma pessoa extremamente inteligente, sabia trechos de Shakespeare decorados na época da escola, quando um daqueles professores inspirados, mas não valorizados, tentara convencê-la a se tornar professora também. Mas, com sua inteligência, o que ela mirava não eram as linhas de expressão, era algo mais primevo,

207

mais antigo. A mim, juro, essas coisas jamais preocuparam. Uma das graças do casamento é que, por algum motivo mágico, sempre parecemos iguais para a outra pessoa. Mesmo nossos amigos nunca parecem envelhecer. Que bênção. E nunca suspeitei disso quando eu era jovem. Mas, penso comigo, o que faríamos se fosse diferente? Jamais houve uma pessoa em uma casa de pessoas mais velhas que não tenha olhado de maneira duvidosa para os outros moradores. *Eles* são os velhos, são o clube a que ninguém quer se juntar. Mas nós nunca ficamos velhos para nós mesmos. Isso porque, ao fim do dia, o navio em que navegamos é a alma, não o corpo.

Ah, e eu, o maior agnóstico da Irlanda, escrevendo isso. Como de costume, não tenho palavras para o que quero dizer. Tento dizer que amava Bet, sim, de alma para alma, e as rugas e linhas de expressão eram parte de outra história, sua leitura angustiante da própria vida. Não subestimo a dor que elas lhe causavam. Uma mulher trivial, em sua própria opinião, mas que não queria ser uma idosa trivial. Eu questionaria essa trivialidade. Havia momentos em que seu rosto reluzia e brilhava com uma beleza singular. Foi assim quando estávamos lado a lado na igreja, e olhei para seu rosto um segundo antes de ela dizer "sim", e, então, ao ouvi-la, veio de seu rosto uma luz extraordinária, que me preencheu. Era amor. Não se espera ver um amor assim. Eu, pelo menos, não esperava.

Então, por que, entre todos os lugares, eu tive que a trair justo em Bundoran?

Fui para lá bastante inocentemente, sem Bet, para uma conferência em um novo hotel, de frente para o mar. Era um congresso de psiquiatria, nada demais. Nossos assuntos eram demência senil, psicose etc. Eu apresentava um trabalho sobre as versões da memória, a certeza absolutamente fascista da memória, a opressão persecutória da memória. Talvez fosse alguma espécie de bobagem de meia-idade, mas, na época, eu achava

208

a ideia bastante radical, revolucionária. Foi recebida na reunião como uma hipótese precipitada. Como um tipo de indiscrição da mente. Então, talvez não seja de espantar que a ela se tenha seguido uma indiscrição do corpo.

Pobre Martha. Tinha quatro filhos ótimos em casa, e um marido considerado um dos mais talentosos jovens advogados da época. Um homem distante e atormentado, mas certamente de muito valor. Foi terrivelmente simples. Bebemos vinho demais juntos, caminhamos de volta pelo corredor daqueles quartos sem graça e tivemos um desejo repentino um pelo outro, eu a beijei, nos agarramos no escuro, ela nem sequer conseguiu tirar a calcinha, Deus nos proteja, ela se entregou a mim, e isso parecia ter sido tudo. Um atavismo, uma rendição, uma volta à adolescência, quando esses amassos pareciam heroicos e poéticos.

Martha voltou para casa e contou ao bom marido. Não acho que tenha sido sua intenção, que ela desejasse isso. Creio que o que queria realmente era que não tivesse acontecido. O mundo não está cheio de traidores, está cheio de pessoas bem-intencionadas, que desejam fazer a coisa certa por aqueles que as conhecem, que as amam. É uma verdade pouco conhecida, mas acredito que seja uma verdade, ainda assim. Eu atestaria isso empiricamente, baseado em tantos anos de trabalho. Sei que é uma conclusão espantosa, mas cá está. Gostamos de definir a humanidade como bárbara, cobiçosa e simples, mas isso é tornar todos estranhos. Não somos lobos, mas cordeiros às margens dos campos, atônitos com a luz do sol e o verão. Ela perdeu seu mundo, Martha. E eu perdi o meu. Foi merecido, não há dúvida. Só não foi merecido o que o marido dela sofreu, nem certamente o que quer que Bet tenha sofrido.

Porque a lealdade não é uma questão humana, é uma questão divina.

Lá vou eu outra vez.

O que será que padre Gaunt teria feito disso?

Tão dedicado, tão zeloso em revelar Roseanne, sua natureza, sua história incriminadora.

O relato do padre está no outro cômodo, e estou cansado demais para ir lá buscar. Verei o quanto posso escrever sobre isso de cabeça. Apontei os eventos no cemitério. Então, veio a independência, a polícia imperial foi desmontada, o que, imagino, aumentou os medos do pai de Roseanne, então... creio que o tempo tenha passado. A sensação de vulnerabilidade tenha diminuído, aumentado? E o pai de Roseanne conseguiu um emprego no mesmo cemitério. O trabalho era um presente da prefeitura. É difícil entender como um homem com tantos defeitos tenha conseguido uma tal sinecura, a não ser que julgassem o trabalho tão baixo que o considerassem apenas uma humilhação. E, de fato, logo depois, ele perdeu esse emprego e ganhou o de caça-ratos, certamente o maior dos insultos para um homem como ele. Padre Gaunt escreve, de maneira um pouco tortuosa, que, "como ele caçou seus conterrâneos como se fossem ratos, pode-se dizer que era qualificado para o trabalho" (ou algo nesse sentido). Mas as memórias são longas e curtas na Irlanda, como em qualquer lugar em que tenha havido guerras desse tipo. A guerra civil que se seguiu causou mais desordem e destruição aos amáveis instintos dos jovens de Sligo. Era chegada a hora de prestar atenção ao pai de Roseanne, e seu fim foi curioso e demorado.

Certa noite, na volta para casa, ele foi capturado na rua. Como de costume, estava bêbado, e sua filha, como também costumava fazer, esperava por ele. Penso, e fica ainda mais claro no relato do padre, que

Roseanne idolatrava seu estranho pai. Seja como for, ele foi levado por vários homens até o cemitério. Ela os seguiu. Padre Gaunt acredita que o plano era levá-lo ao alto de uma torre redonda do cemitério e jogá-lo lá de cima, ou algo parecido.

Encheram sua boca de penas, certamente para caracterizar o antigo trabalho, embora saiba lá Deus como puderam ter tamanha covardia, por mais que, em muitos aspectos, ele tenha seguido caminhos errados. Depois, foi espancado com martelos, e tentaram empurrá-lo da pequena janela do topo da torre. Roseanne estava lá embaixo, olhando. Sons horrendos deviam descer da pequena câmara no alto da torre. Conseguiram colocar parte do homem para fora, mas sua barriga era grande demais para passar, por causa dos anos de cerveja, não lhe permitindo, assim, despencar pelo ar noturno. Os martelos tampouco o mataram, e, com seus urros, as penas espocaram de sua boca. Com um ódio desesperado, os homens o puxaram para dentro com força, e um deles jogou os malditos martelos pela janela. As penas voaram, os martelos caíram, batendo na cabeça de Roseanne, que olhava tudo de baixo, e a fazendo perder a consciência.

A solução dramática que encontraram foi enforcá-lo em uma casa abandonada perto dali. Não penso que, naquele ambiente, naqueles tempos, tenham sentido muito sua falta. Claro está que ele agiu contra seu próprio povo. Eram jovens tentando vingar um enorme erro, e jovens empolgam-se facilmente e, às vezes, metem os pés pelas mãos. Não, um homem desses não fez muita falta.

A não ser por Roseanne.

Como falar disso tudo com ela? E esse é apenas o fim da primeira parte do relato, há uma segunda, que conta a história de Roseanne anos mais tarde. Nessa parte, há uma acusação contra ela, uma acusação aterrorizante, deplorável. Os pecados do pai são uma coisa, mas os pecados da mãe... Bem. Tenho que lembrar, digo mais uma vez a mim mesmo, o motivo de eu fazer essa avaliação. Ser profissional. Manter distância. No fim das contas, tendo sido criado na Inglaterra, apesar de, de certo modo, ser uma criança irlandesa, creio que já tenho certo distanciamento dos capítulos estranhos da história desconcertante desse país.

E não estão emboladas todas as nossas histórias, e não são quase estrangeiras a nós mesmos, isto é, à nossa imaginação? A morte de minha mãe, como foi cruel, sob qualquer aspecto, e a única coisa boa que resultou dela em mim, que me "inspirou" a ler psiquiatria em Durham, quase como um seguro retroativo e inútil contra o acontecimento.

Ela vivia em um paraíso do outro lado do rio, em Padstow, em uma casa admirada e invejada pelos visitantes de veraneio, sentados nas árvores à beira da praia.

Claro, não estou falando de minha mãe "de verdade", de meu pai "de verdade".

Todos os anos, depois que se aposentaram, eles iam para Lake District. Certa manhã, meu pai subiu uma montanha sem ela. Quando chegou ao cume, olhou para o vale abaixo, havia um lago lá, e viu uma pequena figura que avançava para a água. Ele estava longe demais para que o ouvissem, mas soube imediatamente quem era.

Três anos depois de me adotarem, tendo desistido de ter um filho biológico, acabaram tendo de fato um filho deles, meu irmão John. Ele era muito dedicado a mim. Quando pescávamos na infância, no riacho de nossa cidade, ele ficava de short, abaixado horas e horas dentro da água, com um pote de geleia na mão, catando peixinhos para minhas iscas.

Quando eu tinha 14 anos, pedalávamos contornando o estuário para pegar nossos ônibus, eu para a Escola Católica e ele para o colégio que eu um dia frequentara. Os pontos de ônibus eram próximos um do outro, mas de lados diferentes da rua, porque a escola dele era na direção oposta à minha. Passávamos por uma estradinha velha que saía da cidade, e os ônibus eram daqueles veículos grandalhões e lustrosos da época.

Em certa manhã — e como tudo se torna história (eu também poderia ter dito "era uma vez") —, depois de deixarmos nossas bicicletas apoiadas em uma sebe, como sempre fazíamos, vi meu ônibus se aproximando e o dele vindo praticamente ao mesmo tempo e à mesma distância. John, que tinha 10 anos, me deu um beijo e um abraço e partiu para o outro lado da rua. Percebi que eu ainda estava com seu casaco e o chamei: *Ei, rapazinho!* John parou e virou para trás. *Seu casaco!*, disse eu, levantando a peça de roupa. Vi John sorrir e começar a voltar em minha direção. Os ônibus estavam chegando, e seja lá o cálculo que os motoristas tenham feito em relação ao garotinho cruzando a rua, meu grito causou um enorme mal, e meu ônibus passou por cima de John, eu ainda segurando e balançando seu casaco.

Esse foi o motivo da tristeza de minha mãe.

Uma tristeza imensa. Maior do que se pode imaginar. Seu coração destruído. E, ainda assim, há algo nisso que me escapa. Uma compreensão verdadeira.

Em outros aspectos, sua vida era rica. Ela vivia no paraíso. Ela, aliás, abandonou meu pobre pai no paraíso. Eu não deveria ficar bravo com ela? Que eu não fosse suficiente? Ou meu pai? Que ela não tenha resistido? Isso é tão injusto, eu sei. Mas há algo chamado resistência, trata-se de uma qualidade. Creio que o que tento escrever, e não estou sendo em nada desrespeitoso com minha mãe, é que Roseanne resistiu, ainda que sua vida tenha sido de migalhas.

Tenho certo asco de mim mesmo por escrever isso.

E por que estou chorando?

Estou pasmado depois de ler o que acabei de escrever. Fiz um pequeno relato da morte trágica de meu irmão, um relato de sintaxe apática, em que fica claro para mim que obviamente me culpo. Nunca discuti isso, mesmo quando estava em Durham, e nós, estudantes, praticávamos análise em nós mesmos. Nunca sequer pensei nisso, nesses últimos cinquenta anos não me dei conta da importância do que aconteceu. É um escândalo em minha história íntima. Vejo isso com clareza, encarando os fatos puros e simples. Mas como poderia eu começar a prestar atenção nisso agora, como curaria a mim mesmo? Está acima de minha capacidade. O único homem com quem eu poderia ter falado disso foi Amurdat Singh, que há muito descansa em paz. Ou meu pai, idem. O quanto não deve ter sofrido meu pai, em sua amável discrição inglesa.

Mas essa não é a questão. Fico claramente satisfeito por estar além de qualquer ajuda. Isso é lamentável. À guisa de registro: não apenas estou chorando agora, como também tremo.

É claro que a vida de Roseanne passa por tudo isso, ela representa grande parte do que podemos saber de nosso mundo, os últimos cem anos dele. Ela poderia ser um local de peregrinação, um ícone nacional. Mas ela não vive em lugar algum, ela não é nada. Não tem família e praticamente não tem nação. Uma presbiteriana. Às vezes as pessoas se esquecem dos esforços feitos nos anos 1920 para que todos os tipos de opinião estivessem presentes no Senado irlandês, mas foi algo que logo perdeu alento. Nosso primeiro presidente era protestante, o que foi um gesto belo e poético. Acontece que perdemos tantos fios de nossa história que a tapeçaria da vida na Irlanda pode apenas desmantelar-se.

214

Não há nada para mantê-la unida. O primeiro sopro de vento, a próxima guerra de porte em que estivermos vai nos varrer até os Açores. Roseanne nada mais é do que um pedaço de papel esvoaçando pelos rincões de uma terra devastada.

E percebo que talvez eu tenha me envolvido um pouco demais com ela. Talvez eu esteja obcecado. Não apenas não consigo tirar dela sua própria história, como tenho uma versão da biografia que, acredito, ela rejeitaria. Tenho dezenas de outras almas para visitar, para ouvir, para ver se podem voltar à "sociedade". Por Deus, esse lugar vai ser desativado, dissipado, tenho muito a fazer, muito.

Todos os dias, porém, sinto-me forçado a subir ao quarto de Roseanne, vou em geral apressado, como se houvesse alguma urgência, como no fim daquele velho filme *Desencanto*. Como se, caso eu me atrasasse, ela não fosse mais estar lá. E, de fato, ela pode não estar.

Sem Bet, é impossível viver. Agora, tenho de aprender a viver assim.

Talvez eu esteja usando Roseanne como um meio para isso, cuidando de alguém que admiro e sobre quem, ao mesmo tempo, tenho algum poder. Agora, tenho que me interrogar sobre minhas reais motivações em relação a tudo, porque pressinto que não houve muita justiça com ela no passado. Tenho que deixar de lado a gravidade das afirmações a seu respeito, ou talvez eu devesse dizer boatos a seu respeito. Apesar de ela estar de certa forma enterrada aqui, ela não é Saddam em seu esconderijo terrível, ela não deve ser puxada para fora, ter seus dentes examinados, como acontece a um cavalo (embora, cá para mim, percebo que os dentes de Roseanne deveriam ser tratados também, percebo muitas manchas escuras em sua boca). Seus dentes examinados, seus piolhos catados, seu corpo desgraçado, executado.

CAPÍTULO XVI

Roseanne sobre si mesma

Dr. Grene esteve aqui agora há pouco. Quando entrou no quarto, pisou na tábua solta sob a qual eu escondo esses papéis, e a tábua fez um ruído impiedoso, como um rato atingido pela barra da ratoeira. Isso me assustou. Mas, não, dr. Grene não estava prestando atenção em nada, nem mesmo em mim. Sentou-se em minha cadeirinha velha e não disse nada. A pouca luz da janela mal o iluminava. De minha posição favorável na cama, eu o via de perfil. O doutor agiu como se estivesse, na verdade, sozinho, dando grandes suspiros de vez em quando, acho que sem perceber. Eram suspiros de que nem mesmo ele estava ciente. Deixei-o agir livremente. Era bom tê-lo em meu quarto, sem me fazer perguntas. E eu tinha meus próprios pensamentos para me "entreter". Também era bom que nossos pensamentos fossem silenciosos, fechados, não lidos.

Por que, então, escrevo isso?

No fim, quando pensei que dr. Grene estava indo embora, ele se virou para mim à porta, como aqueles detetives de filmes antigos, olhou-me e sorriu:

— Você se lembra do padre Garvey?

— Padre Garvey? — perguntei.

— Isso, ele era capelão aqui. Uns vinte anos atrás.

— Era um homem baixo com pelos no nariz?

— Bem, eu não me lembro dos pelos. Eu estava ali sentado e lembrei que você não gostava de que ele viesse lhe ver. Não sei por que fui me lembrar disso. Havia algum motivo para isso?

— Ah, não — disse eu. — É só que não gosto de pessoas religiosas.

— Pessoas religiosas? Você quer dizer as que acreditam na religião?

— Não, não. Padres, freiras etc.

— Alguma razão para isso?

— Eles têm tanta certeza de tudo, e eu não tenho. Não é porque sou presbiteriana. Não gosto de pessoas sagradas. Padre Garvey era muito gentil. Ele disse que entendia perfeitamente a situação — comentei, e de fato o padre havia dito isso.

Dr. Grene demorou-se à porta. Estaria querendo dizer algo mais? Acho que sim. Mas ele não disse. Balançou a cabeça algumas vezes.

— Espero que você não se incomode com médicos — disse ele.

— Não — disse eu. — Não me incomodo em nada com médicos. E ele riu e foi embora.

Fred Astaire. Não era um homem bonito. Dizia que não sabia cantar. Foi ficando cada vez mais calvo ao longo dos anos. Dançava como corre um leopardo, com a graça da primeira criação. Quer dizer, dos sete primeiros dias. Em um daqueles dias, Deus criou Fred Astaire. No sábado, talvez, já que esse era o dia do cinema em Sligo. Quando você via Fred, você se sentia melhor em relação tudo. Ele era uma cura. Era encaixotado nos rolos de filme e, por todo o mundo, de Castlebar ao Cairo, curava paraplégicos e cegos. O evangelho da verdade. São Fred. Fred, o Redentor.

Eu poderia estar rezando para ele naquele tempo.

Ao pé da montanha, na trilha chuvosa, peguei uma pedra bem lisa e bonita. É um velho costume levar uma pedra para colocar no túmulo. Oh, mas, sim, eu estava em tal estado. Não por causa da subida, isso não era nada para mim naquela época. Não. Porque minha cabeça estava "rodopiando", como diziam os romances baratos. Não sei dizer exatamente por que, apenas sabia que havia algo de impróprio no que eu estava fazendo. O dia estava absolutamente tranquilo, de absoluta paz, o céu era rasgado por cicatrizes de azul no meio da imensidão de nuvens, mas meu humor pertencia a algum outro tipo de dia. Quando a tempestade caiu sobre Knocknarea e desceu, inundando Strandhill, como exércitos invisíveis e dragões incomuns, as águas ficaram entre o mar e as casas da cidade. Eu estava com os braços à mostra quando parei para pegar a pedra, mesmo em meu cuidado pouco à vontade para escolher uma pedra decente, braços e coração à mostra.

Se meu pai tivera seu destino, imagino que eu também tivesse o meu.

Querido leitor, peço sua proteção, porque estou com medo agora. Minha velha carcaça agora treme. Já faz tanto tempo e ainda estou parando e sentindo a pedra em meus dedos, como se ainda estivesse entre eles. Como pode ser? Estarei sentindo agora o mesmo vigor de quando subi a montanha com passos tão firmes? Subindo, subindo, firmemente, firmemente. Talvez eu ainda sinta um resquício disso. Meus membros quentes, minha pele lisa como metal, juventude despreocupada e livre. Por que eu sabia tão pouco? Por que sei tão pouco agora? Roseanne, Roseanne, se eu chamasse você agora, eu mesma chamando a mim mesma, você me ouviria? E se me ouvisse, prestaria atenção no que foi dito?

Mais ou menos no meio da subida, havia um monte de gente descendo, eu podia ouvi-los rir e, de vez em quando, uma pedrinha rolava trilha abaixo. O grupo estava acima de mim, todos com casacos de gabardine, chapéus-panamá, lenços e risadas. Era um dos grupos de mais fina estirpe de Sligo, e eu até conhecia uma das mulheres, porque ela frequentava o Café Cairo. Eu lembrava inclusive seu pedido habitual, e creio que ela também.

— Oi, oi — disse ela. — Chocolate quente e pãezinhos com cereja!

Eu ri. Ela não tinha falado de um jeito pejorativo. Seus companheiros me olharam com algum interesse, preparando-se para ser gentis, se ela assim desejasse. Ela não me apresentou exatamente, mas disse em voz baixa:

— Soube que você se casou. Com o nosso maravilhoso homem do Plaza. Meus parabéns.

Isso foi gentil da parte dela, porque o casamento não foi exatamente um assunto na cidade, ou, se foi, não era algo de que falassem bem, digamos assim. Na verdade, tenho certeza de que foi um pequeno e leve escândalo, como era a maior parte dos acontecimentos desse tipo em Sligo. Era uma cidade pequena deste nosso mundo.

— Bom, foi bom ver você. Boa subida. *Cheerio*.

E, com esse leve anglicismo de despedida, ela se foi, a trilha em declive puxando-a, os chapéus e lenços descendo pesados na montanha. E as risadas. Eu podia ouvir a mulher falando, com sua voz agradável, talvez contando o caso aos demais, talvez notando que Tom não estava comigo, sei lá. Mas aquilo não me animou muito em minha tarefa.

E qual era minha tarefa? Eu não sabia. Por que estava eu subindo Knocknarea a convite de um irregular da guerra civil e, talvez, de um irregular da própria vida? Um ex-detento que cavava valas nas estradas de Sligo. Alguém que, até onde eu sabia, não era casado nem estava namorando ninguém. Eu sabia como aquilo era e o que parecia, mas eu não sabia o que estava me levando montanha acima. Talvez fosse algum tipo de curiosidade sem fim vindo do amor por meu pai. Como se eu precisasse ser levada de volta para perto de sua memória, de qualquer memória que o fizesse parecer mais presente, mesmo que fossem os acontecimentos daquela noite miserável no cemitério — das duas noites miseráveis.

À primeira vista, não havia ninguém no cume, a não ser talvez os ossos ancestrais da rainha Maeve sob seu túmulo de um milhão de pequenas lápides de pedra. Visto de lá debaixo, perto do mar, em Strandhill, seu túmulo parecia especial, mas pequeno. Apenas quando subi, com minhas pernas cansadas, foi que percebi como era enorme, trabalho de uma centena de homens, que fizeram por toda a montanha havia muito tempo essa estranha colheita de pedras do tamanho de punhos, colocadas ali, começando, talvez, com a rainha, sob algumas poucas placas, e, lentamente, como pequenos torrões de grama somados em um amontoado maior, como acontecimentos isolados somados em um épico, criando o grande monte onde ela repousa. Eu disse repousa, mas quis dizer se decompõe, se reduz, se deteriora e some na montanha, arrastando-se na umidade subterrânea, dando de comer a pequenos diamantes e brilhos de urze e musgo. Por um segundo, imaginei poder ouvir música, o balanço do antigo jazz americano, mas era apenas o vento confuso, espalhando-se pelo topo da montanha. E, por entre a música, ouvi meu nome.

— Roseanne!

Olhei em volta e não consegui ver ninguém.

— Roseanne, Roseanne!

Naquele instante, um medo infantil tomou conta de mim, como se eu ouvisse uma voz do além, como se a própria Banshee* estivesse no topo da imensa montanha de pedras do túmulo, com seus fios de cabelo empoeirados, suas faces ocas, querendo me juntar ao outro mundo. Não, mas não era voz feminina, era a de um homem, e agora eu podia ver alguém saindo do entorno das pedras, roupas pretas, cabelo preto e rosto alvo.

— Você está aí — disse John Lavelle.

Eu havia olhado o relógio de uma loja da cidade de Strandhill para saber as horas, mas, ainda assim, eu achava que o encontro não tinha chances de acontecer com tão pouca informação. Domingo às três da tarde. Se fosse algo de extrema necessidade, se fossem soldados do Exército em um ataque surpresa ao inimigo, não teria dado tão certo. Mas o destino, ao que parece, é um grande estrategista e faz milagres com o tempo para ajudar em nossa destruição.

Fui até John. Acho que eu tinha muita empatia por ele, deve ter sido isso, tendo ele perdido seu irmão de modo tão terrível. Era como uma peça da história de minha infância da qual eu não havia conseguido me separar. Ele tinha uma importância cuja natureza eu não conseguia entender profundamente. Era uma espécie de respeito extremo, por ele, que não era nada além de um cavador de buracos, mas que, ainda assim, para mim, tinha um aspecto heroico, o príncipe nas vestes do mendigo.

John estava de pé sobre o que parecia uma pequena cama de pedras. Talvez, no passado, houvesse uma lápide sobre dela, uma placa que tenha caído ou sido tirada.

— Eu estava deitado aqui — disse ele. — Parece um lugar aquecido. Sinta minha camisa.

E ele puxou a frente da camisa preta. Quando coloquei rapidamente a mão, ela estava bem quente.

— É isso que a luz do sol fará na Irlanda — disse ele — se dermos a menor chance.

Então, por alguns instantes, parecia que não tínhamos nada a dizer. Meu coração tamborilava dentro de minhas costelas, temi que John o ouvisse. Ah, não era amor por ele. Era amor a meu pobre pai. Estar perto de um homem que esteve perto de meu pai. A horrível estupidez, perigosa e inexplicável.

De repente, percebi. De repente, pensei que Tom se casara com uma mulher louca. Foi um pensamento que me assombrou muitas e muitas vezes desde então. Mas fico quase orgulhosa por dizer que fui eu quem pensou isso primeiro.

Eu não podia resistir aos atrativos do rio. O mar aberto não tinha como me manter por lá. O salmão deixa seus ovos nos seixos dos recantos mais estreitos do rio, onde a água começa a brotar na terra. Mundo misterioso, mistérios sobre mistérios, rainhas sob pedras, rios correndo sob a terra.

— Sabe o que é, Roseanne? — disse John Lavelle, depois de um tempo. — Você é a cara de minha mulher.

— De sua mulher, John Lavelle? — disse eu, repentinamente irritada.

— Sim, minha mulher. Você se parece com ela, ou ao menos seu rosto tomou o lugar do dela em minha memória.

— Então, onde está sua mulher?

— Está nas ilhas do norte, nas Inishkeas. Em 1921, alguns dos garotos da ilha queimaram alojamentos policiais. Não sei por que, pois não havia policiais lá. Então os *Black and Tans* vieram de barco para ver o que poderiam fazer como vingança. Meus gêmeos eram recém-nascidos. Minha mulher, Kitty, estava do lado de fora da porta de nossa casa, segurando os dois, um em cada braço, para "arejá-los", como falamos em irlandês. Os *Tans*, que estavam um pouco longe, resolveram dar alguns tiros a esmo na direção dela. Ela levou um tiro na cabeça, outra bala matou Michael a'Bhilli, e Seanín caiu dos braços da mãe e bateu a cabeça em uma pedra da soleira da porta.

Ele falava bem baixo e quase com medo. Segurei a manga de sua camisa.

— Sinto muito — disse eu.

— Bem, ainda tenho Seanín, ele tem 15 anos hoje. Apenas não tem a cabeça muito boa, entende, por causa da queda. Ele é um pouco estranho. É um cara que gosta de ficar à margem das coisas, olhando calmamente. A família da mãe o cria, então ele tem o sobrenome dela. Você conhece o antigo sobrenome da ilha, Keane. Um belo sobrenome. Mas ele gosta de conversar comigo. Da última vez que estive em casa, contei a ele sobre você, e ele me fez uma centena de perguntas. E eu disse que, se algo me acontecesse, ele deveria cuidar de você, e ele disse que cuidaria, embora eu ache que ele não entendeu metade do que eu disse, nem sabe onde fica Sligo.

— Por que você disse para ele fazer isso, John Lavelle? — perguntei.

— Não sei, só que...

— Só que o quê?

— Que não sei o que vai acontecer comigo agora. Acho que terei que voltar às armas. Não ganhei muito cavando estradas. Essa é uma das razões. E morro de medo disso. O outro motivo é que nunca vi ninguém tão amável quanto você, a não ser Kitty.

— Você é praticamente um estranho. Isso não é nada normal.

— É isso mesmo. Estranho. Este é um país formado totalmente por estranhos. Tem razão. Mas, ao mesmo tempo, o que as pessoas dizem quando se sentem como eu? *Eu te amo*, é o que dizem, acho.

Estávamos ali um bom tempo e, naquele momento, comecei a ouvir vozes, novas vozes subindo. Eu me recompus, pensei rápido e quase pulei fora da trilha. Não havia outro jeito de descer, a não ser por ali. Mesmo assim, meu primeiro pensamento foi cruzar os arbustos e as pedras da face leste da montanha, mas, ao mesmo tempo, eu sabia que havia um grande despenhadeiro abaixo de Knocknarea e eu poderia levar horas e mais horas tentando dar a volta nele até chegar à estrada. Tantas horas que Tom poderia se preocupar, pensar que havia algo errado comigo e até convocar todos da região para me acharem. Esses foram meus pensamentos enquanto o vento, ficando mais forte como costumava ficar na hora do chá, jogou meu cabelo em meu rosto, e o pequeno grupo terminou de subir.

Era um grupo de homens de batinas e casacos pretos. Uma pequena comitiva de padres em uma caminhada dominical. Não havia um toque de blasfêmia naquilo? Sua piedade, suas orações e suas regras não deveriam deixá-los presos na cidade? Mas lá estavam eles, com suas diferentes risadas e suas vozes murmurantes. Olhei ferozmente para trás para ver onde estaria John Lavelle. E, oh, ele estava bem atrás de mim, como se fizesse parte do vento.

— Volte para lá! — disse eu. — Você não consegue se esconder por si próprio? Eu não posso ser vista aqui com você!

— Por que não?

— Por que não? Você está louco? Está tão louco quanto eu? Vá para lá e se esconda atrás das pedras.

Mas era tarde demais. Claro. Aquele bando de padres barulhentos já estava bem perto de nós, todo sorrisos e bons-dias e acenos de chapéu. Salvo um rosto, avermelhado pelo esforço e pelo vento, que me encarava pasmado, com um olhar de partir o coração. Era padre Gaunt.

Tom não estava em nossa casinha em Strandhill quando voltei, pois havia ido a Sligo saudar "o General" na estação de trem. A chegada do homem era um dos preparativos para a marcha na rua Wine a fim de chamar atenção, como disse Tom, muito entusiasmado para o movimento do general O'Duffy na cidade. Meu marido havia implorado para eu vestir uma camisa azul que o Velho Tom fingiu ter costurado para mim, mas a verdade era que esse lado de Tom me apavorava. Imagino que, no verdadeiro Café Cairo, no Cairo mesmo — e não imagino que a sra. Prunty tenha ido lá —, fumava-se muito narguilé, sem falar das mocinhas assanhadas com suas danças do ventre. Eu jamais vira um homem que tivesse fumado ópio, mas tenho a impressão de que era algo parecido com o brilho oriental dos olhos de Tom quando falava do General e do Corporativismo (fosse lá o que isso fosse, e, aliás, acho que nem Tom sabia bem do que se tratava) e de fazer recuar o "traidor De Valera" e do "verdadeiro início da glória irlandesa" e de toda conversa-fiada daquela época. Quando fizeram uma passeata em Sligo, terminaram em Strandhill, em um comício no Plaza. O fato óbvio de que John Lavelle fosse "inimigo" do movimento do General não representava nem um grão de meu pavor depois de encontrá-lo. Eu não sabia por que aquilo me incomodava tanto, simplesmente incomodava. Fiquei na sala de estar de minha casa com Tom, um mero quartinho, mas ainda assim bonito e limpo, em um vestido de verão, mas tendo calafrios. E eu tremia e tremia cada vez mais sempre que ouvia o som de automóveis se aproximando, um ronco ao longe, que aumentava até eu correr à janela, olhar para fora e ver um mar de Fords e, junto deles, Tom, dirigindo seu carro, trazendo, no banco de trás, uma criatura de aparência muito importante, que usava uma boina militar e tinha um nariz adunco, parecido com o do irmão de Tom, Jack. Havia dezenas e dezenas de automóveis, com sua música metálica, o som aumentando em ondas, a poeira esbranquiçada da estrada à beira-mar, como se viessem do próprio Saara. E todos os rostos daqueles homens e mulheres vestidos com blusas azuis estavam iluminados, com aquele estranho brilho, como se próximos à felicidade do Novo Mundo — a imagem de um otimismo impossível, como as estranhas propagandas americanas que nos chegavam por revistas vindas de muito longe de Sligo, enviadas por parentes e enroladas com os desejados dólares ianques.

Tive a inusitada sensação de olhar para o mundo de outra pessoa, um Tom de outra pessoa, uma Sligo de outra pessoa. Como se eu não fosse ficar por ali muito tempo, e não houvesse estado lá tempo suficiente, ou talvez jamais houvesse estado lá. Como um fantasma de mim mesma, e por certo aquela não era a primeira vez.

Fui para a cama e deitei nos lençóis frescos e tentei me acalmar. Tentei ser eu mesma, mas não consegui encontrar tal pessoa. Roseanne. Talvez ela estivesse me escapando. Talvez já houvesse ido embora havia muito tempo. Não eram apenas soldados e policiais que deviam ser mortos na guerra da independência, mas também aqueles sujeitos estúpidos que foram à Grande Guerra sem pensar no que estavam fazendo, além de tratantes, vagabundos e outros do gênero. Gente que emporcalhava as coisas, aquela gente que ficava no canto das fotografias de lugares bonitos e que, aos olhos de certas pessoas, começavam a fazê-las federem. Quando houve o bombardeio alemão em Belfast, na guerra que se aproximava, dezenas de milhares de pessoas fugiram para as cidades menores, milhares delas vindas das áreas mais miseráveis de Belfast, e ninguém as queria em suas casas, porque eram uma raça esquecida de selvagens, tão pobres que jamais haviam visto um banheiro e não comeriam nada senão pão e chá. Eles urinavam no chão das casas decentes. Eram pessoas que se escondiam até que os alemães lhes jogassem bombas e as queimassem. Como os pobres ratos de meu pai. Eu estava deitada em uma cama de lençóis limpos, mas me sentia como eles. Como eles, eu não tinha sido grata o suficiente e havia sujado meu próprio ninho. Eu sabia que, aos olhos dos amigos de Tom, reunidos no Plaza, se soubessem tudo sobre mim, eles iam querer... sei lá, me exterminar, me julgar, me afastar dos cantos da fotografia da vida. As paisagens encantadoras da vida comum. É claro que, na época, eu não sabia nada sobre alemães, a não ser que o General era um homem como os que tinham a Itália, a Alemanha e a Finlândia na época, homens sonoramente poderosos, que queriam atear fogo a todos e limpar, ajustar e purificar as pessoas, para que pudessem sair com sua horda e extinguir os piolhentos, esfarrapados e moralmente doentes. Em algum lugar de meu coração, do passaporte de meu coração, caso você o abrisse, você veria meu rosto real: sujo, chamuscado, aterrorizado, ingrato, adoecido e taciturno.

Despertei de madrugada, jogada para fora do sono pelos pequenos ruídos que Tom fazia no quarto. Havia uma lua imensa acima de

Knocknarea, a montanha de pedrinhas do túmulo visível como se fosse dia. Eu ainda estava em meio ao sonho e, por um instante, pensei ter visto uma figura sobre as pedras, roupas pretas, com um belo par de asas brilhantes recolhidas nas costas. É claro, porém, que estava longe demais para que eu conseguisse ver algo.

— Você está acordada, criança? — chamou Tom, mas, quando o olhei, ele mal conseguia ficar de pé.

— Você está com sangue no rosto — comentei, sentando-me na cama.

— Tenho sangue por toda a minha bendita camisa, mas não dá para ver, porque ela é azul.

— Meu Deus, o que aconteceu, Tom?

— Nada de mais. Enfrentamos um pouco de resistência da polícia de Sligo. A marcha ia muito bem, quando veio uma tropa de garotos da rua Quay, uns sujeitos trazidos de Collooney, suponho, porque não eram os policiais de Sligo. E um deles me deu uma pancada tão forte com um cassetete que, posso dizer, está doendo como o diabo. O General começou a urrar com eles, e eles urrando de volta *Vocês não têm permissão para uma passeata em Sligo!* E o General era chefe desses mesmos policiais poucos anos antes. Bem. Houve uma imensa gritaria, um grande bate-boca. Então, vou lhe contar, ficamos felizes em ir para o salão. Nunca tivemos um encontro tão bom lá. Uma multidão que você nunca viu.

Enquanto falava, ele colocava o pijama listrado e, então, ele foi para a bacia, se lavar, enxaguou o rosto vigorosamente e o secou com uma toalha, jogando-se na cama a meu lado em seguida.

— O que você fez? Você tinha que ter vindo. Foi incrível.

— Eu saí para caminhar.

— Ah, é? Foi? E por que não?

Colocou seu braço esquerdo sob minha mão e me abraçou com firmeza. Pouco depois, entre o sangue e a luz da lua, dormimos.

Caderno de anotações do dr. Grene

Houve um pânico completo no prédio ontem. Tenho que dizer que me senti extremamente encorajado pelo vigor da resposta, porque no passado havia com frequência o que sentíamos ser uma nuvem de inércia sobre esse velho teto. Mas a jovem senhora encontrada desconcertada e sangrando desapareceu. A enfermeira da ala estava apavorada, porque a irmã da paciente tinha acabado de passar por ali e dado a ela de presente um vestido novo. A enfermeira notou um cinto pendurado, do mesmo tecido do vestido, mas não pensou em removê-lo. Então, saiu pelos corredores, chorando, perguntando a todos se alguém havia visto a pobre e infeliz mulher, o que acabou por fazer com que os pacientes antigos se mexessem um pouco pela primeira vez em muitos anos. Por fim, descobriu-se que a mulher não havia se enforcado, mas descido à admissão, com seu vestido novo, e assinado sua dispensa, como ela tem todo o direito de fazer, segundo a nova legislação. Ela foi à estrada e pegou uma carona até a cidade, de onde pegou um ônibus para Leitrim, tudo isso com o vestido. Era como uma capa mágica, levando-a de volta a Leitrim. Seu marido nos ligou na noite passada para contar e estava com uma voz bastante irritada. Ele disse que o hospital era para ser um local de amparo. A enfermeira-chefe foi muito humilde ao falar com ele, bem diferente do estilo das velhas matronas que tínhamos aqui no passado. Não sei que solução isso terá, mas pareceu-me uma situação com todas as características de um resgate. Desejo bem à pobre mulher e sinto que não tenhamos cuidado muito bem dela, aliás, muito pelo contrário. E também fico feliz por o pânico da enfermeira ter sido infundado.

Essa manhã, fui ao quarto da sra. McNulty — não, não, de Roseanne —, um quarto de grande paz de espírito. É claro que a questão da outra mulher ainda é arriscada, mas sou agora velho o suficiente para valorizar o simples fato de ela estar viva.

O quarto recebia um pouco de luz do sol da primavera, luz que parece se esgueirar pela vidraça da janela com uma delicadeza que quase pede desculpas por entrar. Um pequeno feixe repousava no rosto de Roseanne. Sim, ela é muito velha. A luz do sol, como de costume, é uma medida brutal para a idade, mas também o pintor mais fidedigno. Penso no verso de T. S. Eliot que aprendemos na escola na Inglaterra.

My life is like a feather on the back of my hand,
Waiting for death wind.[4]

Foi dito por Simeão, o homem que queria viver o suficiente para ver o messias recém-nascido. Não penso que Roseanne esteja esperando por isso. Também pensei naqueles autorretratos de Rembrandt Van Rijn, tão fielmente infiéis à ideia de nosso olhar sobre nós mesmos, aquele que carregamos como um antídoto contra o remorso. Como decidimos não enxergar que nossa pele está descendo por nossa mandíbula e se amontoando sob o queixo, como o reboco se despedaçando e caindo de um teto antiquado.

---

[4] Minha vida é como uma pluma nas costas de minha mão, / À espera do vento da morte. (N.E.)

A pele de Roseanne é tão fina que se podem ver as veias e tudo o mais, como estradas, rios, cidades e monumentos em um mapa. Algo que foi esticado para que se escrevesse nele. No entanto, nenhum monge arriscaria um bico de pena em um pergaminho como esse. E, novamente, penso em como ela deve ter sido linda, sendo ainda tão estranhamente bela hoje, aos 100 anos de idade. Ossos fortes, como meu pai dizia, como se, ao envelhecer e com o envelhecimento das pessoas à sua volta, ele soubesse o valor de ossos fortes.

Roseanne tem uma assadura ao lado do rosto, bem vermelha e "irritada", como se diz, e acho que sua língua está sempre prestes a falar, como se, de algum modo, o fundo da língua estivesse sempre inchado. Tenho que pedir ao dr. Wynn para vê-la. Talvez ela precise de antibióticos.

Não sei se ela percebeu meu humor ou não, não sei, mas ela correspondeu bem, foi até reveladora. Estava à vontade, curiosamente. Talvez fosse felicidade. Sei que ela adora imensamente a melhora do tempo ao longo do ano. Aguarda esperançosa os narcisos ao longo da rua, plantados por algum nobre quando esse lugar era um casarão, em tempos já idos. Com uma delicadeza receosa de minha parte, buscando tomar a suavidade da luz do sol como exemplo, eu finalmente toquei no assunto de seu filho. Escrevo "finalmente" como se houvesse sido bem-sucedido em muitos outros assuntos, ou se tivesse preparado o terreno para falar da criança. Mas não. Todo esse assunto passou muito por minha cabeça, claro, porque, se o que padre Gaunt escreveu for verdade, então toda a questão do estado mental de Roseanne e de sua longa presença por aqui e em Sligo já foi provável e decididamente remexida. Por falar em Sligo, escrevi novamente para lá para saber se posso visitá-los em algum momento, em breve, e conversar com o encarregado, que descobri ser um antigo conhecido meu, um homem chamado

Percival Quinn. Creio que é o único Percy de que ouvi falar nos dias atuais e, claro, o único que conheci. Aparentemente, foi ele quem mais se empenhou em conseguir o relato de padre Gaunt, e talvez haja outros arquivos que até Percy sinta não poderem ser comunicados, mas não sei. Às vezes, na psiquiatria, somos como o MI5.* Toda informação é sensível, vulnerável, preocupante, às vezes mesmo dependendo da hora do dia. Seja como for, seguirei meus instintos.

Essa noite, a casa esteve em uma calmaria total. Algo quase tão misterioso quanto as batidas. Mas estou grato que seja assim. Humano, sozinho, envelhecendo e grato. Seria estranho eu escrever aqui, escrever diretamente para você, Bet, para dizer que ainda a amo e que estou grato?

Roseanne estava tão vulnerável, tão admirável, tão aberta nesse encontro comigo que eu sabia que lhe poderia perguntar o que quer que fosse, buscar qualquer assunto, e provavelmente teria a verdade, ou o que ela acredita que seja a verdade. Bem, eu sabia disso, conhecia a vantagem que tinha e, se tivesse me servido dela, teria ganhado bastante informação, mas talvez perdesse algo. Hoje era o dia em que Roseanne poderia ter me dito tudo, e hoje optei por seu silêncio, sua privacidade. Porque vislumbrei que há algo maior que o julgamento. Creio que seja a misericórdia.

Roseanne sobre si mesma

Dr. Grene veio aqui, muito otimista, puxou sua cadeira como se quisesse continuar a tratar de seus negócios. Fiquei tão surpresa que de fato comecei a conversar.

232

— Está um lindo dia de primavera — disse ele —, e eu me animei a vir lhe perguntar outra vez algumas questões cansativas sobre as quais estou certo de que você gostaria que eu parasse de perguntar. Mas sinto que há algum ganho em perguntar. Ontem, eu soube de algo que me fez sentir que nada é impossível. Que aquele tipo de coisa, que à primeira vista parece sombria e irremediável, pode receber alguma luz, alguma luz inesperada.

Ele ficou falando desse jeito por um tempo e depois, finalmente, chegou à questão. Outra vez, era sobre meu pai, e, pela segunda vez, com boa vontade, eu lhe disse que meu pai nunca foi policial, mas contei que havia um policial na família McNulty.

— O irmão de meu marido, chamado Eneas, era da polícia. Ele chegou à corporação em 1919, mais ou menos, um momento não muito bom para procurar emprego lá. — disse eu, ou algo do gênero.

— Ah, então, você pensa que talvez por isso a conexão com a polícia tenha sido... sido levantada?

— Não sei — respondi. — Os narcisos já despontaram na rua?

— Estão quase, estão prestes a sair — respondeu ele. — Devem ter ficado temerosos pela última geada.

— Gelo não é nada para os narcisos — repliquei. — Como a urze, eles podem florescer na neve.

— Sim, creio que você tenha razão — concordou o doutor. — Agora, Roseanne, o segundo assunto que eu gostaria de levantar é sobre a criança. Li naquele breve relato de que lhe falei que houve uma criança. Em algum momento.

— Sim, sim, houve uma criança.

Não respondi nada, porque o que eu podia falar? Temo que eu tenha começado a chorar, o mais baixo que pude.

— Não queria perturbá-la — disse ele, muito suavemente.

— Não acho que quisesse. É só que..., olhando para trás, é tão...

— Trágico? — perguntou.

— Essa é uma palavra forte. Seja como for, é muito triste para mim.

Ele tirou do bolso do jaleco um lenço de papel.

— Não se preocupe, não está usado — disse ele.

Peguei agradecida aquele papelzinho inútil. Por que ele não o teria usado, logo ele, com seus próprios e tão recentes problemas? Tentei imaginá-lo sentado em algum lugar de sua casa, a qual, obviamente, não conheço. Sua mulher, que partiu para longe dele. A morte, implacável como qualquer outro amante, tendo-a levado.

E enxuguei minhas lágrimas. Eu me senti como Barbara Stanwyck em um papel lacrimoso qualquer, ou ao menos Barbara Stanwyck aos 100 anos. Dr. Grene me olhou com um rosto tão miserável que soltei um riso. Então ele se recobrou e riu também. Nós dois rimos, mas muito calma e suavemente, como se não quiséssemos que ninguém nos ouvisse.

Tenho que admitir que há "lembranças" em minha cabeça que são curiosas até para mim. Eu não gostaria de dizer isso a dr. Grene. Se negligenciada, imagino, a memória torna-se o quarto de guardados de uma casa velha, o conteúdo misturado em desordem, talvez não apenas pela negligência, mas também por uma procura muito acidental nas lembranças e pelas coisas entulhadas que não lhe pertencem. Suspeito muito de — bem, não sei muito bem do que suspeito muito. Fico um pouco tonta ao contemplar a possibilidade de que tudo de que me lembro não seja... não seja *real*, acho. Houve tanto tumulto naquela época que... que o quê? Eu me refugiei em outras histórias, impossíveis, em sonhos, em fantasias? Sei lá.

Mas e se eu colocar minha fé em certas memórias, talvez elas sirvam de pedras de apoio que eu possa pisar, e eu cruzarei a torrente do "tempo passado", sem ser sugada de todo.

Dizem que os velhos têm ao menos suas lembranças. Não tenho tanta certeza de que isso seja algo bom. Tento ser fiel ao que tenho na cabeça. Espero que o que eu tenho na cabeça também tente me ser fiel.

Foi a coisa mais simples do mundo. Ele simplesmente nunca mais voltou para casa. Esperei por um dia inteiro. Cozinhei o *hash* que havia combinado de manhã, porque ele tinha uma queda por comida remexida e requentada, ainda que seu irmão Jack fosse o homem da Marinha. Esse é um grande favorito dos marinheiros e soldados, como atestaria meu próprio pai. Mas a comida acabou esfriando novamente na panela. A noite caiu sobre Knocknarea, sobre a baía de Sligo, sobre Ben Bulben, onde o irmão de John Lavelle, Willie, havia sido morto. Nos declives lá de cima, na privacidade do ar rarefeito, na urze. Tiro no coração, terá sido?, ou na cabeça, depois de se render? John Lavelle viu tudo de seu esconderijo. Seu próprio irmão. Os irmãos da Irlanda. John e Willie, Jack e Tom e Eneas.

Eu soube imediatamente que havia algo extremamente ruim, mas é possível saber disso e não permitir o pensamento em sua cabeça, na frente de sua cabeça. O pensamento vai rodopiando para a nuca, onde não pode mais ser controlado. Mas na frente é onde a dor começa.

Eu me sentei ali, confesso, sufocando de amor por meu marido. Era sua estranha eficiência, até seus passos determinados sobre as calçadas de Sligo. Seu colete, seu capote, sua capa de chuva com quatro revestimentos, suas botas de sola dupla evidente, que nunca precisariam ser remendadas (claro que precisariam). Seu rosto radiante, suas bochechas rosadas, sinal de saúde, seus cigarros balançando em sua boca, da mesma marca dos cigarros de seu irmão, Army Club Sandhurst. E sua musicalidade e sua confiança, a maneira como ele estava sempre pronto para o mundo. Tom não estava apenas pronto para o mundo, mas o conquistaria, conquistar Sligo e todos os recantos a leste e oeste, "de Portugal ao mar", como se dizia antigamente, embora, na verdade, isso seja um dito sem sentido. Tom McNulty, um homem que tinha todo o direito à vida, porque a honrava imensamente em sua alegria de viver.

Oh, céus, oh, céus, sentei ali. Ainda estou ali, sentada.

Sou suficientemente velha para saber que a passagem do tempo é uma fraude, uma conveniência. Tudo está sempre lá, ainda se desdobrando, ainda acontecendo. O passado, o presente e o futuro, na cabeça eternamente, como escovas, pentes e fitas em uma bolsa de mão.

Ele simplesmente não voltou.

Em Strandhill, nas noites em que não havia bailes, quando apenas se ouvia um carro estranho vindo para a cidade, havia uma coruja que costumava piar. Acho que ela vivia nas terras de trás de Knocknarea, onde a terra cai e torna-se uma espécie de vale que vai até o mar. A coruja vivia perto o suficiente para que sua única e repetitiva nota chegasse clara aos solos de pior qualidade, às terras inférteis. Ela chamava e chamava, como se quisesse dizer algo que não sei. Será que criaturas que despertam e caçam à noite chamam seus possíveis parceiros nesse horário? Suponho que sim.

Meu coração chamava, acenando nesse difícil mundo humano. Para que Tom voltasse para casa, *voltasse para casa*.

CAPÍTULO XVII

Duas noites depois e acho que eu ainda estava sentada lá. Ainda que dificilmente isso seja possível. Não teria eu comido, ido ao banheiro atrás do casebre, esticado minhas pernas? Não consigo lembrar. Ou melhor, apenas me lembro de ficar sentada na cama, e, então, quando veio o crepúsculo sobre Strandhill, acalmando tudo, até a cor da grama, lembro a brisa da noite correndo, vindo da baía e fazendo minhas rosas roçarem na vidraça da janela, pelo menos os novos botões, toc toc toc, como o próprio Gene Krupa começando um pequeno solo na bateria. E, então, como se essa fosse a sua deixa, ouvi subindo a estrada e virando a esquina e entrando pela porta a melodia de "Honeysuckle Rose", primeiro apenas algumas notas, e, então, ouvi Harry B. na bateria e o som da clarineta, que acreditei ser tocada por Tom, e alguém ao piano, que obviamente não era eu e que, pelos golpes sem força que dava, imaginei ser o próprio Velho Tom, e, então, provavelmente, Dixie Kielty na guitarra-base, que ele amava como a um filho, ah, e eles estavam se desdobrando, talo a talo, floração a floração, como a madressilva, embora, por essas bandas, essa floração aconteça mais para o fim do ano.

Claro que eu soube, então, que era sábado. Eu tinha que tirar forças disso.

Porque Jiminy achava que aquela era uma grande música para um solo de guitarra.

"Honeysuckle Rose". Pá pá pá faz a bateria, e a mão sobe, desce, sobe, desce nas cordas da guitarra, sem parar. Mesmo os garotos das montanhas de Sligo ficavam loucos com essa canção. Um morto dançaria. Um mudo gritaria aplaudindo os solos.

Disseram-me, ou melhor, Tom me contou, que, nos bailes, Benny Goodman esticaria a música por vinte minutos. E era bem possível mesmo. Você podia tocar essa música o dia todo e ainda ter mais a dizer com ela. É isso, entende? Uma música que fala. Mesmo que não houvesse ninguém cantando a letra.

Então.

Então, fui até lá. Senti algo muito estranho por fazê-lo, mais obscuro. Pôr minha melhor roupa, meu melhor vestido, esticado rapidamente com uns tapinhas, pentear meu cabelo, prendê-lo, alcançar meus sapatos de dança, tudo isso arfando com um pouco de dificuldade, para, então, sair de casa e sentir o frio da brisa, meu peito parecendo encolher rapidamente. Mas eu não estava me importando com isso.

Porque pensei que ainda era possível que tudo estivesse bem. Por que pensei isso? Porque não havia ouvido nada que dissesse o contrário. Eu estava no centro de um mistério.

Era cedo para o baile, mas já havia carros chegando de Sligo, os feixes de luz de seus grandes faróis parecendo pás a revolverem os sulcos da estrada. Rostos cheios de expectativa nos carros, e, às vezes, garotos de pé nas frestas laterais dos automóveis. Era uma visão alegre, a mais alegre de Sligo.

Quanto mais perto eu chegava do Plaza, mais me sentia um fantasma. Naquela época, o Plaza abria apenas em feriados, férias e dias festivos, e levantaram o salão de baile na parte mais ao fundo, de modo que a frente parecia pertencer a uma casa comum, a não ser por estar concretada e, de certo modo, apagada. Havia uma bela bandeira

balançando no teto, onde se lia P-L-A-Z-A. Não havia grandes ilumi-
nações, mas quem precisava de luz quando o prédio era a Meca dos
sonhos e pensamentos de todos ao longo da semana? Você trabalhava
como um escravo a semana inteira, mas havia o Plaza... Era maior que
a religião, posso dizer, o baile. Era uma religião. Não poder ir ao baile
era como ser excomungado, como ter um sacramento negado, como
aconteceu com os homens do IRA na guerra civil.

Garotos como John Lavelle, claro.

"Honeysuckle Rose". Então, a banda parou de tocá-la e passou
para "The Man I Love", que, como todo mundo sabe, tem uma melodia mais lenta, e eu pensei que não era das melhores escolhas para
o horário, tão cedo. Eu, para sempre parte da banda. Cada melodia é
certa para o momento certo. Algumas músicas encontram apenas raramente seu momento, como uma velha canção de Natal, uma das antigas
baladas sentimentais no mais alto inverno, quando todo mundo deseja
ficar melancólico. "The Man I Love" é para a penúltima dança, mais
ou menos, quando todos estão exaustos, mas felizes, e há um brilho em
tudo, rostos, braços, instrumentos e corações.

Quando entrei no salão, havia apenas algumas almas dançando.
Eu estava certa, era cedo demais para aquela música. Mas a própria
banda estava com uma aparência de fim de noite. O Velho Tom estava
solando muito perto da introdução, e, então, seu filho o interrompia
com a clarineta. Na verdade, era chocante. Talvez os presentes também
houvessem notado que Tom, o meu Tom, parecia um pouco bêbado.
Estava certamente balançando um pouco, mas conduzia bem a música,
até que pareceu se paralisar e afastou a bocuilha dos lábios. A banda
continuou a tocar até quase o fim e parou também. Os rostos se viraram
para Tom, para ver o que ele queria fazer. Ele baixou o instrumento
suavemente, como era de seu costume, cambaleou para fora do palco,

239

na direção de onde ficavam nossos camarins. Não sei nem mesmo se ele me viu.

Eu estava indo para lá também. Havia apenas a pista de dança entre mim e as velhas cortinas que encobriam a porta. Dei um passo adiante, com muita vontade, mas de repente vi Jack a meu lado, seu rosto muito ríspido entre as sombras.

— O que você quer, Roseanne? — disse ele, do jeito mais frio que já o ouvira falar, e ele podia ser um homem do Ártico.

— O que eu quero?

Engraçado, havia ficado em silêncio por dois ou três dias, de modo que, ao falar, minha voz parecia quase rachada, grrr, como a agulha quando cai sobre o vinil.

Não acho que ninguém estivesse me olhando. Devíamos parecer dois velhos amigos conversando, como mil velhos amigos faziam por lá no sábado à noite. O que seria da amizade sem o Plaza, para não falar no amor...?

Meu estômago devia estar vazio, o que não impediu meu corpo de tentar vomitar. Reação ao gelo nas palavras de Jack. Um gelo que me falava mais que qualquer sermão que ele pudesse me passar, aliás um pequeno sermão que eu estava prestes a ouvir. Não era a voz do carrasco, como aquele inglês, Pierrepoint, que o governo *Free State* trouxe nos anos 1940 para enforcar os homens do IRA, mas a voz de um juiz ao anunciar a execução. Quantos assassinos e criminosos não sabem, pelo olhar do juiz — e não importa se estão com um capuz preto rapidamente colocado em suas cabeças —, seu destino, mesmo que cada fibra de seus seres grite contra o que sabem e a esperança os acompanhe até serem levados à beira das palavras irrevogáveis. O paciente que encara o cirurgião. Pena de morte. O que Eneas McNulty recebeu por ser policial. Pena de morte.

— O que você quer, Roseanne?

— O que eu quero?

Então, aquela ânsia de vômito seca. Então, as pessoas começaram a me olhar. Deviam pensar que eu havia entornado rapidamente meia garrafa de gim, ou algo parecido, como os dançarinos mais tensos faziam, ou clientes malandros, como os chamava Tom. Eu não aparentava estar com ânsia de vômito, mas isso não interrompeu meu penoso estorvo. Logo em seguida, veio um sentimento, profundo, profundo de algo, talvez remorso, talvez horror a mim mesma, um sentimento que me esmagou.

Jack se afastou de mim, como se eu fosse um despenhadeiro, ou algo perigoso, cuja borda ruiria e o faria mergulhar direto para a morte. Os penhascos de Mohar ou Dun Aengus.

— Jack, Jack — falei, sem saber o que eu queria dizer.

— O que está acontecendo com você? — disse ele. — O que está acontecendo com você?

— Comigo? Não sei. Estou enjoada.

— Não, Roseanne, não agora, porra! O que foi que você fez, Roseanne?

— Por quê? O que eles estavam a dizer que eu fiz?

Para mim isso nem soava como inglês: o que eles estavam a dizer que eu fiz. Parecia uma antiga música negra dos estados americanos do sul.

Jack não respondeu.

— Posso ir lá atrás e ver Tom? — perguntei.

— Tom não quer ver você.

— Claro que quer, Jack, ele é meu marido.

— Bem, Roseanne, teremos que ver como fica isso.

— O que você quer dizer, Jack?

Então, repentinamente, ele deixou de ser tão gélido. Talvez tenha se lembrado dos velhos tempos, sei lá. Talvez tenha se lembrado de que sempre fui amigável com ele e respeitava suas realizações. Eu gostava de Jack, Deus é testemunha. Eu gostava de sua austeridade e de sua alegria ocasional, breve e estranha, quando, do nada, balançava as pernas e fazia o que chamava de dança africana. Em uma festa, por exemplo, de repente, sem avisos, era tomado de uma felicidade imensa que parecia o varrer até a Nigéria. Eu gostava dele, com seus belos casacos e seus chapéus ainda mais bonitos, seu relógio de bolso com corrente de ouro, seu carro, que era sempre o melhor carro de Sligo, salvo os grandes Saloons dos figurões.

— Olha, Roseanne, é complicado — disse ele. — Abrimos uma conta para você em uma mercearia de Strandhill. Você não vai passar fome.

— O quê?

— Você não vai passar fome.

— Olha — disse eu —, não há o menor motivo para eu não falar com Tom. Só uma palavrinha. Foi para isso que vim aqui. Não quero... tocar na banda, ora!

Não era um raciocínio muito lógico e acho que as últimas palavras foram gritadas. Esse não era um bom método para usar com Jack, que era extremamente recatado e, acima de tudo, odiava cenas. Penso que sua preciosa namorada em Galway jamais tenha feito uma cena. Ainda assim, ele se manteve tranquilo e chegou um pouco mais perto.

— Roseanne, sempre fui seu amigo. Acredite em mim e volte para casa. Eu entro em contato. Essa coisa toda ainda pode estourar. Apenas se acalme e volte para casa. Vá, Roseanne. A mãe tratou dessa questão e não há como ir contra a mãe.

— A mãe?

— Sim, sim, a mãe.

— E o que ela disse, em nome de Deus?

— Roseanne — disse ele, violento e calmo —, há coisas sobre a mãe que você não entende. Há coisas nela que eu não entendo. Ela

242

teve suas próprias vicissitudes quando era jovem. O resultado é que ela conhece a si mesma.

— Vicissitudes? Que vicissitudes?

Ele estava quase sussurrando, com uma comoção claramente contida para não ser ouvido, mas também para me impressionar com algo que talvez não fosse capaz de me impressionar.

— Coisas das antigas. Ela está determinada a fazer Tom passar por cima disso, porque... porque... Razões antigas, razões antigas.

— Você está falando como um lunático — gritei. Era como se eu o tivesse queimado com um marcador de gado.

— Mas olha, mas olha, essa coisa toda ainda pode estourar — repetiu ele.

Algo me dizia, no fundo do coração, que, se eu me virasse e deixasse o salão, seria quase certo que a tal "coisa toda" não estourasse. Há um momento certo para tocar em alguns assuntos, assim como há um momento para cada música, não importa quão rara. Aquele era um momento raro em minha vida, e eu sabia que, se eu pudesse simplesmente ver Tom, ou ainda simplesmente deixá-lo me ver, a mulher que ele tanto amava, desejava, honrava e amava, tudo acabaria ficando bem.

Mas Jack barrava meu caminho. Não havia dúvida. Estava de pé, meio a meu lado, como um pescador de salmão prestes a jogar a isca do outro lado do rio, colocando mais peso no pé esquerdo.

Jack não era um canalha, não era um homem cruel, mas, naquela situação, ele era um irmão, não um cunhado.

Era também um obstáculo grande e poderoso. Tentei me lançar repentinamente, passá-lo com a simples força de minha vontade, uma substância bem mais leve que ele tentando passar. Suas estadas na África o endureceram e foi como bater em uma árvore, ele me envolveu com os braços quando tentei irromper pelo salão, e eu comecei a gritar por

243

Tom, por misericórdia, por Deus. Os braços de Jack se fecharam em volta de minha cintura, bem, bem apertados, *hamma-hamma* apertados, para usar palavras que ele aprendeu na África, um inglês usado para a comunicação, uma língua franca que Jack gostava de imitar e de zombar, ele me puxou para si, de modo que meu busto foi pressionado contra seu peito, espremido, apertado, e foi rápido, impossível me safar, como um estranho abraço de amor.

— Roseanne, Roseanne — disse ele —, quer se calar, mulher, quer se calar?

Eu urrava e me debatia.

Era assim que eu amava Tom e minha vida com ele. Foi assim que me frustrei e odiei o futuro.

De volta ao casebre de aço corrugado, eu não sabia o que fazer comigo. Deitei na cama para dormir, mas não havia sono. Veio uma sensação fria e atemorizante à minha cabeça, levando-me a uma dor física, como se alguém abrisse minha massa cinzenta com a lâmina afiadíssima de um abridor de latas. *Hamma-hamma* afiada.

Parece que alguns sofrimentos têm que ser esquecidos por nós, criaturas, ou não sobreviveríamos como ser entre outros seres. Dizem que a dor do parto é uma delas, mas não posso concordar com isso. Tampouco é a dor do que quer que tenha acontecido comigo. Mesmo em minha condição de velha ressequida, aqui neste quarto, eu me lembro da dor. Ainda sinto uma sombra dela. É uma dor que acaba com todo o resto, menos consigo mesma, de modo que a jovem mulher deitada em sua cama de casal era apenas dor, era toda sofrimento. Fiquei encharcada de um suor estranho. A parte principal da dor vinha do imenso pânico de que nada chegaria, nenhum circo, cavalaria ianque, agência humanitária para me aliviar. Eu estaria sempre sufocando de dor.

Ainda assim, acredito que nada disso tivesse importância. Eu não fazia a menor diferença para o mundo em uma época de sofrimentos sombrios, muito maiores que o meu, se levarmos em conta a história. Por curioso que seja, hoje me conforta pensar nisso, mas na época não. Não sei o que confortaria aquela mulher desfigurada, em uma cama perdida, na terra perdida de Strandhill. Se eu fosse um cavalo, teriam me abatido com um tiro, sem piedade.

Não é pouca coisa atirar em alguém, embora naquela época não parecesse algo muito digno de nota. No mundo, em geral. Sei que Tom foi brevemente à Espanha com o General para lutar por Franco, e houve muitas trocas de tiro por lá. Eles levavam homens e mulheres à beira de precipícios espetaculares e os matavam a tiros, deixando-os cair naqueles lugares de profundidade imensurável. O abismo em si era história e futuro. Atiraram as pessoas na ruína do país, no trabalho fatigante e na ruína, como na Irlanda. Na guerra civil, atiramos uns nos outros o suficiente para assassinar o novo país ainda em seu berço. Bastante, mais que suficiente.

Falo por mim, da maneira como vejo as coisas hoje. Eu não sabia muito das coisas naquela época. Eu havia visto assassinatos, porém, com meus próprios olhos. E havia visto como assassínios podem resvalar para os lados e levar outras vidas, desconhecidas. A habilidade matreira e expansiva da morte.

O dia seguinte amanheceu com uma beleza absurda. Um pardal entrou na casa e ficou muito espantado, sobressaltado ao me ver vindo do quarto de dormir e entrando na sala de estar vazia. Eu o afastei para um canto, segurei em minhas mãos aquele ser que se debatia ferozmente como um coração alado, levei-o até a porta, que, em meu sofrimento da noite anterior, eu havia esquecido de fechar, caminhei até a varanda e, erguendo os braços, soltei o pequeno e inútil pássaro cinza de volta ao sol.

Logo em seguida, vi que Jack McNulty e padre Gaunt se aproximavam pela estrada.

Como os padres daqueles tempos se achavam donos do novo país, suponho que padre Gaunt tenha achado que era dono de meu casebre de aço, porque entrou direto nele como quis, escolheu uma cadeira frágil e nela se sentou sem falar nada. Logo atrás veio Jack, enquanto eu, como um pardal, quase me espremi em um canto. Mas não achei que, de alguma forma, me segurariam em suas mãos e me deixariam ir.

— Roseanne — disse padre Gaunt.

— Sim, padre.

— Faz certo tempo desde que nos falamos pela última vez — disse ele.

— Sim, faz certo tempo.

— Creio que se possa dizer que você passou por algumas mudanças desde então. E como vai sua mãe? Também não a vejo há muito tempo.

Bem, eu não pensei que aquilo precisasse de uma resposta, afinal havia sido ele quem a quisera entregar a um asilo e, de qualquer maneira, eu não poderia responder, mesmo que quisesse. Eu não sabia como estava minha mãe. Acho que era cruel de minha parte não saber. Mas eu não sabia. Eu esperava que ela estivesse bem, mas eu não sabia se estava. Eu pensava saber onde ela estava, mas eu não sabia como ela estava.

Minha pobre e bela mãe, louca e arruinada.

E é claro que comecei a chorar. Não por mim, por mais estranho que isso pareça, embora eu ache que poderia chorar por mim, com todas as forças, mas não, não foi por mim. Por minha mãe? Quem pode listar os motivos das lágrimas humanas?

O padre, entretanto, não estava interessado em meu choro estúpido.

— Hã... Jack deseja representar a perspectiva da família a respeito de algumas coisas, não é, Jack?

— Bem — disse Jack —, queremos manter tudo em pratos limpos, fazer serviço de branco. Tudo tem uma solução, não importa quão embolado esteja. Acredito nisso. Muitas vezes, na Nigéria, houve problemas que pareciam intransponíveis, mas, com certa habilidade de tratamento... Pontes sobre rios que mudam de curso a cada ano. Esse tipo de coisa. A engenharia consegue resolver todos esses problemas.

Fiquei ali, pacientemente, escutando Jack. Provavelmente, aquele era o maior dos discursos que ele já havia dirigido a mim, ou, ao menos, em minha presença, de alguma forma direcionado para mim, vagamente. Ele parecia muito barbeado, arrumado, limpo, com sua gola de couro puxada para cima, seu chapéu colocado de maneira impecável. Tom havia me contado que Jack bebera espetacularmente algumas semanas antes, mas ele não parecia se sentir mal. Noivou com sua menina de Galway, o que, segundo Tom, o havia deixado em um pequeno pânico. Ele se casaria com ela e a levaria para a África. Tom me mostrara a foto do bangalô de Jack na Nigéria, e outras de Jack com grupos de homens negros e brancos. De fato, fiquei intrigada, talvez encantada seja a palavra certa, vendo Jack com sua bela camisa aberta e suas calças brancas, de bengala, e, em uma foto, havia um homem negro, talvez um oficial do Exército também, não de camisa aberta, mas vestindo um terno preto, com direito a colete, gola volumosa e gravata, sentindo um nível de calor que desconheço, mas parecendo estar bastante relaxado e confiante. Havia ainda uma imagem de Jack com uma multidão de homens seminus, muito, muito, muito negros, talvez os rapazes que cavavam os canais que Jack construía, canais retos e longos, de acordo com Tom, indo até o lado de fora da cidade para levar a tão desejada água às fazendas distantes. Jack, o salvador da Nigéria, levando água, construindo pontes.

— Sim — disse o padre. — Tenho certeza de que tudo pode ser consertado, tudo pode. Se colocarmos nossas cabeças para pensar juntas.

Não era das mais tranquilas a ideia de ter minha cabeça junto à cabeça raspada de padre Gaunt e à cabeça tão elegante de Jack, com seu chapéu, mas a imagem se dissolveu com as partículas de poeira flutuando nos raios de sol que trespassavam a sala.

— Eu amo meu marido — falei de súbito, quase em um salto. O motivo de eu ter dito isso àqueles dois emissários do futuro é, até hoje, um enigma para mim. Não sou capaz de pensar em outros dois homens a quem dizer aquilo faria menos diferença. Era como dar um aperto de mão nos dois soldados encarregados de me executar. Foi o que senti tão logo as palavras deixaram minha boca.

— Bem... — recomeçou o padre, quase impaciente por tal assunto ser mencionado. — Isso agora é passado.

Grunhi algumas consoantes e vogais, meu cérebro não estava muito certo de que palavras usar, até que a palavra saiu:

— Como?

— Preciso de algum tempo antes de encontrar os limites desse problema — disse padre Gaunt. — Nesse meio-tempo, Roseanne, quero que você permaneça onde está, aqui neste casebre, e, quando eu puder solucionar as coisas, poderei também encontrá-la logo para informar a você sua posição e, assim, fazer os arranjos para o futuro.

— Tom deixou a questão nas mãos de padre Gaunt, Roseanne — contou Jack. — É ele quem tem autoridade para tratar do assunto.

— É, é isso — assentiu o padre.

— Quero ficar com meu marido — disse eu, porque era verdade, e era a única coisa que eu podia falar sem sentir raiva. Pois, para além do sentimento de uma dor odiosa, crescia uma nova raiva, uma espécie de ira faminta e selvagem, como um lobo no meio do rebanho de ovelhas.

— Você deveria ter pensado nisso antes — retorquiu padre Gaunt e arrematou: — Uma mulher casada...

Mas ele parou, porque também não sabia o que dizer depois disso, ou talvez soubesse, mas tenha optado por não o fazer, ou não quisesse, ou não fosse capaz de dizer as palavras. Jack pigarreou, como se estivesse em um filme do cinema Gaiety, e balançou a cabeça, como se o cabelo estivesse molhado e fosse necessário sacudi-lo. Padre Gaunt parecia sério naquele momento e dolorosamente envergonhado, como estivera naquela noite, muito tempo antes, quando o corpo de Willie Lavelle fora estirado no templo de meu pai, simplesmente estirado, arruinado. Suspeitei saber o que o padre pensava: era a segunda vez que eu o levava a uma situação que lhe causava... o quê? Descontentamento, inquietação. Descontentamento e inquietação para com a natureza das mulheres? Quem sabe? Mas, de repente, me peguei olhando para ele com olhos de um desprezo inesperado. Se meu olhar fosse feito de chamas, o padre viraria cinza. Eu conhecia o poder dele naquela situação, o qual era absoluto. Naquele momento, pareceu-me que conheci a natureza de padre Gaunt. Mirrado, crente de si por todos os lados, leste, oeste, norte, sul. E letal.

— Bom, penso que já tratamos de nosso assunto aqui, Jack. Você deve continuar aqui, Roseanne, deve pegar semanalmente suas compras na mercearia e se contentar em ter apenas a si mesma como companhia. Não há nada a temer, a não ser você mesma.

Fiquei ali parada. Fico feliz em dizer que, acuada como estava, sem ninguém para me salvar, ainda havia uma fúria violenta e sombria, vindo em ondas, como no mar, uma fúria que era um conforto bizarro. Meu rosto devia mostrar apenas sombras daquilo, como costumam fazer os rostos mesmo.

Os dois homens, com suas vestes negras, saíram em direção à luz do sol. Roupas escuras, casacos escuros, chapéus escuros buscando se suavizarem na maré de azuis, amarelos e verdes da beira do mar.

Fúria, uma fúria sombria, que nada aplacava.

Mas uma mulher irada em um casebre de lata é algo pequeno, como eu disse antes.

O reconfortante é que a história do mundo tem tanta dor que minhas pequenas dores ficam de fora, são meras cinzas no canto da lareira. Repito isso, porque quero que seja verdade.

Apesar de uma mente no auge do sofrimento parecer preencher o mundo, isso não passa de ilusão.

Eu havia visto, com meus próprios olhos, coisas muito piores que aquilo que se abateu sobre mim. Com meus próprios olhos. Mesmo assim, naquela noite, sozinha e imensuravelmente irada, berrei e berrei dentro de casa, como se eu fosse o único cachorro chutado de todo o mundo. Não há dúvida de que causei horror e inquietação a qualquer um que passasse por ali. Gritei e bradei. Bati em meu peito até que houvesse hematomas, tanto que, no dia seguinte, meu peito parecia o mapa do inferno, um mapa para lugar algum, como se as palavras de Jack McNulty e de padre Gaunt houvessem de fato me queimado.

Fosse lá como minha vida tivesse sido até aquele dia, dali por diante a vida seria outra. E essa é a verdade do evangelho.

PARTE III

CAPÍTULO XVIII

Insondável. Sondar. Eu me questiono se será essa a dificuldade, se minhas memórias e minha imaginação repousam ambas no mesmo lugar. Ou uma sobre a outra, como as camadas de conchas e areia em um pedaço de calcário, de forma que ambas se tornaram o mesmo elemento, e não consigo facilmente distinguir uma da outra, a não ser que olhe muito de perto.

E é por isso que temo tanto falar com dr. Grene, por receio de lhe fornecer apenas imaginação.

Imaginação. Que bela palavra para a decepção e a catástrofe.

Anos e anos, eles me deixaram lá, porque são necessários anos para colocar em ordem o que eles queriam organizar, Jack, padre Gaunt e sem dúvida outros, para salvar Tom McNulty. Foram seis, sete, até oito? Não lembro.

Quando escrevi essas palavras, poucos minutos atrás, baixei minha caneta e afundei a testa em minhas mãos e pensei um pouco, na busca por sondar aqueles anos. Difícil, difícil. O que foi verdade e o que não foi? Que estrada peguei? Qual evitei? Terreno pobre, terreno falso. Acho que, diante de Deus, um relato deve conter apenas a verdade. Não há atuação humana que eu tenha que dissimular. Deus sabe a verdade de minha história antes mesmo de eu a escrever, então, ele pode facilmente me pegar na mentira. Tenho que separar uma da outra cuidadosamente. Se eu tiver um resquício de alma, e talvez eu não tenha, é dele que tudo vai depender. Penso que seja possível, em casos mais complicados, rescindir a alma, cancelá-la em algum escritório nos corredores do céu. E você chega aos portões do paraíso já no endereço errado, antes que são Pedro diga qualquer coisa.

Mas é tão nebuloso, tão difícil. Tudo de que tenho medo é de não saber como proceder. Roseanne, você terá que saltar alguns fossos agora. Terá que encontrar força neste seu cadáver velho para pular.

Será possível que eu tenha passado todos aqueles anos naquela choupana sem nada acontecer, indo à mercearia toda semana buscar alimentos e não falando com ninguém? Acho que sim. Estou tentando ter certeza. Digo sem nada acontecer, mas sei que a guerra tinha começado na Europa, assim como na época em que eu era menina. Dessa vez, porém, eu não via uniformes militares. Meu casebre era como o centro de um imenso relógio, o ano rodando em Strandhill, o barulho dos carros nas noites de sábado, as crianças com seus baldinhos, os estorninhos por todo o inverno, as montanhas que escureciam e clareavam, a urze com suas florezinhas brancas como neve, tão reconfortante, e eu tentando fazer minha parte com as rosas na varanda, cuidando delas, podando-as para ficarem mais fortes e as vendo, dia a dia, no ano que se firmava e inchava seus botões; agora que paro para pensar, acho que eram "Souvenir de St. Anne", uma rosa criada em um jardim de Dublin, a partir da famosa rosa criada por Josefina à memória do amor que Napoleão tinha por ela, "Souvenir de Malmaison".

Agora, caro leitor, eu o chamo de Deus por um momento e, Deus, querido, muito querido Deus, estou tentando me lembrar. Perdoe-me, perdoe-me se não me lembro direito.

Preferia me lembrar da maneira correta em vez de apenas me lembrar do que me favorece. Esse luxo não me é permitido.

Quando padre Gaunt finalmente voltou, estava sozinho. Acho que um padre, de algum modo, está sempre só. Nenhuma criatura deitada a seu lado, jamais. E ele parecia mais velho de repente, parecia ter perdido aquela aparência luminosa, tanto que percebi que ele perdia cabelo nas têmporas, que aumentavam, uma pequena maré que vazava e não voltaria a encher.

Era alto verão, e padre Gaunt parecia muito acalorado em suas roupas de lã. Ele as encomendava no fornecedor de roupas clericais da rua Marlborough, em Dublin — hoje não sei como eu sabia disso. O que o padre estava vestindo naquele dia parecia bem novo, de um estilo diferente, a batina lembrava algo que uma mulher vestiria se tivesse que se arrumar rapidamente para um baile formal, isto é, se fosse de outra cor e mais curta. Eu me dirigia a minhas rosas quando ele chegou ao portão, o que me surpreendeu e me deu um verdadeiro medo, porque, por muito, muito tempo, ninguém fizera aquele barulho no trinco, a não ser eu mesma, quando me arrastava tarde da noite para andar nas dunas e no terreno enlameado, que agora estava seco e fresco por conta de algumas semanas de relativo calor. Acho que eu estava apresentável, diferente de como ficaria mais tarde, eu havia cortado meu próprio cabelo em frente ao pequeno espelho de barbear de Tom, e meu vestido estava limpo, com o algodão bem liso por ter secado em um arbusto.

O padre carregava uma pequena pasta de couro, desgastada e surrada pelo uso longo e contínuo. Aquele homem poderia realmente ser chamado de um velho amigo, que eu conhecera e com quem tivera convivido por muito tempo. Por certo que poderia se habilitar a escrever uma história até bem íntima de minha vida, já que fora testemunha de algumas de suas partes curiosas.

— Roseanne — começou, exatamente no mesmo tom que usara tantos anos antes, como se essa fosse uma mera continuação da conversa. Não houve *olá*, *como está* ou hesitação. Na verdade, ele tinha a postura de um médico com notícias sérias a dar, não era como o estado de alerta amigável de dr. Grene quando tem outra vez que atacar gentilmente meus "segredos". Posso dizer que não gostava de padre Gaunt? Acho que não posso. Tampouco o compreendia. O que lhe dava prazer na vida, o que o sustentava. Chegou a lançar um olhar sobre minhas rosas enquanto subia os degraus e entrava na casa escura.

Sequei meus dedos na madeira dos degraus, para limpar a seiva esverdeada, e o segui.

Não foi de uma submissão fora do comum eu permanecer naquela casa sob suas ordens? Quase me envergonho em pensar que pode ter sido. Não deveria eu ter me enfurecido com ele naquela época, pulado no pescoço dele e no de Jack, afundado meus dentes em seu pomo de adão saliente e arrancado sua voz? Eu não deveria tê-los repreendido severamente, gritado com eles? Mas com que finalidade? Apenas fúria, uma fúria inútil gastando a si mesma na poeira branca da estrada de Strandhill.

— Não tenho nada a lhe oferecer, padre — disse eu. — A não ser que aceite um pouco de Beecham's Powders.*

— Por que eu beberia esse sal de frutas, Roseanne?

— Bem, diz no pacote que é uma bebida refrescante para o verão. Por isso o comprei.

— Isso é para quem exagerou — disse ele. — Mas obrigado.

— De nada, padre.

Então, ele se sentou justamente onde estava na outra vez; de fato, eu não encontrara o menor motivo para tirar a poltrona do lugar. A luz do sol nos seguiu pelo cômodo, recaindo sobre nós em grandes quantidades de poeira.

— Vejo que você está bem — disse ele.

— Ah, sim.

— É claro que deixei meus espiões de olho em você — disse, sem a menor sombra de culpa. Espiões.

— Ah — disse eu —, não notei.

— Bem, naturalmente não — respondeu ele.

Então, abriu a pasta em seu colo, a parte de cima cobrindo o conteúdo. Tirou uma pilha de papéis, muito organizados e limpos, o de cima com um desenho ou selo muito impressionante.

— Fui bem-sucedido — disse ele — em meu empenho de liberar Tom.

— Como?

— Se você tivesse seguido meus conselhos anos atrás, Roseanne, eu teria posto sua fé na religião verdadeira, se você tivesse se comportado com o belo decoro de uma esposa católica, não estaria diante dessas dificuldades. Mas compreendo que você não seja de todo responsável. A ninfomania é, por definição, claro, uma loucura. Possivelmente um sofrimento, mas, antes de tudo, uma loucura, com raízes provavelmente em causas físicas. Roma concorda com essa avaliação. Na verdade, o departamento da cúria que lida com esses casos raros, graças a Deus, não apenas concorda, mas também postula essa mesma teoria. Então, assegure-se de que seu caso foi examinado com todo o cuidado e toda a imparcialidade por mentes bem-instruídas, desinteressadas e de boa-fé.

Olhei para ele. Puro, negro, límpido, estranho. Outra criatura humana no covil das criaturas humanas. Suas palavras turvas, medidas, confortáveis. Sem qualquer traço de excitação, vitória, nada além de seus tons normalmente cuidadosos e calculados.

— Não entendo — disse eu, e não entendia de fato, embora ache que, ao mesmo tempo, eu *entendia*.

— Seu casamento foi julgado e anulado, Roseanne.

Fiquei cerca de meio minuto em silêncio, e, diante disso, ele completou:

— Jamais aconteceu. Não existe. Tom está livre para se casar com outra, como se jamais houvesse sido casado. O que, aliás, como eu disse, nunca aconteceu.

— Foi isso que o senhor andou fazendo nesses últimos anos?

— Sim, sim — disse ele, com certa impaciência. — É uma incumbência imensamente complexa. Algo desse gênero nunca é concedido com facilidade. Houve muita reflexão acerca disso em Roma e também por parte de meu bispo, claro. Pesou-se tudo, peneirou-se todo o assunto, meu próprio testemunho, as palavras de Tom, a sra. McNulty, que tem mais idade e é obviamente mais experiente nos distúrbios femininos, por conta de seu trabalho. Jack, claro, continua na Índia por conta da guerra, ou teria contribuído mais para a questão. A corte se baseou em um julgamento minucioso. Nada lhes escapou.

Eu ainda o encarava.

— Tenha certeza de que toda e qualquer possibilidade de justiça lhe foi assegurada.

— Quero que meu marido venha aqui.

— Você não tem marido, Roseanne. Você não está mais casada.

— Estou divorciada?

— Não se trata de um divórcio — respondeu, com uma veemência explosiva, como se a palavra fosse nojenta. — Não há divórcio na Igreja católica. O casamento nunca existiu. Por motivo de insanidade quando do contrato.

— Insanidade?

— Sim.

— Como vocês avaliam isso? — questionei, depois de algum tempo, com certa dificuldade, as palavras ficando estranhas e pesadas em minha boca.

— Não acreditamos que suas indiscrições se limitem a apenas uma ocasião, ocasião essa que, você se lembrará, eu mesmo testemunhei. Não se pensou que fosse possível tal circunstância não haver tido uma história, *vis-à-vis* sua posição diante dos anos anteriores, sem falar, claro, na situação de sua mãe, que acreditamos ser hereditária. A loucura, Roseanne, dá muitas flores, brotando do mesmo ramo. O florescer da loucura, de uma mesma raiz, pode brotar de maneiras diferentes. No caso de sua mãe, um retiro extremo dentro de si mesma; no seu caso, uma ninfomania perniciosa e crônica.

— Não sei o que significa essa palavra.

— Significa — disse ele, com um traço de espanto nos olhos, porque já havia usado a palavra antes e talvez achasse que eu a havia aceitado. Mas sabia que eu dizia a verdade e, de repente, ficou com medo. — Significa uma loucura que se manifesta no desejo de ter relações incorretas com outras pessoas.

— O quê?! — A explicação era tão misteriosa quanto a palavra.

— Você sabe!

— Eu não! — E não sabia mesmo.

Eu havia gritado as últimas palavras, e ele havia gritado de volta. Ele colocou rapidamente os papéis na pasta, fechou-a com um estalo e se levantou. Por algum motivo, percebi como seus sapatos eram lustrosos, com aquela poeirinha suave de quando ele, com certeza relutantemente, desceu de seu carro e se aproximou de minha casa.

— Não vou explicar mais que isso — afirmou, quase com um ataque de aborrecimento e raiva. — Tentei deixar clara sua posição. Creio tê-lo feito. Entende sua posição?

— Que palavra foi aquela que o senhor usou? — berrei.

— Relações! — berrou de volta. — Relações! Intercurso, intercurso sexual!

— Mas — disse eu, e Deus sabe que era verdade — eu nunca tive relações com outro homem senão Tom.

— É claro que você pode tentar se refugiar em uma mentira atroz se quiser.

— Pode perguntar a John Lavelle. Ele vai confirmar.

— Você não se atualizou sobre seus amantes — comentou ele, de um jeito torpe. — John Lavelle está morto.

— Como pode ter morrido?

— Ele voltou para os bandos do IRA, achando que estaríamos enfraquecidos por essa guerra alemã, atirou em um policial e foi, com justiça, enforcado. O governo irlandês trouxe o próprio Albert Pierrepoint,* da Inglaterra, para executar a tarefa, então tenha certeza de que foi bem-feita.

Oh, John, John, insensato John Lavelle. Deus o guarde e perdoe. Confesso que sempre me preocupei com ele, me perguntei onde estaria, o que estaria fazendo. Teria voltado para a América? Para ser um caubói, um assaltante de trens, um Jesse James? Atirou em um policial. Um policial irlandês em um estado irlandês. Um ato terrível. Ainda assim, fez-me o enorme favor de se manter longe, não me procurou outra vez, como temi que fizesse, manteve-se à distância, não quis me importunar novamente, teve sem dúvida compreensão dos problemas que me causou em Knocknarea. Essa foi sua promessa, e ele a cumpriu. Depois de os padres irem embora, ele pegou minha mão e prometeu. Honrou sua promessa. Honra. Não acho que aquele outro homem à minha frente naquele momento, tivesse muita honra.

Padre Gaunt queria passar por mim, sair pela portinha estreita de uma vez e ir-se. Por alguns instantes, bloqueei sua passagem. Eu sabia que, se quisesse, teria forças para matá-lo. Foi o que senti naquele momento. Sabia que poderia alcançar algo, uma cadeira ou qualquer coisa perto de minha mão e descê-la em sua cabeça. E, ainda que o que eu tenha dito a ele fosse verdadeiro, isto também era. Eu o teria — se não alegremente, ao menos satisfatoriamente, de coração aberto, com ferocidade e delicadeza — assassinado. Não sei por que não o fiz.

— Você está me ameaçando, Roseanne. Saia da frente da porta. Seja uma boa menina.

— Uma boa menina, é o que o senhor diz?

— É uma expressão.

Mas saí de sua frente. Eu sabia, sabia que qualquer vida decente, qualquer vida adequada tinha acabado ali. A palavra de um homem como aquele era uma sentença de morte. Senti em todo o meu corpo as regiões mais distantes de Strandhill depondo contra mim, toda a cidade de Sligo sussurrando contra mim. Eu soubera o tempo todo, mas saber sua pena é bem diferente de ouvi-la proferida por seu juiz. Talvez eles viessem e me queimassem em minha choupana como fariam a uma bruxa. A maior verdade de todas era que não havia ninguém para me ajudar, ninguém para ficar a meu lado.

Padre Gaunt saiu prontamente da casa medonha. Afastou-se da mulher decaída. Da mulher louca. Liberdade para Tom, meu amado Tom. E o que para mim?

Caderno de anotações do dr. Grene

Novamente, uma calmaria absoluta na casa noite passada. É como se, tendo me chamado uma última vez, Bet nunca mais precise me chamar. Esse pensamento me tirou o medo e me levou a um estado bem diferente. Um tipo de orgulho por eu ainda ter, depois de tudo, amor em mim, enterrado nessa desordem. E por, talvez, Bet também ter. Ouvi outra vez, mas não com medo e sim com uma saudade lúgubre. Mas sabendo que nada seria perguntado ou respondido outra vez. Um estado estranho. Felicidade, creio. Não durou muito, mas, como eu faria com um paciente vulnerável, no auge da dor, pedi a mim mesmo que notasse, lembrasse, desse um crédito veemente quando outros sentimentos sombrios atacassem de novo. É muito difícil ser herói sem plateia, embora, em certo sentido, sejamos cada qual herói de um filme, singular e um tanto arruinado, chamado vida. E essa é uma observação que não vai ser avaliada com muito cuidado, receio.

Qual é mesmo aquela passagem da Bíblia sobre um anjo dentro de nós? Algo assim. Não consigo lembrar. Creio que seja apenas o anjo, a nossa parte talvez imaculada, um conhecedor da felicidade. Ele gostaria de ser, porque experimenta o mínimo necessário disso. Mesmo assim... Chega.

Anjos. Assunto lamentável para um psiquiatra. Mas agora estou velho e experimentei a dor de uma perda que, nos primeiros dias, pensei que me mataria, me esfolaria, me enforcaria, então posso dizer, ao menos na privacidade deste caderno, por que não? Estou mortalmente enjoado do pensamento racional. Com que criatura celestial me pareço? O pedante celestial?

Andei lendo novamente o testemunho de padre Gaunt. E me pergunto se ainda existe esse tipo de padre onisciente, de ideias severas, rancoroso. Creio que sim, mas de maneira mais velada. Talvez porque a família de De Valera fosse tão insegura e misteriosa que ele se confortasse com a confiança do clero. Ele certamente endeusou os padres na constituição, mas é verdade também que resistiu aos pedidos finais do arcebispo de fazer da Igreja católica a igreja oficial. Graças a Deus ele não foi longe, mas foi bem longe, talvez mais que deveria. Era um líder lutando com anjos e demônios, às vezes no mesmo corpo. Esteve no IRA na guerra de independência, representou-o nas forças antiTratado e também quando foi preso, logo em seguida, por conta da guerra civil; no entanto, quando chegou ao poder, nos anos 1930, viu que seus camaradas de outrora, que rejeitavam o Tratado tanto quanto ele mesmo, precisavam ser eliminados com vigor extremo. Isso lhe deve ter causado uma dor enorme e atrapalhado seus sonhos, como faria a qualquer um. Padre Gaunt cita o destino de um homem chamado John Lavelle, que passou pela vida de Roseanne e cujo fim, a mando de De Valera, nos primeiros momentos da Segunda Guerra Mundial, foi a forca, quase sem misericórdia. Outros de seus camaradas foram açoitados. Eu não sabia que existia legalmente a pena de açoite na Irlanda, sem falar na forca. Padre Gaunt fala em 36 chicotadas de um açoite do tipo gato de nove caudas, mas isso soa bem atroz. Para De Valera, deve ter sido como chicotear e enforcar seus filhos, ou os filhos e netos de seus companheiros de juventude. O que deve ter levado a outros tipos de transtorno para ele. É incrível que o país tenha se recuperado dessas misérias e traumas dos primórdios, e é de dar pena que De Valera tenha tido que passar por esses horrores. Talvez possamos traçar aqui a origem das estranhas ligações criminosas da mais recente geração de políticos na Irlanda, sem falar da descoberta de tantos padres que se aproveitaram da inocência de nossas crianças com o tormento e o fardo do abuso. O poder absoluto de alguém como padre Gaunt levou, como o dia leva à noite, à corrupção absoluta.

Tenho uma ideia indigna de que talvez o grande desejo que De Valera tinha de evitar a Segunda Guerra Mundial não fosse por medo do inimigo, nem por medo de separar o novo país, mas por se tratar de um grande esforço para anular a sexualidade. Uma espécie de extensão das intenções do clero. Nesse caso, se a análise não for muito óbvia nem rasa, a sexualidade masculina.

Estou tão cansado agora que não consigo pensar se o que escrevi é banal. Posso rasgar essas páginas mais tarde.

Esse homem, Lavelle, por mais que tenha dividido um pátio de prisão com De Valera tempos antes e tenha sido enforcado diante dos olhos de Dev, não era nenhum anjo. Segundo padre Gaunt, Lavelle sequestrou um policial e o levou às montanhas de Sligo, colocou um capuz em sua cabeça e encostou a arma em suas têmporas. Girou o tambor e puxou o gatilho diversas vezes. Imagino que o pobre guarda tenha logo entrado em pânico. Lavelle queria saber quando os salários chegariam às casernas, porque queria roubar o pagamento da polícia. Parece um crime oculto. Mas o policial, fosse qual fosse o motivo, coragem ou ignorância, não podia ou não queria responder. Lavelle continuava puxando o gatilho. Seus comparsas também raptaram a mulher e a filha desse policial e as mantiveram em uma casa abandonada na cidade. Lavelle ficava dizendo ao homem que elas seriam mortas se ele não respondesse. Mas a verdade é que o guarda não deveria saber muita coisa. Por fim, Lavelle atirou. Apenas se soube de tudo isso porque um dos comparsas de Lavelle fez uso da delação premiada, ganhando direito ao já citado açoite. Mas a guerra começou, e De Valera ficou aterrorizado com a possibilidade de o IRA se fortalecer outra vez e ele sabia que o grupo já estava em contato com os alemães. E, se Dev tinha uma segunda religião, ela se chamava imparcialidade, que ele defendeu até a última gota de sua razão. Por isso, ele não podia poupar Lavelle. Com sinceridade, não posso dizer que tenha sido uma grande perda.

Escrevo isso como se eu fosse um homem sagrado nas cabanas que parecem colmeias em Skellig Michael.* É claro que não sou. Creio que convém admitir que somos todos irmãos e irmãs desses pecados modernos. A guerra civil é um mal que recai igualmente sobre todas as almas.

Embora não haja nada em meus estudos que me qualifique a falar de pecados.

Isso tudo é contado por padre Gaunt nesse documento que, imagino, foi uma espécie de esforço eloquente para implicar, não, talvez essa não seja a melhor palavra, para envolver Roseanne em algum tipo de novelo que não a deixasse sair. Padre Gaunt não poupou tinta em sua caneta para isso. Trata-se, de fato, de um trabalho notável, completo, eclesiástico e convincente. É como um incêndio na floresta, queimando todos os traços deixados por Roseanne, atravessando sua narrativa e transformando tudo em brasas e cinzas. Uma pequena Hiroshima, obscura e esquecida. Há um tipo de ansiedade em todo o documento, uma ansiedade que se mostra no detalhamento excessivo em alguns momentos, ou, talvez eu devesse dizer, no detalhamento inesperado. Padre Gaunt é quase clínico em anatomizar a sexualidade de Roseanne. Claro, é por demais estranho ler sobre essa Roseanne antiga, quando a que carrega esse mesmo nome hoje tem 100 anos e está sob meus cuidados. Não sei se pode ser considerada informação privilegiada. Por vezes, parece meio voyeurístico, moralmente questionável, ler os relatos. Em parte porque a própria moralidade de padre Gaunt é de um tipo antiquado. Ele deixa escapar, a cada canetada, um ódio intenso, se não pelas mulheres, pela sexualidade feminina, ou pela sexualidade em geral. Para ele, trata-se dos presságios do diabo, enquanto para mim é um tipo de graça salvadora do viver. Não sou inimigo do sr. Sigmund Freud. Também está claríssimo como o padre vê o protestantismo de Roseanne como um mal simples e primevo em si mesmo. Mostra estar cheio de ódio por ela não ter se deixado converter ao catolicismo quando lhe foi proposto, muito antes de ela se casar com o marido católico, quando, aliás, também se manteve protestante. Isso, para padre Gaunt, já era por si só uma perversão.

Portanto, ele acredita que, desde muito cedo, Roseanne foi, senão má, ao menos teimosa, difícil, talvez misteriosa. Ele nem sequer se propõe a compreendê-la, mas por certo afirma conhecer sua história. Ela caiu na boca do povo, pode-se dizer que ostentava sua beleza pelo simples fato de ser bela. É como se ela tivesse tentado todos os machos de Sligo e, tendo fisgado Tom McNulty, um homem promissor no novo país, tenha optado por se degradar com uma criatura selvagem como John Lavelle, que padre Gaunt descreve como "um homem bárbaro dos recantos mais sombrios de Mayo".

Então, tendo feito tudo isso e tendo recebido a oferta de ajuda do padre, tal auxílio é rejeitado. Dá para sentir essa nova fúria do padre. Fúria. Roseanne foi enclausurada em um casebre de aço em Strandhill, onde continuava a ser um ímã dos desejos masculinos de Sligo. O mais terrível de tudo é que, depois de o padre ter conseguido em Roma a anulação do casamento de Roseanne, ela engravida misteriosamente e carrega consigo uma criança. Ela carrega uma criança, escreve o padre, que completa com uma frase bárbara, apesar de ter apenas três palavras: "Que ela mata."

Se eu tivesse lido essas palavras anos atrás, com a autoridade de um padre por trás delas, eu mesmo me veria obrigado a enclausurar Roseanne.

CAPÍTULO XIX

Roseanne sobre si mesma

A cada minuto, John Kane fica mais misterioso. Agora não fala mais nada, mas, hoje de manhã, ofereceu algo que, imagino, fosse um sorriso. Com certeza foi um esforço sem igual, meio de um lado só. O lado esquerdo de seu rosto parece estar um pouco caído. Enquanto saía, John Kane conseguiu esbarrar com força o pé na tábua solta. Eu me pergunto se ele faz isso para me indicar que sabe haver algo ali. Ele não deve pensar que seja algo com algum valor, ou então não é de sua natureza procurar coisas embaixo de tábuas soltas. De pé, à janela, eu tentava lembrar há quanto tempo o conheço. Parece que nos conhecemos de longa data, desde a mais tenra infância, mas isso não é verdade. Seja como for, eu o conheço há muito, muito tempo. Posso dizer que ele veste a mesma jaqueta jeans azul há trinta anos. O que combina com minhas próprias roupas puídas. À luz da janela, meu vestido me envergonha, porque posso ver como sua frente está manchada e salpicada. Meu instinto era me afastar da luz, mas, como já tinha me afastado muito da cama, não pude desistir de minha posição privilegiada. Quis perguntar a John sobre os progressos da primavera lá fora, agora que ele havia se revelado um botânico ou o que eu tinha de mais próximo disso. Branco, amarelo, azul. Essa é a sequência. Campainhas-de-inverno, narcisos silvestres, jacintos, e, quando os narcisos surgem, as campainhas-de-inverno começam a morrer. Eu me pergunto por que é assim. Eu me pergunto por que tudo é como é.

Fiquei, então, bastante tonta à janela e senti que meus membros me abandonavam, como se minhas articulações quisessem que eu me dobrasse toda. Estiquei o braço e tentei me equilibrar na parede. Para ser correta com John Kane, tenho que dizer que ele ainda não estava no corredor e veio me ajudar até a cama, ainda que não fosse seu trabalho. Foi bem delicado e ainda sorria. Olhei seu rosto. Ele tem pelos no rosto, mas não como uma barba, mais como a vegetação rasteira e falhada dos brejos. Seus olhos são bem azuis. Então percebi que ele não estava sorrindo, que sua boca está de algum modo paralisada, e ele não parece conseguir mexê-la facilmente. Eu quis lhe perguntar sobre isso, mas não quis deixá-lo envergonhado ou chateado. Acho que isso foi tolice minha.

Não muito depois da "visita" de padre Gaunt, fui caminhar sem rumo pelas dunas mais distantes da praia de Strandhill, à luz da lua, em uma noite de clima agradável. Desde que ele foi me ver, passei a me sentir muito confinada naquele casebre de aço, como se o padre ainda se fizesse presente na sala. Impaciente, eu esperava pela escuridão de cada noite, o que ao menos me dava a liberdade dos pântanos e dunas.

Eu não queria ser vista por ninguém, nem falar com qualquer pessoa. Às vezes, nas caminhadas, eu estava em tal estado de espírito que, à menor chance de encontrar alguém, voltava correndo para casa. De fato, houve vezes em que eu imaginei ter visto pessoas que provavelmente não estavam lá, peças que a vegetação das dunas me pregava, um passarinho que levantava voo — em particular, eu parecia ser "assombrada" por uma figura que às vezes surgia, ou parecia surgir, bem distante de onde eu estava e vestia algo como um terno preto e como um chapéu marrom, mas, nas poucas vezes em que pensei vê-lo e tive coragem para seguir em sua direção, ele desapareceu no mesmo instante. Mas esse tipo de situação era da natureza daqueles tempos.

Lembro-me dessa noite em especial, porque talvez tenha sido a coisa mais peculiar que já vi, ainda que eu tenha visto algumas coisas inusitadas em minha vida.

Tenho que ter muito cuidado com essas "memórias", porque percebi que há algumas vívidas lembranças desses tempos turbulentos que sei, no fundo do coração, que não podem ter acontecido. Não creio, porém, que aquela noite tenha sido uma delas, por mais improvável que fosse.

O fato de eu não subir até o topo da duna, o que antes eu amava fazer, pelo risco de esbarrar e mesmo tropeçar em casais namorando, mostra o tamanho de minha vergonha. Em vez disso, caminhei até a beira de tudo, onde um rio estreito e fundo desaguava no mar, e, de dia, havia uma espécie de lanchonete para os pássaros marinhos.

Fiquei na areia. A maré estava baixa, e tudo estava perfeitamente tranquilo. Lá longe, em Knocknarea, apareciam e desapareciam as luzes de algum carro que mal se via em alguma estrada serpenteante. Mas era longe demais para ser ouvido.

Não havia vento e o céu era enorme, com aquele esmaltado azul que a luz da lua traz. Não é difícil supor que uma criatura humana fosse o que havia de menos importante naquele cenário. O mar recuava mais e mais sua própria e sonhadora água.

Então, ao longe, aquele pequeno rosnado. Olhei para trás, achando que poderia ser um cão raivoso ou algo assim na praia. Mas não, o som vinha de longe em direção à minha direita. Olhei na direção do som, ao longo de toda aquela praia vazia, para as luzes das poucas construções do litoral, uns duzentos metros adiante. Lá avistei uma fileira de luzes amareladas, cortantes, começando a crescer no horizonte, um horizonte meio terra, meio mar.

Pensei que Deus estava vindo me banir, assim como padre Gaunt havia feito. Não sei por que senti isso, a não ser por me sentir culpada.

A linha brilhante e fina crescia e crescia. O barulho também, e, sob meus pés descalços, pensei sentir a areia tremer, tremer bem embaixo de mim, como se algo fosse despontar do solo. As luzes se alargaram, ficaram mais altas, e então havia rugidos juntando-se mais e mais, e então tudo aquilo pareceu a beira de um tapete voador de monstros, e então o barulho aumentou como se fosse uma imensa cachoeira, e eu estava olhando para cima, de fato como louca, certamente me sentindo doida, e o som e as luzes vinham cada vez mais e mais cheios, maiores, maiores, até que consegui ver as barrigas redondas de cada uma das partes daquilo e narizes de metal e zumbidos gigantes, e eram aviões, dezenas deles, talvez centenas, todos parecendo animais à luz da lua, mas bizarros, com pequenas janelas visíveis à frente, e talvez fosse de fato loucura, mas pensei ver pequenos rostos e cabeças nas janelas, e os aviões estavam em formação, cruel, catastrófica formação, como algo do fim do mundo. E, como os aviões estavam todos juntos, seu barulho tinha proporções bíblicas, algo saído do Apocalipse, e o céu se encheu sobre minha cabeça, metal, luz e tumulto, e os aviões mergulharam sobre mim, voando tão perto da água que seus motores sugavam a água, rasgavam a água em farrapos, e ela caía de volta na costa com um silvo de cobra, e eu pude sentir os aviões me puxarem, puxarem a praia, tentando nos rasgar de onde estávamos, tentando puxar meu cérebro de dentro do crânio, os olhos para fora das órbitas, e então jogaram-se sobre mim, fileira após fileira, havia cinquenta, cem, cento e cinquenta? — por longos minutos se jogando, e então começaram a se afastar, deixando um imenso vácuo no céu, deixando um silêncio quase mais doloroso que o barulho, como se aqueles aviões misteriosos tivessem tirado o oxigênio do ar de Sligo. E foram-se embora, ribombando e aturdindo a costa irlandesa.

Alguns dias depois, eu estava em meu alpendre, remexendo em minhas rosas. Era uma atividade que, mesmo em meu infortúnio, trazia-me as tintas do conforto. Mas, então, ficou claro para mim que qualquer empenho na jardinagem, mesmo ao acaso, mesmo cheio de paradas como era o meu, é um esforço para trazer à terra a cor e a importância do paraíso. Aquele dia estava frio e eu estava com a pele dos braços arrepiada. A simples existência das rosas, que ainda não podiam ser vistas, tão enroladinhas e apertadas em seus botões verdes, deixava-me quase tonta.

Olhei por trás de meu ombro direito, porque ouvi alguém vindo pela estrada. Alguém ou algo. A julgar pelo barulho, poderia ser um velho burro rondando confuso. Eu realmente não queria ser vista por homem ou fera que fosse, mesmo que me confortasse com minhas rosas. Talvez naquele ano tivessem uma aparência nova, nem tanto "St. Anne", nem "Malmaison", talvez se tornassem Sligo aos poucos, "Souvenir de Sligo". Mas não era um burro, era um homem, um homem muito estranho, pensei, porque seu cabelo era cortado bem rente à cabeça, um pouco crespo, como um jazzista negro, e sua roupa era de um estranho cinza-escuro. Não, não era uma roupa qualquer, era mais como um tipo de uniforme. Até seu rosto parecia estranhamente azul. E, para minha surpresa, vi que era Jack. Isso explicaria, claro, o uniforme, ele estava na Índia, não?, lutando em nome do rei — mas, se estava na Índia, o que, em nome de Deus, fazia em Strandhill, aquela terra de ninguém?

E, de repente, pareceu fazer mais frio que o frio traiçoeiro de costume no litoral irlandês e parecia que eu tinha ficado ainda mais arrepiada que antes. Essa inusitada aparição não era agora minha inimiga?

— Jack? — chamei, apesar dos riscos.

Tive um pensamento louco de que talvez ele houvesse voltado para me ajudar. Mas o que lhe tinha acontecido? Então, ele ficou mais próximo e ainda mais estranho, se eu não o conhecesse bem, eu diria que ele estava *chamuscado*, realmente *chamuscado*.

O homem parou na calçada, talvez espantado por eu falar com ele. Na verdade, ele parecia assustado.

— Jack McNulty? — falei, como se fosse ajudar. Ele certamente sabia seu próprio nome. Hoje percebo que eu parecia tão em dúvida quanto ele.

O homem falou como alguém que passou alguns dias calado, as palavras tropeçando boca afora.

— O quê? — perguntou. — O que, o quê?

Parecia tão solenemente sério que caminhei até o portão para ficar mais perto daquele homem. Achei que ele poderia disparar pela estrada, como um burro, afinal. Mas eu não passava de uma pequena mulher com um vestido de algodão.

— Você não é Jack McNulty, é? — disse eu. — Mas se parece muito com ele.

— Quem é você? — disse ele e olhou para trás, em direção ao mar, como se temesse uma emboscada.

— Não sou ninguém — respondi, querendo dizer que não era ninguém que ele precisasse temer. — Sou Roseanne, mulher de Tom. Ou era, pelo menos.

— Ah, eu ouvi falar de você — disse ele, mas sem a censura que se podia esperar. Ele, de repente, parecia muito alegre por falar comigo, me conhecer. Estendeu a mão direita por um instante, como se para apertar a minha, mas acabou baixando-a. — Sim.

Fiquei tão aliviada, estava tão feliz por ele ter adotado aquele tom comigo, que quis ser agradável e divertida, contar a ele tudo que havia acontecido, pequenas coisas, como os dois ratos que eu tinha pegado na noite anterior levando um de meus ovos por um buraco na parede da cabana, um orifício tão pequeno que um dos ratos tivera que equilibrar o ovo na barriga e deixar que o outro o empurrasse pelo buraco! Ridículo. Mas foi o tom amigável da voz do homem o que me levou a isso, o simples tom amigável, algo que eu não ouvira por tanto tempo e de que eu nem sequer havia percebido como sentia falta.

— Sou Eneas — disse ele —, irmão de Tom.

— Eneas? — disse eu. — O que você está fazendo por aqui?

— Na verdade não estou aqui — disse ele. — Eu não deveria estar aqui e devia ir embora logo.

— O que é toda essa coisa em você?

— Que coisa? — perguntou ele.

— Você está todo preto. E acinzentado, como cinzas.

— Jesus, estou mesmo! — exclamou ele. — Eu estava em Belfast. Estava voltando para a França, sabe? Sou soldado.

— Como Jack. — disse eu.

— Como Jack, com a diferença de que ele é oficial. Eu estava em Belfast, Roseanne, à espera de meu navio, dormindo em um pequeno hotel, quando as poucas e péssimas sirenes que eles têm por lá dispararam, e em alguns minutos eles entraram, os bombardeiros, dezenas e dezenas e dezenas, jogando suas bombas à vontade, nem um sopro de ataque antiaéreo no céu, nem um sopro, e, por todos os lados à minha volta, as casas e ruas estouravam. Como escapei?, corri como o diabo pelas ruas, sem dúvida aos berros, em súplicas desvairadas para o povo de Belfast, e logo havia centenas de pessoas nas ruas, todas fazendo o mesmo que eu, gente de roupa de dormir e gente nua como bebês, correndo e gritando, e, nos limites da cidade, simplesmente seguimos adiante, e as ondas de aviões vinham atrás de nós, a todo instante, sem misericórdia, jogando suas bombas, e, uma hora depois, talvez mais, não sei dizer, eu estava empoleirado à beira de uma enorme e escura montanha, e olhei para trás, e Belfast era um imenso lago de fogo, queimando, queimando, as chamas saltando como criaturas vermelhas, tigres, algo assim, alto, alto, até o céu, e os que correram junto comigo também estavam olhando e chorando e soltando expressões como as lamentações da Bíblia. E pensei no trecho da Bíblia que os marinheiros gostam de declamar em suas missões, que eu frequentava antes da guerra, quando era apenas um homem errante, *E aquele que não foi achado escrito no livro da vida foi lançado ao lago de fogo*, e eu tremi, tremi ao ver a ira do Senhor, mas não era o Senhor, e sim aqueles alemães tão perto das estrelas, olhando lá de cima seu trabalho, e imagino que admirados, tão admirados quanto nós.

Aquele homem, Eneas, parou. Estava tremendo de novo. Estava em péssimo estado. O reflexo do lago de fogo ainda queimava em seus olhos.

— Entre — disse eu —, apenas um instante, e descanse. — Não sei dizer se isso era um instinto materno ou fraterno. Mas, de súbito, me baixou uma enorme torrente de ternura por ele. Pensei, ele é um pouco como eu. Ele fora excluído de seu mundo, o mundo de Sligo. E não posso dizer que parecesse um vilão. Não posso dizer que ele parecesse um policial assassino das antigas, como rezava a lenda sobre Eneas — não que eu conhecesse a lenda de Eneas naquela época. Aliás, e de fato, quão pouco eu sabia dele, quão raramente seus irmãos falavam sobre ele — somente com suspiros profundos e olhares significativos.

— Não, não posso — disse ele. — Você não me conhece. Não sou um homem que você queira em sua casa. Vou lhe trazer problemas. Eles não lhe disseram que tenho uma pena de morte pesando sobre minha cabeça? Não deveria sequer estar aqui em Sligo. Saí a pé de Belfast e caminhei por toda Enniskillen e meio que vim parar aqui, como uma pomba que não consegue evitar a própria migração de volta ao lar.

— Entre — disse eu — e não se importe com nada disso. Afinal, sou sua cunhada. Venha para dentro.

E para dentro ele veio. Enquanto ele andava, pó preto caía de seu corpo. Veio caminhando de Belfast, um longo, longo caminho, voltando a Sligo como um pombo — como um salmão procurando a foz do Garravoge. Eneas me pareceu o homem mais triste que eu já conhecera.

Quando consegui fazer com que ele entrasse, fiz um sinal, bem sem cerimônia, para que tirasse o uniforme. A primeira coisa de que ele precisava era um copo-d'água para beber, que ele bebeu com uma pequena ferocidade, como se ele queimasse por dentro e precisasse apagar o incêndio. Eu tinha uma velha banheira de lata para meu uso pessoal e a enchia com algumas idas ao poço, tentando manter a água limpa, enquanto esquentava a chaleira na lareira. Então, eu conseguia quebrar o gelo do banho, com a água fervente, mas não mais que isso. Fiz isso tudo enquanto aquele pequeno homem coberto de cinzas ficava parado de ceroulas no meio da sala, e a limpeza de suas roupas de baixo me surpreendeu. Era um homem de boa ossatura, bem-formado, nem um pouco roliço, como era Tom, não, não, nem um pouco.

— Vou à despensa agora, pegar queijo para fazer um sanduíche — falei.

Para deixá-lo à vontade, saí da sala, e pude ouvi-lo tirar as ceroulas aos tropeços, entrar na banheira e se lavar. Acredito que um homem do Exército, como ele era, estivesse acostumado a banhos frios. Era o que eu esperava. De qualquer forma, ele não deu um pio. Quando julguei apropriado, voltei. Ele havia se limpado bem com o sabão, a banheira tinha uma camada de sabão com cinzas, e, naquele momento, ele estava de novo no meio da sala, de pé, fechando os botões das ceroulas. Seus cabelos, eu então podia ver, eram de um ruivo cor de ferrugem, mesmo estando queimados bem rente ao couro cabeludo. Sua pele estava bastante queimada pelo sol, e suas mãos eram ásperas, de dedos grossos. Acenei com a cabeça para ele, como se lhe perguntasse *Tudo bem?*, e ele acenou de volta, como se dissesse *Tudo*. Passei-lhe as grossas fatias de pão com queijo, e ele as devorou delicadamente ali mesmo onde ele estava.

— Bem, é bom ter uma família — disse ele, sorrindo.

E eu ri:

— Sei o que você quer dizer — falei.

Do lado de fora, começava a escurecer, e minha velha companheira, a coruja, aquecia os motores. Naquele momento, eu não soube o que fazer com ele. Eu parecia conhecê-lo tão bem, ao menos seu tipo físico e seu rosto, e é claro que eu nunca o tinha visto mais gordo.

E ainda assim eu nunca havia encontrado um homem tão dócil e estranho. Estava ali absolutamente parado, como um corço na montanha ao ouvir o estalo de um galho.

— Obrigado — disse ele, com simplicidade e sinceridade completas. Fiquei tão emocionada por outro ser humano me ser grato. Tão consternada por ouvir outro ser humano falar comigo com respeito e dignidade. Eu estava parada de pé também, naquele momento, encarando-o, quase perplexa.

— Posso bater seu uniforme lá fora — disse eu —, senão ele não vai estar seco amanhã.

— Não — disse ele —, deixe para lá. Não precisarei usá-lo no país independente. Ficará assim, coberto de cinzas como está. Voltarei a Dublin e lá tentarei me juntar a meu regimento outra vez. O sargento deve estar muito preocupado comigo.

— Tenho certeza de que está — disse eu.

— Sou um bom soldado, sabe? — perguntou.

— Tenho certeza de que é — respondi.

— Não sou do tipo desertor — completou, ainda que não houvesse necessidade. Eu percebia que ele não era. — Sabe? — disse ele —, não estou querendo nada com isso, quer dizer, eu, aqui, de ceroulas, e você, uma desconhecida, mas a razão de eu vir a Strandhill é que eu tinha uma garota, e ela e eu costumávamos vir aqui, para o baile, claro, seu nome era Viv, e disseram-lhe que ficasse longe de mim, sabe?, e não posso vê-la. Mas eu queria vir à praia onde costumávamos ficar, olhando a baía. Sabe?, uma coisa simples assim. E Viv era uma menina linda, era mesmo. E eu quis dizer isso, sem desejar nada em troca, mas você também é a pessoa mais bonita que já vi, você e ela, as duas.

Bem, aquele foi um amável discurso. Ele não queria nada em troca com aquilo, queria apenas dizer a verdade. De repente, fui tomada por um tipo de orgulho, algo que eu não sentia havia muito tempo. Sem saber, aquele homem falava como meu pai quando meu pai queria dizer algo importante. Havia um tipo de estranha movimentação antiga, como saída de um livro, daquele mesmo livro que ainda guardo e estimo, o velho *Religio Medici* de Thomas Browne. E seu autor era um rapaz do século XVII, então não sei como aquele linguajar foi parar em Eneas McNulty.

— Sei que você é uma mulher casada — disse ele —, então me perdoe, e você se casou com meu irmão.

— Não — disse eu, desejando dizer-lhe a verdade, mas falando antes que eu pudesse pensar melhor sobre o assunto. — Não sou uma mulher casada. Pelo menos foi o que me disseram.

— Hã? — perguntou ele.

— Não sou — disse eu. — Está vendo? Tenho minha própria pena de morte sentenciada contra mim.

Então, ele estava parado ali e eu também estava parada ali. E fui até ele rápido como um rato, serena, serena, para não o assustar, tomei uma de suas mãos calejadas e o levei ao quarto dos fundos, onde, daquele pobre colchão de penas, ouvia-se melhor a coruja e se via melhor Knocknarea.

Então, depois disso, estávamos os dois deitados ali, como duas estátuas de pedra em uma tumba, felizes como crianças.

— Acho que Jack me contou que seu pai foi da Marinha Mercante — disse Eneas, depois de um tempo.

— Ah, sim, foi — respondi.

— Como eu, e como Jack também, você sabe.

— É mesmo?

— É mesmo. E ele disse que seu pai foi da antiga polícia, não foi?

— Jack disse isso?

— Acho que sim. E eu me interessava em saber disso, claro, porque eu também era. O que, no fim das contas, me custou caro. Mas, claro, não sabíamos que seria assim. Parece que nós gostávamos de nos alistar nas coisas, nós, os garotos McNulty. Hoje, Jack está nos Engenheiros Reais. E até o próprio Jovem Tom foi para a Espanha com o tal do Duffy, hein?

— O'Duffy, é? Eu não sabia disso.

— O'Duffy, isso mesmo. Eu deveria saber, porque ele foi chefe da nova polícia. Pois, sim, Tom foi embora, me disseram.

— E como ele se saiu?

— Jack disse que ele voltou em duas semanas. Jack não achava muito bom Tom ir apoiar Franco nesse momento. Não. De qualquer maneira, Tom voltou. Cheio de desgosto. Rompeu totalmente com O'Duffy. Tom esteve em trincheiras com ratos roendo seus dedões dos pés, enquanto O'Duffy estava certamente em Salamanca. Com certeza se divertindo. Ah, sim.

— Pobre Tom — disse eu. — Aquele adorável uniforme gasto à toa.

— Oh, realmente — disse Eneas. — Mas, então, seu pai não era da polícia? — perguntou ele, inocentemente, naquela conversa-fiada sob a luz da lua.

— Que tipo de papo romântico é esse? — disse eu, sem querer ofender um homem tão inocente.

Ele riu, de certo modo:

— Papo romântico irlandês — disse ele. — Batalhas, saber de que lado você está, coisas assim...

E riu de novo.

— E quando tudo isso aconteceu? A ida à Espanha e tudo o mais — perguntei.

— Ah, em 1937, creio. Faz tempo, não é? Parece que faz tempo.

— E você soube mais notícias de Tom?

— Ah, apenas que ele está prosperando, sabe? Um homem de futuro e tudo o mais, sabe como é.

E ele me olhou, talvez com medo de estar me chateando. Mas não estava, mesmo. Era bom tê-lo ali. Sua perna aquecia a minha. Não, eu não me importava nem um pouco de ele estar ali.

O clínico geral esteve aqui para me ver ainda pouco. Não gostou da ferida em meu rosto, e na verdade encontrou outra em minhas costas. Para falar a verdade, tenho me sentido um pouco cansada e contei isso ao médico. É estranho, porque, em geral, quando a primavera começa lá fora, eu me animo toda. Posso ver com os olhos de minha mente os narcisos brilhantes ao longo das alamedas, e eu desejava sair e vê-los, acenar para eles com minhas mãos envelhecidas. Ficar à espreita, longamente e sobre o solo úmido..., e depois toda a alegria resplandecente dos narcisos. Então, era estranho eu me sentir cansada, e eu disse isso ao médico.

Ele disse que também não estava gostando de minha respiração, e eu respondi que gostava bastante dela, e ele riu e disse:

— Não, o que quero dizer é que não gosto do chiado estranho em seu peito, acho que terei que lhe dar antibióticos.

Então, ele me deu verdadeiras notícias. Disse que toda a ala principal do hospital fora desativada e que as duas únicas alas ainda existentes eram as duas do meu lado do prédio. Perguntei a ele se as velhas senhoras haviam sido removidas, e ele disse que sim. Contou que fora um trabalho terrível, porque elas tinham feridas e sentiam dor. Disse que era muito sábio de minha parte continuar em movimentoe não ter feridas. Contei que eu as tive quando fui para o asilo de Sligo e não gostei nem um pouco delas. E ele disse:

— Eu sei.

— Dr. Grene sabe dessas mudanças? — perguntei.

— Ah, sim — disse ele. — Foi ele quem idealizou tudo.

— E o que vai acontecer com o prédio antigo?

— Será demolido no devido tempo — respondeu ele. — E a senhora, claro, será colocada em um belo espaço novo.

— Ah — respondi.

E de repente fiquei fora de mim, porque pensei nessas páginas sob o assoalho. Como eu as reuniria e as manteria em segredo se me mudasse? E para onde eu seria transferida? Havia um tumulto dentro de mim, como aquela saída de ar no despenhadeiro ao fundo da baía de Sligo quando a maré sobe e empurra a água para dentro da pedra.

— Pensei que dr. Grene havia lhe contado tudo isso. Se eu soubesse, não teria lhe dito nada. Mas não precisa se preocupar.

— O que acontecerá com a árvore lá embaixo? E com os narcisos?

— O quê? — perguntou o médico. — Ah, não sei. Veja, pedirei a dr. Grene que venha lhe explicar toda essa questão. Entenda, é encargo dele, e temo ter me intrometido, sra. McNulty.

Eu estava esgotada demais naquele momento para explicar novamente, pela milionésima vez nesses sessenta e tantos anos, que eu não sou a sra. McNulty. Que eu não sou ninguém. Que, aliás, eu não sou esposa de ninguém, ninguém. Eu sou apenas Roseanne Clear.

CAPÍTULO XX

Caderno de anotações do dr. Grene

Catástrofe. O clínico que foi ver Roseanne a meu pedido, dr. Wynn, deixou inadvertidamente escapar a história do hospital. Quer dizer, acho que pensei que ela sabia, que alguém havia lhe dito. Se disseram, ela acabou esquecendo. Eu deveria ter sido mais precavido e a preparado para isso. Mas, veja bem, não sei como eu puxaria o assunto sem chegar a um resultado parecido. O que pareceu lhe inquietar mais foi as velhas senhoras acamadas terem sido transferidas. Na realidade, sinto como se tivéssemos todos sido transferidos mais depressa que queríamos, mas as novas instalações na cidade de Roscommon estarão prontas logo, e já houve reclamações nos jornais de que elas poderiam ficar sem uso. Então, precisamos nos mexer. Agora restam apenas as pessoas no bloco de Roseanne, além da ala masculina a oeste. São, em sua maior parte, senhores, de alguma forma, fora do comum, vestindo suas roupas pretas de hospital. Também estão descontentes com os novos planos, e o que hoje atrasa tudo é que não há lugar para onde os mandar. Não podemos deixá-los na rua e dizer, certo, rapazes, vão em frente. Eles me cercam como gralhas quando vou lhes falar no pátio, onde caminham um pouco e fumam. Eles são alguns dos que ajudaram tanto na noite em que o hospital pegou fogo, muitos deles carregando nas costas velhas senhoras escada abaixo, algo bem impressionante, e depois fazendo piadas sobre não saírem com garotas havia muito tempo, como era ótimo dançar o foxtrote de novo, e outras brincadeiras do gênero. Por certo que, em sua maioria, eles não são doentes mentais, são apenas "detritos" do sistema, como já ouvi serem chamados. Um deles, que conheço bem, lutou no Congo com o Exército irlandês. Boa parte desses senhores é de ex-soldados, aliás. Acho que o que nos falta é um lugar como as Chelsea Barrack ou os Inválidos de Paris. Quem seria um velho soldado na Irlanda?

Quando fui vê-la, Roseanne estava suando em sua cama. Pode ser reação aos antibióticos, mas imagino que seja simples medo. Este pode ser um lugar terrível, em condições terríveis, mas Roseanne é um ser humano, como todos nós, e este é seu lar, Deus a proteja. Fiquei surpreso por encontrar lá John Kane, com sua voz gorgolejada como um peru, pobre homem, e, apesar de eu suspeitar dele, ele parecia de fato preocupado, velho tratante ele deve ser, ou pior.

Verdade seja dita, eu mesmo não estou muito otimista com isso tudo e me sinto muito pressionado a fazer as coisas de qualquer jeito, mas, ao mesmo tempo, acho que é bom termos novas instalações, que não estejam manchadas de água da chuva em alguns quartos, ou com telhas quebradas que nem sequer podemos nos arriscar a consertar, porque estou certo de que as próprias vigas estão desabando. Sim, sim, o prédio todo é uma armadilha mortal, mas, ao mesmo tempo, a depreciação foi escandalosamente ignorada e jamais se investiu em reparos, e o que poderia ter sido mantido foi mandado ao inferno. E parece mesmo algum tipo de inferno a olhos não instruídos. Não aos olhos de Roseanne.

O semblante de Roseanne de fato melhorou quando ela me viu, e ela me pediu para ir até sua mesa buscar-lhe um livro. Era um livro chamado *Religio Medici*, aquela edição velha e surrada em que reparei várias vezes quando estive lá. Ela disse que era o livro preferido de seu pai e perguntou se já me havia dito isso alguma vez, e eu disse que sim, que achava que sim. Falei-lhe que achava que ela havia inclusive me mostrado o nome de seu pai nele certa vez, sim, sim.

— Tenho 100 anos — disse ela então — e gostaria de que o senhor fizesse algo por mim.

— O quê? — perguntei, pasmado por ela ter saído de seu estado de pânico, se é que era pânico, e estar com a voz firme outra vez, embora suas velhas feições estivessem queimando por conta das malditas assaduras. Ela parece ter pulado em uma fogueira e mergulhado o rosto no calor.

— Quero que o senhor entregue isso a meu menino — disse ela. — A meu filho.

— Seu filho? — perguntei. — E onde ele está, Roseanne?

— Não sei — disse ela, seus olhos abruptamente se turvando, ela quase desmaiando e, então, ela pareceu recobrar a clareza da mente. — Não sei. Nazaré.

— Nazaré é longe — disse eu, cedendo à sua vontade.

— Dr. Grene, o senhor faria isso?

— Faço, faço — respondi, com certeza absoluta de que eu não seria capaz, considerando o que sei pelo relato brusco de padre Gaunt em seu documento. E, de qualquer forma, havia todo um abismo temporal pelo meio. O filho de Roseanne já deve ser velho também, se estiver vivo. Talvez eu devesse ter perguntado *Você matou seu filho?* Talvez eu devesse ter perguntado isso a ela, se eu fosse louco para tanto. Não, não havia uma boa maneira de fazer uma pergunta dessas, mesmo profissionalmente. E, seja como for, ela não me dera resposta para nada, na verdade. Nada que pudesse mudar minha opinião acerca de seu estado, falando em termos médicos.

Ah, e de repente fiquei exausto, esgotado, como se tivesse sua idade, ou mais. Esgotado, porque eu não podia erguer Roseanne de volta à "vida". Eu não era capaz. Não conseguia nem ao menos erguer a mim mesmo.

— Acho que o senhor fará, sim — disse ela, olhando-me intensamente. — Pelo menos, espero que sim.

Então, de maneira um pouco incoerente, ela tirou o livro de minhas mãos e, depois, o colocou de volta entre elas, balançando a cabeça como se dissesse *Tenha certeza de que vai fazê-lo*.

Roseanne sobre si mesma

Parece que não estou bem, estou doente, mas preciso continuar com isto, porque estou chegando à parte que preciso lhe contar.

Caro leitor, Deus, dr. Grene, seja lá quem você possa ser.

Seja lá quem você for, eu lhe prometo meu amor outra vez.

Ser um anjo agora. Estou brincando.

Bater minhas asas pesadas no céu.

Talvez. Você acha?

Eu me lembro do clima terrível, assustador, sombrio de fevereiro, e dos piores, mais assustadores dias de minha vida.

Talvez eu estivesse de sete meses naquela época. Mas não sou capaz de afirmar isso com certeza.

Eu crescera tanto que meu velho casaco não escondia mais minha "condição" na mercearia de Strandhill, embora eu fosse lá apenas nas últimas horas dos dias úteis e, nesse sentido, o inverno era uma benção, escurecia às quatro da tarde.

Quando eu me olhava no espelho do armário, via um fantasma branco com rosto estranhamente alongado, como se o peso de minha barriga estivesse me puxando toda para baixo, como uma estátua derretendo. Meu umbigo despontava como um pequeno nariz, e os pelos abaixo da barriga pareciam ter crescido o dobro do tamanho.

Havia algo em mim, como há algo no rio quando o salmão chega a ele. Se ainda houvesse salmões no pobre Garravoge. Às vezes, falava-se do rio na mercearia, e de como ele estava assoreando por conta da guerra, porque portos e atracadouros no alto do rio estavam fechados enquanto o confronto durasse, e as dragas não puxavam mais os grandes baldes de lama e areia. Falava-se de submarinos em plena baía de Sligo, e da falta, da escassez de chá e da abundância de coisas esquisitas, como Beecham's Powders. Também devem ter mencionado a escassez de misericórdia. Quase não havia carros nas ruas, e minha choupana ficava silenciosa na maioria das noites, embora bicicletas e pedestres e charretes fizessem aquele caminho até o salão de dança. Alguém em Sligo conseguiu uma charabã e lá vinha ela, se arrastando pelas areias, com os farristas, como uma carroça desembestada de outro século. Do Plaza, emanavam alguns pontos de luz que poderiam servir de farol para aviões alemães no céu, como os que vi voltando de Belfast, mas nada recaía sobre as cabeças daqueles dançarinos, a não ser o tempo.

Eu era mera observadora daquilo tudo. Conjeturo qual seria minha fama naquela época, a mulher no casebre de aço corrugado, a mulher decaída, a bruxa, a criatura "no fundo do poço". Como se houvesse uma queda-d'água no fim do mundo daquelas pessoas, capaz de levar para longe uma mulher em sua correnteza, como um Niágara invisível e cotidiano. Um paredão de água fervente e névoa.

Um dia, uma bela mulher, vestindo um casaco de gola de arminho, olhou para mim enquanto passava. Aparentava ser muito rica, tinha botas pretas bem lustrosas e os cabelos castanhos em um penteado saído de horas e horas de cabeleireiro. Havia uma casa de muro alto do outro lado da estrada onde minha choupana ficava, e a mulher estava indo para lá, e lá havia som de festa, um gramofone tocando a música que Greta Garbo cantava. Pensei conhecer aquela mulher, então, de maneira inusitada, parei na rua, sem pensar, como se aqueles fossem outros tempos. Para meu espanto, quando olhei para os portões da casa, vi Jack McNulty, vestindo, como de costume, um casaco esplendoroso, mas, devo dizer, com um rosto sofrido e cansado. Ou talvez fosse assim que eu enxergava tudo naquela época. Pergunto-me se a mulher não seria aquela famosa Mai, a menina incrível de Galway com quem Jack se casara. Suponho que fosse. Ela era minha cunhada, acho — e era.

De repente, ela pareceu contrariada e zangada. Tenho certeza de que eu parecia uma visagem, com meu casaco esfarrapado, que nunca fora mesmo grandes coisas, e meus sapatos marrons, que viraram um tipo de tamanco, porque eu não tinha cadarços e eles precisavam de cadarços delicados e longos que a mercearia de Strandhill alegava não vender. Sim, talvez minhas canelas mostrassem que eu não estava usando meias, o que, sei, era um crime, assim como o estômago crescido sob meu casaco...

— Passamos muito dos limites aqui, hein? — disse ela, e foi tudo que disse. Ela entrou, então, pelos portões. Eu a acompanhei com os olhos e fiquei admirada pelas palavras, mas fiquei, também, me perguntando se ela havia falado aquilo com crueldade, desespero ou apenas como uma constatação. Eu não conseguia entender. O casal entrou junto na casa, sem olhar para trás, pois, imagino, Mai teria virado estátua de sal, como se mirasse Sodoma.

O tempo estava piorando, e eu ficava cada vez mais enjoada. Não era mais apenas o enjoo matinal, quando eu corria até o quintal de grama e urze nos fundos da casa e forçava o vômito em meio à ventania. Era outro tipo de enjoo, algo que parecia ferver em minhas pernas e doer em meu estômago. Eu estava tão pesada que começava a ficar difícil levantar de minha poltrona, e eu morria de medo de um dia ficar ali entalada, desamparada, e meu maior medo era pela criança. Eu conseguia, às vezes, ver pequenos joelhos e cotovelos me chutando sob pele, e quem gostaria de colocar em perigo algo assim? Eu não sabia com quantos meses estava, e me aterrorizava a possibilidade de começar a dar à luz meu bebê longe de alguém para me ajudar. Várias vezes desejei ter falado com Mai, ou chamado Jack, e não sei por que não o fiz, a não ser pelo fato de meu estado ser visível e claro para eles, e por eles não terem pensado em me ajudar. Eu sabia que aquelas mulheres selvagens nas planícies americanas iam sozinhas para a vegetação rasteira parir seus filhos, mas eu não queria que Strandhill fosse minha América, tampouco queria tentar algo tão solitário e perigoso. Enquanto a questão dizia respeito apenas a mim, aprendi certa estratégia de discrição e sobrevivência, mas agora eu vagava bem longe disso. Rezei a Deus para que me ajudasse, repeti milhares de vezes o Pai Nosso, não de joelhos, mas, dadas minhas necessidades, em minha poltrona. Eu sabia que devia fazer algo, não por mim, porque ficava claro que eu estava longe de qualquer ajuda ou solidariedade, mas pelo bebê.

Foi em algum momento daquele fevereiro que peguei a estrada para Sligo. Levei uma ou duas horas no banho. Na noite anterior, lavei meu vestido e tentei secá-lo por toda a noite diante do fraco fogo da lareira. Ainda estava um pouco úmido quando o vesti. Fiquei na frente do espelho e penteei meus cabelos com os dedos muitas e muitas vezes, porque, juro pela minha vida, eu não conseguia encontrar minha escova de jeito nenhum. Eu ainda tinha algum resquício de batom vermelho em uma embalagem remanescente, apenas um restinho para os lábios. Eu gostaria de ter pó de arroz para a pele, mas o máximo que pude fazer foi usar um pouco de gesso do emboço da lareira, feita de pedra, tirei uma lasca, amassei-a em minhas mãos e tentei passar na pele por igual. Eu estava prestes a ir à cidade e teria que ser, de algum modo, respeitável. Trabalhei sobre minha imagem como Michelangelo em seu teto. Não havia o que fazer por meu casaco, mas rasguei um pedaço de meu lençol e o usei como echarpe. Eu não tinha chapéu, mas também o vento estava tão forte que um chapéu não ficaria por muito tempo em minha cabeça. Então, saí, para além daquela colina, longe como eu não ia havia muito tempo, passando pelo prédio da Igreja da Irlanda em uma esquina, até chegar à estrada de Strandhill. Desejei ganhar uma carona na carga daqueles aviões alemães que eu tinha visto, porque a estrada se prolongava quase proibitiva adiante. A montanha subia à minha direita, e me perguntei se eu realmente já havia caminhado até lá tão facilmente, tão bem-disposta. Era como se tivessem se passado cem anos.

Não sei quantas foram as horas de caminhada, mas foi uma longa e penosa andança. O enjoo, no entanto, pareceu sair de meu corpo enquanto eu andava, como se não houvesse lugar para isso em tal estado de emergência. Comecei a ficar estranhamente alegre e esperançosa, como se minha missão fosse ser bem-sucedida no fim das contas. Comecei a dizer a mim mesma. *Ela vai me ajudar, claro que vai, ela também é mulher, e fui casada com seu filho.* E ainda estaria, se o casamento não tivesse sido rasurado em Roma. Pensei que, por mais que ela tivesse sido fria anos antes, quando apareci em seu bangalô pela primeira vez, sua ampla experiência do mundo a obrigaria a abandonar sua aversão e... e assim por diante.

Revolvendo-se e revirando-se em minha cabeça ficou esse pensamento, quilômetro após quilômetro, meus pés se arrastando, com aquele tipo de movimento espaçoso por conta de minha grande barriga, uma visão não muito bonita, pode ter certeza, e eu convencendo a mim mesma dessa certeza.

Caderno de anotações do dr. Grene

Agora temos uma data de demolição, e não está muito longe. Preciso ter isso em mente. Por algum motivo, é bem difícil imaginar que isso vá acontecer, ainda que por todo lado, no hospital, haja caixotes cheios de objetos a ser levados, que todos os dias vans e caminhões venham e levem essas tralhas embora, que resmas e mais resmas de correspondências e documentos sejam armazenadas, que dezenas de pacientes já tenham sido transferidos, que lugares tenham sido repentina e inesperadamente, do jeito louco como as coisas estão sendo feitas, encontrados para essa gente, até para meus pobres homens vestidos de preto, alguns até voltarão — quase escrevo "para junto dos vivos". Irão para um abrigo é a frase usada oficialmente, ao menos é uma frase humana, decente. É assim em minha avaliação. No fim, um pequeno grupo principal irá para as novas instalações. Ah, mas gostaria muitíssimo de chegar a alguma conclusão a respeito de Roseanne.

Bela carta de Percy Quinn, de Sligo, dizendo para que eu vá visitá-los quando quiser. Tenho que me organizar para isso. Ele foi tão amigável que, em minha resposta à sua carta, perguntei onde ficam guardados os registros sobre a antiga Força Policial Real Irlandesa em Sligo e se, caso os encontrasse, ele poderia fazer a gentileza de procurar por Joseph Clear. Os anos de guerra civil trouxeram tantas rupturas, tanta destruição, que não sei se esse tipo de registro obscuro sobreviveu ou se alguém se importou em protegê-lo caso tenha sido preservado. O exército *Free State*, na tentativa de detonar os irregulares das Quatro Cortes de Dublin, transformou em cinzas praticamente todos os registros civis, nascimentos, mortes, casamentos, entre outros documentos inestimáveis, exterminando os registros do próprio país a que queria dar nova vida, em uma literal queima de arquivo. Com armas dadas ou emprestadas, se bem me lembro, pelos ingleses, que tentavam sem dúvida ajudar o novo governo, com aquela simpatia e aquele coração enorme característicos dos britânicos, o que se contrapõe a seu instinto assassino concomitante. Não que eu tenha dito essas coisas a Percy. Quando respondi à sua carta, lembrei de repente que ele tinha estado no tal congresso em Bundoran, mas ele obviamente não comentou nada sobre isso, e eu certamente também não.

Ontem à tarde, voltando mais cedo e cansado, fui acredito que sem medo ao quarto de Bet. Creio ter passado da fase da culpa e da autorrecriminação. Enfim, depois de tudo dito e feito, estou sozinho, e nossa história terminou. Deitei na cama de Bet, tentando me aproximar dela. Senti o cheiro, agora fraco, de seu perfume, Eau de Rochas, que eu costumava procurar nas lojas que vendem produtos sem impostos nos aeroportos, quando ainda havia esse tipo de coisa. Senti-me antes leve e estranho, não infeliz. Eu estava desejando que a ausência de Bet fosse como algum tipo bizarro de conforto às avessas. Por apenas alguns minutos, senti que eu era ela, deitada lá, e que eu, o verdadeiro outro eu, estava lá embaixo, no antigo quarto, e me perguntei o que eu pensaria de mim. Um homem inadequado, traidor, incapaz de afeto? Uma presença estranhamente necessária, mesmo separada por um chão e um teto? Eu não sabia. Mesmo sendo Bet, eu não conhecia Bet. Mas, ainda que apenas por alguns minutos, tive um pouco de sua força, seu encanto, sua integridade. Que sentimento maravilhoso.

Meus olhos caíram sobre sua seleção de livros sobre rosas, e peguei um e comecei a ler. Tenho que dizer que ele era muito interessante, até poético. Levantei-me, então, e, com cuidado, coloquei as mãos em cada extremo da coleção e a levantei toda de uma vez, empilhando os livros com as capas voltadas para baixo, para que eu pudesse descê-los pelas escadas, como pilhagem, como algo roubado. Deitei em minha cama e continuei a ler noite a dentro. Era como se eu lesse uma carta de Bet, ou tivesse o privilégio de chegar a um assunto que revestia seus pensamentos como papel de parede. *Rosa Gallica*, uma florzinha simples que se pode ver retratada como *Rosa Mundi* em entalhes de construções medievais, foi a primeira. Por fim, estão as rosas híbridas de chá, imensas, que em jardins mais parecem saias de bailarinas, cheias de babados. Que criaturas somos nós, transformando, ao longo dos séculos, um florescer simples em tal rosa e fazendo os animais sarnentos e fuçadores de lixo que rondavam nossos encontros em torno de fogueiras virarem poodles e borzóis. Essa coisa, essa coisa primeva, nunca nos deixará: estamos sempre elaborando, melhorando, poetizando. "Um paliativo à brevidade de nossas vidas", imagino, como escreveu Thomas Browne no livro que Roseanne me entregou para levar a seu filho. Entre o *Religio Medici* e *Roses*, da Sociedade Real de Horticultura, montei um tipo de morada. E, de repente, a necessidade e o desejo de Bet saber tanto sobre rosas me encheram de felicidade e orgulho. E, por mais curioso que seja, o sentimento não se desdobrou depois em pesar e culpa. Não, ele abriu portas e mais portas, rosa após rosa, para mais felicidade. Aquele não foi apenas o melhor dia desde que Bet morreu, mas um dos melhores dias de minha vida. Era como se ela tivesse deixado pingar do paraíso um pouco de sua essência para me ajudar. Fiquei-lhe terrivelmente grato.

Ah, e me esqueci de dizer (mas com quem estou falando?), quando coloquei cuidadosamente de lado o livro de Roseanne para que eu pudesse me concentrar nos de Bet, uma carta quase caiu de entre as páginas. Era uma carta bem curiosa, e o envelope parecia nunca ter sido aberto, a não ser que a umidade do quarto de Roseanne o tenha colado outra vez. Além do mais, o carimbo do correio era de maio de 1987, mais de vinte anos atrás. Então, eu não soube o que fazer daquilo, ou com aquilo. Meu pai sempre me ensinou que a correspondência é, de alguma forma, algo sagrado, e que não é apenas um crime abrir cartas alheias, como acredito que seja, mas também uma séria falha moral. Temo estar violentamente tentado a essa falha moral. Por outro lado, talvez eu deva devolver a carta. Ou queimá-la. Não, isso não. Ou deixá-la de lado?

Roseanne sobre si mesma

Os recantos da cidade me receberam friamente. Imagino que eu tivesse uma aparência bem selvagem, como se soprada do pântano. Uma menininha sentada à janela de uma casa junto com sua boneca, presa lá dentro por conta da tempestade, acenou para mim, com a piedade das menininhas. Fiquei agradecida por não ter que ir ao centro da cidade. O calçamento duro parecia dar pancadas em meu estômago, mas me mantive firme como um soldado. E cheguei à porta do bangalô da sra. McNulty.

O jardim do Velho Tom estava com uma contida beleza. Eu podia ver todos os canteiros para plantas e flores em botão tentando despontar, com bambus protegendo-os do vento. Em algumas semanas, certamente seria um espetáculo. No canto do terreno, havia um homem cavando, que não reconheci e poderia muito bem ser o Velho Tom. De capa e chapéu de chuva, cavava imperturbável, apesar das rajadas em turbilhão e da chuva de granizo. Pensei em ir até ele, mas eu não sabia quem era meu inimigo ali. Ou pensei, pelo olhar gélido de Jack no portão do outro lado da rua de meu casebre, que todos eram inimigos. Decidi não me aproximar. E tentar a sorte na porta da casa. Lembro que, naquele momento, parecia que as paredes de meu estômago eram uma corda bamba em que se balançavam equilibristas.

Imagino que eu estivesse enlameada e molhada, imagino que eu estivesse. Todos os meus esforços para garantir uma boa aparência tinham, sem dúvida, se desfeito pelo caminho. Eu não tinha espelho para me olhar, a não ser as vidraças escuras das janelas de cada lado da sala, e quando olhei para elas vi apenas um zumbi de cabelo grotesco. Aquilo não ia me ajudar. Mas o que eu poderia fazer? Voltar por todo o caminho que eu havia feito, silenciosa, derrotada? Eu estava em pânico, morrendo de medo daquela casa, mas tinha ainda mais medo do que poderia acontecer se eu não tocasse a campainha.

Sento-me aqui, seca e velha, com canelas empoladas, escrevendo isso. Não é como se fosse há muito tempo, não é como uma história, não é como se estivesse pronto e acabado. Está para ser feito. É algo como os portões de são Pedro, bater nos portões, pedindo para entrar no paraíso, e, em meu pesado coração, sabendo, tantos pecados, tantos pecados. Mas, talvez, misericórdia!

Toquei a campainha baquelita. Não houve barulho, mas, ao soltá-la, ouvi seu som petulante na entrada. Por um longo tempo, nada aconteceu. Eu conseguia ouvir minha própria respiração, inquieta, no alpendre. Pensei ouvir o pulso de meu coração. Pensei ouvir as batidas do coração de meu filho tentando me animar. Apertei aquele botão rotundo de novo. Não poderia ser outra pessoa ali, tocando, o entregador do açougueiro, um caixeiro-viajante, em vez daquela criatura embaraçosa e arquejante? Vi a sra. McNulty ao longe, sua limpeza, seu rosto alvo como a pétala da lunária, a flor da honestidade, e, assim que a vi, ouvi um barulho do outro lado da porta, que foi aberta, e lá estava ela.

A sra. McNulty me olhou. Não sei se me reconheceu à primeira vista. Talvez tenha pensado que eu era uma mendiga, ou uma funileira, ou ainda alguém fugido do hospício onde ela trabalhava. De fato, eu era uma espécie de mendiga, pedindo, implorando para que outra mulher entendesse minha condição. Desamparada, desamparada foi a palavra que veio à minha cabeça.

— O que você quer? — perguntou a sra. McNulty, compreendendo melhor a situação, reconhecendo-me enfim, a mulher indesejável com quem seu filho se casou e não se casou. Acho que ela havia conspirado contra mim anos antes, mas aquilo não me preocupava naquele momento. Eu não sabia de quantas semanas estava. Eu quase tinha medo de dar à luz a criança ali mesmo, na soleira da porta da sra. McNulty. Talvez tivesse sido melhor para o bebê se isso tivesse acontecido.

Eu não sabia o que dizer a ela. Eu nunca havia conhecido alguém em minha situação. Nem sabia ao certo qual era minha situação. Eu precisava, precisava desesperadamente que alguém...

— O que você quer? — repetiu a sra. McNulty, intencionando fechar a porta se eu não falasse.

— Estou com problemas — respondi.

— Estou vendo, criança.

Tentei encará-la. Criança. Aquilo soava, ali no alpendre, com a força de uma bela palavra.

— Estou com sérios problemas — disse eu.

— Você não tem mais nada a ver conosco — disse ela. — Nada.

— Sei disso. Mas não tenho nenhum lugar para onde ir. Nenhum lugar.

— Nada, nenhum lugar.

— Sra. McNulty, imploro por sua ajuda.

— Não há nada que eu possa fazer. O que eu poderia fazer por você? Você me assusta.

Subitamente, aquilo me fez hesitar. Eu não havia considerado aquilo. Eu a assustava.

— Não se assuste, sra. McNulty. Preciso de ajuda. Eu estou, estou...

Eu tentava dizer "grávida", mas aquela não parecia uma palavra que poderia ser dita. Eu sabia que, aos ouvidos da sra. McNulty, se eu dissesse a palavra, seria sinônimo de "vagabunda", "prostituta". Ela ouviria o eco dessas palavras na palavra "grávida". Era como se houvesse madeira em minha boca. Uma rajada de vento bateu mais forte em minhas costas, tentando me empurrar em direção à porta. Acho que a senhora McNulty pensou que eu estava tentando entrar à força. Mas eu estava com as pernas tão fracas de repente, que achei que ia desabar.

— Sei que a senhora teve seus próprios problemas no passado — comecei, tentando desesperadamente lembrar o que Jack havia dito no Plaza. Mas teria ele dito algo? O que quer que você diga, não diga nada.

— Vicissitudes, Jack disse. Há muito, muito tempo.

— Não! — gritou ela. E depois gritou: — Tom!

Em seguida, ela murmurou, tão sofrida quanto um passarinho machucado:

— O que ele lhe disse? O que Jack lhe disse?

— Nada. Vicissitudes.

— Fofoca imunda — disse ela. — É isso o que é.

Não sei como o Velho Tom a ouviu, talvez por ter convivido tanto tempo com aquela voz, mas em poucos instantes ele estava perto de casa, com capa e chapéu, parecendo um marinheiro quase afogado.

— Jesus, Maria e José — exclamou ele. — Roseanne.

— Você tem que a mandar embora — disse a sra. McNulty.

— Vamos, Roseanne — disse o Velho Tom. — Volte para fora do portão.

Fiz, obediente, o que ele me pediu. A voz dele era amigável. Ele acenava positivamente com a cabeça e me conduziu para fora.

— Vá, vá — disse ele. — Vá. — Como se eu fosse uma cabeça de gado do lado errado do pasto. — Vá.

Então, eu estava do lado de fora, na calçada, outra vez. O vento corria pela rua como uma fila invisível de caminhões, ribombante, cortante.

— Vá — disse o Velho Tom.

— Para onde? — perguntei, com o maior dos desesperos.

— De volta — disse ele. — De volta.

— Preciso de ajuda.

— Não há ninguém para ajudar você.

— Peça a Tom que me ajude, por favor.

— Tom não pode ajudar você, garota. Tom vai se casar. Sabia? Tom não pode ajudar você.

Casar? Meu Deus.

— Mas e o que eu vou fazer?

— Volte pela estrada — disse ele. — Vá, vá.

Não caminhei de volta pela estrada por ele ter me dito isso, mas porque eu não tinha outra opção.

Meu pensamento foi de que, se eu alcançasse outra vez minha choupana, eu poderia me secar e descansar, e pensar em outro plano. Apenas sair da chuva, do vento, e ser capaz de pensar.

Tom se casando de novo. Não, de novo não. Pela primeira vez.

Se ele estivesse em minha frente, eu o teria matado com qualquer coisa ao alcance de minhas mãos. Eu arrancaria uma pedra de um muro, um pedaço de pau de uma cerca, e o teria espancado e matado.

Por ter, com amor, me levado àquele perigo miserável.

Acho que eu não estava caminhando naquele momento, mas tentando me manter de pé, seguir adiante. A menininha ainda estava atrás da vidraça quando passei, ainda com sua boneca, ainda esperando a chuva passar para que ela pudesse sair e brincar. Dessa vez, por algum motivo, ela não acenou.

Dizem que viemos dos macacos, e talvez seja o lado animal remanescente em nós que saiba coisas que lá no fundo quase não percebíamos saber. Havia algo, um mecanismo, um relógio começando a se mexer dentro de mim, e todo o meu instinto foi acelerar os passos, acelerar os passos, e encontrar um abrigo qualquer, um lugar tranquilo, onde eu pudesse tentar entender aquele mecanismo. Havia alguma urgência naquilo, e um cheiro, um ruído estranho saiu de mim, e foi levado pelo vento. Eu estava na estrada de macadame para Strandhill, campos verdes e muros de pedra a minha volta, e a chuva, visível, batendo no chão, lançando-se com certa raiva. Era como se houvesse música em minha barriga, uma música forte e ritmada, o "Black Bottom Stomp", levado ao extremo, o pianista indo à loucura.

A estrada fez uma curva leve, e então a baía se mostrou lá embaixo. Quem eu tinha para me ajudar? Ninguém. Onde era o mundo? Como eu tinha conseguido viver no mundo sem ninguém? Como os vizinhos das poucas casas próximas não vieram me socorrer, não correram para me levar a suas casas, para me apoiar em seus braços? Fui inundada por uma sensação brutal de que eu importava tão pouco para o mundo que não deveria ser ajudada, que os padres e as mulheres e os homens promulgaram um édito declarando que eu não deveria ser ajudada, eu deveria ser deixada ao léu, exatamente como eu estava, um animal errante, abandonado.

Talvez tenha sido naquele momento que uma parte minha saiu de mim, algo escapou de meu cérebro, não sei.

Refúgio. Um ser desamparado busca refúgio. A lareira estava coberta de cinzas em meu casebre, e seria necessário apenas bater as cinzas do carvão e colocar mais um pouco de carvão seco, e, então, eu teria um fogo decente. Eu poderia tirar meu casaco velho, meu vestido, minha combinação e meus sapatos e me secar triunfante na sala seca, rindo, vitoriosa, tendo vencido as tempestades e as famílias. Eu tinha um pouco de ensopado em uma panela, eu comeria e, depois, seca e alimentada, deitaria olhando Knocknarea, a pobre e velha rainha Maeve lá em cima, em sua cama de pedra, talvez sentindo o pior da tempestade, tão no alto estava, e eu olharia minha barriga, como eu gostava de fazer, e veria os cotovelos e joelhos despontando e desaparecendo quando meu bebê se alongava e se remexia. Eu tinha cerca de 10 quilômetros pela frente antes de chegar à tão almejada segurança. Pude ver que, se eu cortasse caminho pela praia, como os automóveis faziam na maré baixa, eu economizaria 3 bons quilômetros de minha jornada. Mesmo em toda a minha aflição, pude notar que a maré estava na vazante máxima, embora fosse difícil ter essa noção com os exércitos e legiões de chuva que açoitavam a praia. Então, cortei caminho descendo da estrada por um íngreme atalho, sem me importar muito com as pedras irregulares, satisfeita por, em minha cabeça, diminuir a caminhada, e, de fato, meus pés e minhas pernas estavam tão entorpecidos que acho que eu não sentia mais dor alguma. A dor estava toda em minha barriga, a dor estava toda em redor de minha criança, e eu estava assustadoramente ansiosa para me adiantar no caminho.

Era um momento bonito, mas a beleza acabou.

Na areia, tudo era como um baile, como se o próprio Plaza tivesse se expandido para ocupar toda a baía de Sligo. A chuva era como imensas saias, rodopiando e subindo, com pilares pulsantes de pernas que desaguavam, todo o litoral e o mar entre Strandhill e Rosses embaçados por um milhão de pinceladas de cinza e cinza. Naquele momento, pensei que não tinha sido muito sensato pegar o caminho pela praia, ou ao menos eu tinha sido amaldiçoada por uma mudança nas engrenagens do clima, a tempestade se avolumando e bramindo infinitamente, rasgando-se furiosa sobre mim e meu estômago, minha pequena criatura com cotovelos e joelhos.

Comecei então a patinhar sobre rasas poças-d'água e percebi que eu não estava no rumo certo. A faixa de areia do caminho que os carros preferiam pegar quando saíam do baile estava mais alta que de costume, e, em uma noite de verão, estava seca. Tive medo de estar seguindo para o canal do Garravoge, um desastre inimaginável, e, naquele momento, eu não sabia por que caminho retornar. Onde estava a montanha? Onde estava a inclinação de terra? Onde estava Strandhill e onde estava a ilha Coney?

De repente, diante de mim, avultou um monstro — não, não era um monstro, eram pedras esculpidas em cone, era um dos postes de amarração, dispostos alinhadamente para mostrar o caminho da ilha e os bancos de areia, os últimos a serem cobertos quando a maré subisse. Algo que estava começando a acontecer, eu sabia, porque pude ouvir, por entre o estrondo da tempestade, outro som galopante, o do mar, como se corresse ansioso, para tomar os espaços vazios em seus braços. Mas alcancei o poste de amarração e segurei suas pedras por algum tempo tentando me acalmar, ao menos encontrar aquele poste me deu um mínimo de coragem. Exceto se eu tivesse me perdido completamente, julguei que o rio deveria estar à minha direita, e Strandhill em algum lugar à esquerda. No topo do cone de pedra, havia uma seta metálica, indicando a ilha.

Assustador, por entre a tempestade, o Metal Man estaria sobre seu pedestal, apontando o alto-mar, apontando e apontando. Ele não teria tempo de ajudar gente como eu.

Eu sabia que tinha que prosseguir, se eu ficasse onde estava, a maré simplesmente subiria, cobriria a areia a meus pés e, devagar, devagar, subiria até o cone de pedra. Eu não ousaria voltar em direção à costa, onde já deveria estar alagado. Mas, na maré alta, todas as pilastras de pedra ficavam cobertas, e eu não estaria a salvo ali. Eu estaria no reino de correntes e peixes. Deixei o poste de amarração para trás e segui o caminho indicado pela seta, e andei em direção à tempestade, rezando para conseguir manter uma linha reta naquela bússola e chegar a Coney.

Um feixe de raivosa luz azul cortou o temporal, como a fatia de um bolo louco, e, de repente, vi a grande proa do Ben Bulben agigantar-se, como um navio prestes a me atropelar. Não, não, ele estava a quilômetros de distância. Mas estava também onde eu acreditava que ele estivesse, e então consegui chegar ao próximo poste de amarração. Oh, mandei todo o meu amor ao Metal Man como gratidão. Agora eu mal podia ver, mas via bem o suficiente para avistar, adiante, o relevo da ilha Coney. Avancei penosamente naquela direção. No caminho para o largo cone de pedra seguinte, senti uma torrente de água vindo de mim e brevemente aquecendo minhas pernas. Com mais uma centena de dolorosos passos largos, cheguei às primeiras rochas e às algas negras e consegui subir no caminho inclinado. Se a tempestade não tivesse dado uma trégua, não sei o que eu teria feito, a não ser me afogar no mar que avançava. Porque logo o tempo fechou outra vez à minha volta, como uma câmara profundamente louca, paredes de água e teto de fogo estrepitante era o que parecia, e deitei em um ninho de pedras, ofegante e desfalecida.

Acordei. O temporal ainda rugia a meu redor. Eu mal sabia quem eu era. Lembro-me de procurar até mesmo palavras em minha mente. Em meu sono, ou fosse lá qual fosse meu estado, apoiei minhas costas em uma pedra cheia de musgo, não sei por quê. A tempestade uivava, com imensas trombas-d'água. Eu me deitava tão imóvel que tive o louco pensamento de estar morta. Mas estava longe de ter morrido. De tempos em tempos, não sei se minutos ou horas, algo se apossava de mim, como se eu estivesse sendo espremida da cabeça aos pés. Era tão doloroso que parecia ter ultrapassado a dor, não encontro outra forma de descrever. Esforcei-me para ficar de cócoras, não exatamente por decisão minha, mas como se respondesse a um desejo desconhecido.

Olhando nervosamente para longe, pensei ver uma pessoa de pé, além das cascatas de chuva, observando-me. Então, a tempestade pareceu apagar a imagem. Gritei para quem quer que fosse, berrei e berrei. Então, outra onda de dor me acometeu, como se alguém tivesse partido minha coluna com um machado. Quem me olhava na chuva? Não alguém que se aproximaria para ajudar. Passaram-se mais horas. Senti que a maré vazava outra vez, afastando-se da ilha, senti isso em minhas veias. A tempestade vinha queimando dos céus. Ou talvez eu é que estivesse em chamas em meio a toda aquela umidade. Meu estômago parecia um forno, tomado de fogo. Não, não, não podia ser. O tempo dos relógios humanos se fora, a vinda e a ida da dor marcavam o compasso do tempo. As dores estavam mais próximas agora? Menos tempo entre elas? Teria a noite caído secretamente para obscurecer o temporal? Eu estava cega? Então, houve rapidez, chegada, sangue. Olhei entre minhas pernas. Senti meus braços se alongarem como asas, prontos a pegar algo que caía dos céus. Mas aquilo não tinha caído do céu, caíra de mim. Meu sangue caía no musgo ensopado, e gritei a Deus para que me ajudasse, para que ajudasse Seu animal, que se debatia. A voz de meu sangue gritou. Não, não, era apenas loucura, loucura. Entre minhas pernas, havia apenas brasa, um anel de carvão queimando tão em brasa que nada viveria se passasse por ali. Naquele segundo de loucura, surgiu a coroa de uma cabecinha, e, no momento seguinte, um ombro, pele manchada de sangue. Havia um rosto, havia um peito, havia uma barriga e duas pernas e mesmo a tempestade parecia soprar seu fôlego em silêncio, havia silêncio, olhei, tomei a pequena criatura em meus braços, estava ligada a um cordão de cor vívida, levantei o bebê até meu rosto e, de novo sem refletir, mordi o cordão, a tempestade continuava a avolumar-se e uivar e uivar, e também minha criança se avolumara, parecendo se formar no açoite do escuro, reunindo seu primeiro diamante de ar, e soltou um pequeno uivo, chamando, minúscula, pela ilha, por Sligo e por mim, por mim.

Quando acordei de novo, a tempestade havia passado, como um vestido velho sendo jogado fora do armário Sligo. Onde estava a pequena criatura? Havia o sangue e a pele e o cordão e a placenta. Comecei por meus pés. Eu mesma estava tonta e fraca como um potro recém-nascido. Onde estava meu bebê? Um sentimento brutal de pânico e perda desaguou sobre mim. Procurei à minha volta com o anseio desvairado e causticante de qualquer mãe, animal ou humana. Afastei os ramos mais baixos de arbustos e urzes, busquei à minha volta, em círculos. Gritei por socorro. O céu estava amplo e azul até o paraíso.

Havia quanto tempo a tempestade tinha passado? Eu não sabia.

Caí para trás, batendo o quadril na pedra. Ainda havia um fio de sangue descendo continuamente de mim, sangue escuro, quente e escuro. Deitei ali, encarando o mundo, como uma mulher que levou um tiro na cabeça, a pacífica praia, seus passarinhos de bico longo inclinando-se e bicando a faixa de areia que fora tomada pela maré alta. *Por favor, me ajudem*, continuei dizendo, mas parecia não haver ninguém a me escutar, a não ser aqueles passarinhos. Não havia casas na ilha, escondidas aqui e ali por conta do vento? Não poderia alguém vir para me ajudar a encontrar meu bebê? Não poderia vir alguém?

Enquanto eu estava deitada ali, uma sensação estranha e dolorosamente penetrante passou por meu peito, era o leite vindo, pensei. Eu tinha o leite, pronto. Onde, onde estava meu filho para bebê-lo?

Então, lá embaixo, na estrada sinuosa que ia dar na praia, uma caminhonete branca. Concluí, imediatamente, que era uma ambulância, porque, mesmo tão ao longe, eu conseguia ouvir sua sirene cruzar o silêncio. A ambulância chegou à praia e continuou seu caminho, vagando, exatamente como eu fizera, na tempestade, de cone em cone de pedra. Levantei-me e acenei como o náufrago faz quando, enfim, avista ao longe o navio de resgate. Mas não era eu quem precisava de resgate, era aquela pequena criatura que desaparecera do espaço que deveria ocupar. Quando os homens chegaram até mim com a maca, pedi que me dissessem onde estava meu bebê, implorei.

— Não sabemos, senhora — disse um, muito educado. — O que a senhora está fazendo tendo um bebê em Coney? Com certeza, esse não é o lugar para se ter um bebê.

— Mas onde ele está, onde está meu bebê?

— Se a maré estava alta, senhora, deve tê-lo levado, Deus, o guarde.

— Não, não, ele estava em meus braços, dormindo, ele estava perto de mim, quentinho. Eu sabia que junto a mim ele ficaria aquecido. Olhe, ele estava aqui, em meu peito, olhe, estou com a camisa desabotoada, ele estava aquecido e a salvo.

— Tudo bem — disse outro dos homens. — Tudo bem. Acalme-se. Ainda há sangramento — disse ele a seu colega —, precisamos tentar estancá-lo.

— Talvez não seja possível — disse o outro.

— Vamos levá-la depressa para Sligo.

E me carregaram para os fundos da ambulância. Mas estaríamos abandonando meu filho? Eu não sabia. Arranhei a porta com as unhas quando ela se fechou.

— Procurem em todos os lugares — implorei. — Tem uma criança ali. Tem.

Ah, e quando eles deram a partida, foi como cair de vários andares de altura, desmaiei.

Agora, começo a encontrar dificuldades. Agora, os caminhos parecem seguir dois rumos atrás da floresta, e a floresta está tão imersa na neve que há apenas o branco.

Alguém pegou meu filho. A ambulância me levou ao hospital. Sei que sangrei por dentro durante dias e que não esperavam que eu sobrevivesse. Disso eu me lembro. Sei que me operaram, porque sei que parei de sangrar e vivi. Lembro padre Gaunt vindo a meu quarto e dizendo que cuidariam de mim, que ele sabia onde me colocar para minha própria segurança, e que eu gostaria do lugar, e que eu não tinha que me preocupar com nada. Perguntei muitas vezes por meu bebê, e, em cada uma das vezes, ele apenas dizia a palavra "Nazaré". Eu não sabia o que ele queria dizer com aquilo, eu estava tão fraca que creio ter feito o que um prisioneiro faz com seu carcereiro, procurei ajuda em padre Gaunt. Devo ter lhe pedido que me ajudasse. Certamente, chorei um bom bocado e tenho até lembrança de ele me abraçar enquanto eu chorava. Haveria mais alguém ali? Não consigo lembrar. Logo, vi as duas torres do asilo agigantando-se para mim e fui expurgada para o inferno.

Gritei que queria ver minha mãe, mas disseram *Você não pode vê-la, ninguém pode vê-la, ela está além do olhar.*

Agora, a memória falha. Sim. Estremece, como um motor que tenta pegar ao virar da chave, mas morre. Bum, bum, bum. Ah, serão o Velho Tom e a sra. McNulty ali no escuro, em um cômodo sombrio, devem ser, e também eu ali, e estarão eles tirando minhas medidas com suas fitas métricas para uma veste de hospício, sem dizer nada além das medidas, o busto, a cintura, o quadril? Como eles mediram todos os outros internos assim que chegaram, para fazer suas vestes, e todos os internos prestes a saírem, para fazer suas mortalhas?

Agora, a memória para. Totalmente ausente. Nem sequer me lembro de sofrimento, miséria. Não há nada. Lembro-me de Eneas vindo, com seu uniforme do Exército, certa noite, jogando charme para as enfermeiras para poder me ver. Ele estava vestindo um uniforme de major naquele dia, e eu sabia que ele era apenas soldado raso, mas ele confessou ter pegado emprestado o uniforme de seu irmão, Jack, e ele ficava muito bem naquele uniforme, com as dragonas. Eneas disse para eu me vestir rápido, porque ele estava com meu bebê lá fora e iria me libertar. Fugiríamos juntos para outras terras. Eu não tinha outra roupa para colocar senão os farrapos com que estava vestida ao chegar, eu sabia que estava imunda e cheia de piolhos, havia sangue seco por toda a minha pele, e corremos pelos corredores escuros, Eneas e eu, ele abriu as grandes portas do asilo, e passamos pelas velhas torres lá fora, e pelo cascalho, eu sem me importar nem um pouco com as pedras afiadas, e ele levantou o bebê do grande carrinho em que estava, à nossa espera, era um menino lindo, e Eneas pegou o embrulho nos braços e me acompanhou pelo gramado, meus pés sangrando, tivemos que cruzar um pequeno rio de águas frescas ao pé de uma encosta. Eneas passou pelo riacho e caminhou até um belo prado verdejante com grama alta. A lua salpicava a água do rio, minha velha coruja estava chamando, e, quando entrei no rio, minha roupa se dissolveu, e a água lavou meu corpo. Saí na outra margem, agitada, e Eneas me olhou, sei, no fundo de meu coração, que eu estava bonita outra vez, ele me entregou meu bebê, e senti o leite vir em meu peito. E Eneas e eu e nosso filho ficamos lá, na relva, à luz da lua, e havia uma fileira de enormes árvores verdes balançando suavemente com a brisa tépida do verão. E Eneas tirou seu uniforme inútil, era o calor, e ficamos ali, tão satisfeitos quanto se pode ficar, e éramos os primeiros e os últimos seres da face da Terra.

Uma memória tão clara, tão linda, tão além das possibilidades.

Sei disso.

Minha mente é clara como vidro.

Se você está lendo isso, então os ratos, os cupins e os besouros devem ter poupado estas anotações.

O que mais posso contar a você? No passado, vivi entre os humanos, achei-os cruéis e frios, de maneira geral, mas ainda posso nomear três ou quatro que eram como anjos.

Acho que medimos a importância de nossos dias pelos poucos anjos que percebemos entre nós, apesar de não sermos como eles.

Se, diante disso, nosso sofrimento é grande, ainda assim, ao fim do dia, a dádiva da vida é imensa. Algo maior que as velhas montanhas de Sligo, algo difícil, mas estranhamente luminoso, que faz com que martelos e plumas sejam iguais em sua queda.

Algo que, como o impulso da velha senhora para cuidar de um jardim, com uma rosa fraca e um narciso a desfolhar-se, sugere o advento do paraíso.

Tudo o que sobrou em mim hoje é um rumor da beleza.

CAPÍTULO XXI

Caderno de anotações do dr. Grene

Bem, finalmente encontrei um tempo no meio de toda essa preparação para deixar o hospital e fiz minha viagem a Sligo. Uma viagem curta, sério, embora há anos eu não vá até lá. Era um belo dia de primavera. Ainda assim, mesmo em um dia daqueles, o Hospital Psiquiátrico de Sligo parecia muito sombrio, com suas duas desesperançosas torres. O prédio é grande. Na linguagem diária, é chamado de Hotel Leitrim, como Roseanne certa vez me explicou, porque se diz que metade de Leitrim está lá. Mas com certeza esse é apenas um preconceito regional.

Considerando meu tratamento tão amigável a Percy Quinn, acho estranho que não tenhamos mantido contato, apesar dos poucos quilômetros entre nós. Algumas amizades, porém, mesmo as intensas e interessantes, parecem durar pouco e não poder se prolongar. Seja como for, Percy, com seu cabelo ralo, um tanto acima do peso, algo de que eu não me lembrava, foi excessivamente cordial quando entrei em seu escritório, que fica em uma das torres. Não conheço bem sua reputação, se ele é progressista ou não, ou em que medida ele se senta e deixa as coisas tomarem seu rumo, como temo que eu tenha feito muitas vezes, creio. Não que eu vá confessar essa culpa em outro lugar a não ser aqui, mas estou certo de que são Pedro tomou notas contra mim.

— Senti muito ao saber de sua perda — disse Percy. — Eu pretendia ir ao velório, mas naquele dia não pude.

— Oh, não se preocupe, tudo bem — disse-lhe eu. — Obrigado. — Então, fiquei sem saber o que dizer. — Foi tudo bem.

— Acho que não conheci sua mulher, não é?

— Não, não, tenho certeza de que não conheceu. Foi depois de sua época.

— Mas, enfim, você está procurando alguma coisa?

— Bem, na verdade, tenho tentado avaliar a paciente sobre a qual lhe escrevi, Roseanne Clear, por vários motivos, e, como ela não é muito acessível, tenho tentado outras vias, dando voltas, como você vê.

— Pesquisei um pouco para você — disse ele. — Descobri algumas coisas. Na verdade, o caso começou a me intrigar. Acredito que todos tenham mistérios em suas vidas. Olhe, vou ligar para Maggie e pedir que nos traga chá, o que acha?

— Não, estou bem — disse eu. — Por mim, não há necessidade. Talvez para você?

— Não, não — respondeu, animado. — O primeiro fato que pode interessar a você é que *ainda há* registros da antiga Força Policial Real Irlandesa. Eles estavam na prefeitura, acredita? O nome que você me passou era Joseph Clear, não? E, sim, havia registros desse nome, por volta de 1910, 1920, acho que era isso.

Fiquei desapontado, devo confessar. Achei que a negativa de Roseanne ao fato fosse se comprovar. Mas aí estava.

— Creio que seja o mesmo homem — disse Percy.

— Não é um nome muito comum.

— Não. E, então, olhei outra vez para o que tínhamos por trás do relato tão singular do tal padre Gaunt, que reli. Você estava preocupado com o fato de ela ter matado a criança, não foi?

— Bem, não exatamente preocupado. Tentando estabelecer a verdade, porque Roseanne nega o fato.

— É? Interessante. O que ela diz a respeito?

— Perguntei o que aconteceu com o bebê, porque o padre o havia mencionado e sem dúvida esse seria o principal motivo de ela ter sido mandada para cá, e ela disse que a criança estava em Nazaré, o que não fez o menor sentido.

— Bem, acho que sei o que ela está querendo dizer. O orfanato de Sligo era chamado Casa de Nazaré. Não há mais órfãos, hoje é mais um asilo de idosos, mas posso tentar falar com o pessoal de lá, se houver oportunidade, em vez de... Você sabe.

— Ah, sim, bem, acho que faz sentido.

— Sim, faz. E tenho que dizer que foi algo muito injusto, ilícito até, da parte de padre Gaunt, sugerir que algo tão terrível tenha acontecido se ele sabia que não era verdade. Busco em minha mente alguma interpretação para as palavras dele. Posso concluir apenas que ele quisesse dizer que o bebê foi morto espiritualmente. Porque, claro, naquela época, julgava-se que o filho bastardo carregava consigo o pecado de sua mãe. Talvez tenha sido isso que nosso ousado clérigo tenha querido dizer. Sejamos generosos com o passado. Isto é, se descobrirmos que ela não matou mesmo a criança, claro.

— Você acha que eu posso ir à Casa de Nazaré perguntar se eles têm registros?

— Bem, acho que sim. Eram muito fechados acerca desses assuntos, claro, a não ser que você soubesse como comprar a informação. Estou certo de que o instinto deles ainda é o do segredo, mas, como muitas dessas instituições, eles têm sido acusados recentemente de uma coisa ou outra. Há muitas Casas de Nazaré, e algumas delas receberam acusações de crueldades terríveis no passado. Então, pode ser que você os encontre mais solícitos que espera. E estão acostumados a lidar comigo. São sempre de grande ajuda. Freiras, claro. Eram originalmente de uma ordem mendicante, um conceito realmente nobre.

Então, ele não disse nada por alguns instantes. Estava "meditando", como falava Bet.

— Havia outra coisa — continuou. — Em nome da abertura de informações, tenho algo a lhe contar. Infelizmente, faz parte de nossos registros confidenciais. Investigações internas, sabe?, esse tipo de coisa.

— Ah, sim? — disse eu, cautelosamente.

— Sim. E diz respeito à sua paciente. Havia um homem aqui chamado Sean Keane, um plantonista, ele mesmo, aparentemente, com uns parafusos soltos, para usar um pouco o termo leigo. Ele apresentou uma queixa contra outro plantonista. Isso faz muito tempo, claro, foi no fim dos anos 50, nem reconheço o nome de quem tomou notas sobre o caso, Richardson, era o nome. Sean Keane acusou o outro homem, Brady, de ameaçar e talvez de molestar sua paciente por um longo período. Ela é descrita como uma pessoa de "beleza excepcional", com o perdão do comentário. Sabe, William, posso dizer, pela caligrafia apressada, que o homem que tomou as notas estava relutante em escrever isso. Quase nada mudou, devo dizer.

Eu não disse nada. Concordei com a cabeça para o encorajar.

— Seja como for, acho que foi aí que se decidiu transferir sua paciente para Roscommon e deixar a poeira assentar sobre o assunto.

— E o que aconteceu com o suposto molestador?

— Bem, isso é bem trágico, porque ele continuou aqui até se aposentar, consegui rastrear sua presença até o fim dos anos 70. Mas, você sabe...

— Sei bem. Isso é tudo muito difícil.

— Sim — disse Percy. — O barco está sempre no meio da tempestade, e tenta-se fazer com que ele não sacoleje ainda mais.

— Sim — disse eu.

— Não é tão surpreendente também que Sean Keane tenha desaparecido dos registros junto com Roseanne Clear, então devem tê-lo deixado em paz. Richardson sem dúvida optou por certa paz.

Então, nós dois ficamos sentados ali, meditando sobre tudo isso, talvez ambos pensando se algo de fato mudara desde então.

— A mãe de sua paciente morreu aqui. Você sabia? Em 1941.

— Não.

— Ah, sim. Seriamente perturbada.

— Muito interessante. Eu não tinha ideia.

— É curioso que nossos hospitais sejam tão próximos e nunca nos vejamos — disse ele.

— Eu estava justamente pensando nisso enquanto dirigia para cá.

— Bem, é a vida.

— É a vida — confirmei.

— Estou muito feliz que tenha vindo hoje — disse ele. — Devíamos tentar fazer disso um hábito.

— Obrigado por ter feito essas buscas por mim. Sou realmente grato, Percy.

— Imagina — disse ele. — Olha, farei uma ligação para a Casa de Nazaré e lhes direi para esperarem por você, digo quem você é etc e tal. Pode ser?

— Obrigado, Percy.

Demos um aperto de mão caloroso, mas nem tanto assim, pensei. Hesitamos os dois. Fato, é a vida.

A parte da Casa de Nazaré a que fui direcionado era nova, mas, ainda assim, parecia ter adquirido certo aspecto deprimente, se não a melancolia do próprio asilo antigo. Quando eu era ainda bem jovem, achava que os lugares para doentes e loucos deveriam ser muito claros e atraentes, mostrando um tipo de festividade, para aliviar nossas misérias humanas. Mas talvez esses lugares sejam como animais e não possam mudar suas manchas e listras, como tigres e leopardos. A responsável pelos registros era uma freira em meia-idade já avançada, como eu, senão em terceira idade, e usava acessórios modernos cotidianos. Eu esperava por véus e hábitos. Ela disse que o bom Percy já havia ligado e passado detalhes e nomes e datas, e que ela tinha informações para me dar. "Novidades", como as chamou.

— Mas o senhor terá que ir à Inglaterra se realmente quiser investigar isso — disse ela.

— Inglaterra? — perguntei.

— Sim — disse ela, com seu indefinível sotaque interiorano, que eu arriscava que podia ser de Monaghan, ou mesmo de algum lugar mais ao norte. — Há uma referência aqui, é verdade. Mas todos os documentos relacionados estão em nossa filial de Bexhill-on-Sea.

— Por que eles estão lá, irmã?

— Bem, não sei, mas, como o senhor deve estar ciente, esse é um caso antigo, e o senhor poderá descobrir mais na Inglaterra.

— Mas essa criança ainda está viva? Houve, afinal, uma criança enviada para cá?

— Há uma referência que bate com esse nome, e esse era um caso particular de uma de nossas irmãs de Bexhill, soror Declan, que era nascida aqui, claro. Ela já é falecida, que descanse em paz. Claro, dr. Grene, ela era uma McNulty. O senhor sabia que a antiga sra. McNulty esteve entre nós na velhice? Sim. Tinha 90 anos quando faleceu. Tenho sua documentação aqui comigo, que Deus a tenha. Que Deus as tenha, às duas.

— É possível ligar para as freiras na Inglaterra?

— Não, não. Esses não são assuntos para telefone.

— A freira na Inglaterra é a filha da sra. McNulty?

— Exatamente. A sra. McNulty era uma grande amiga de nossa ordem. Não tinha muito o que deixar depois de morrer, mas deixou o que tinha para nós. Era uma senhora especial, e me lembro bem dela. Uma pequena mulher, com o rosto mais bondoso que já se viu, sempre tentando fazer o bem a todos.

— Sim, imagino — disse eu.

— Oh, sim. Ela quis vestir o hábito, mas não podia enquanto seu marido era vivo, e ele viveu até os 96, e depois, claro, havia os filhos. Eles podiam não gostar. O senhor se importa se eu perguntar se é católico, dr. Grene? Creio, por seu sotaque, que o senhor seja inglês.

— Sou católico, sim — respondi, sem constrangimento.

— Então, o senhor sabe como somos esquisitos — disse a irmã.

Dirigi de volta para cá em um estranho estado de espírito. Pensei em como é curioso as pessoas deixarem, depois de partir, alguns rastros que podem ser observados e reconstruídos, mas se podem ser compreendidos corretamente tenho minhas dúvidas. Parece que Roseanne de fato sofreu muito, como eu temia. Como deve ter sido terrível perder seu bebê, seja lá de que forma isso tenha acontecido, e depois ter sido deixada aos cuidados de um canalha miserável que só a enxergava como uma oportunidade de prazer. Suspeito ainda de que, depois de apartada de seu filho, ou tendo-o perdido ou mesmo matado, se o relato de padre Gaunt estiver correto no fim das contas, ela deve ter perdido o juízo. Traumas como esses podem muito bem levar a uma severa psicose. Com toda a sua "beleza excepcional", ela pode ter sido um alvo fácil de algum elemento desagradável da equipe médica. Deus a ajude. Penso na velha e murcha senhora em um quarto aqui de Roscommon. Por mais profissional que eu acredite ser, confesso que sinto muito por ela. Retrospectivamente, sinto-me até culpado. Sim. Porque estive inclinado a fazer o mesmo que Richardson.

Ao mesmo tempo, pensei enquanto dirigia, seria difícil encontrar tempo para ir à Inglaterra. E comecei a me perguntar: *Afinal, em nome de Deus, o que você está fazendo, William? Você sabe que não vai recomendar que Roseanne seja reintegrada à sociedade.* Ela terá que ser transferida para algum lugar (observação: não para a Casa de Nazaré de Sligo, nem para o Hospital Psiquiátrico de Sligo, pesando bem os fatos), porque ela é simplesmente velha demais para algo assim. Então, por que eu estava investigando? Bem, a verdade é que essa busca se tornou um grande consolo. Além disso, havia algo ali que me parecia quase irresistível. Talvez eu deva classificar todo esse impulso como uma forma de luto. A dor da perda de Bet, a dor pela natureza da vida em geral. Pela sina das criaturas humanas. Mas, pensei, a Inglaterra já seria ir longe demais, embora eu deva confessar que, tendo chegado até aqui, eu gostaria de descobrir a verdade sobre o bebê de Roseanne, ou a inexistência dele. A carga de trabalho atual, no entanto, é grande demais (estou tentando transcrever os pensamentos que tive no carro, algo que nunca é fácil), e talvez, já que as mais importantes e cruciais partes da vida de Roseanne parecem ter sido deixadas adormecidas, também eu deva deixá-las em seu sono. Essa é uma história antiga, de que serviria agora desencavá-la? Foi então que a realidade me bateu. Eu estava olhando para tudo isso por ângulos errados. Afinal, se houver registro dessa criança, não seria um grande conforto para Roseanne saber disso, mesmo que fosse impossível contatar essa pessoa? Não seria um conforto saber, "antes de morrer", que ela havia colocado alguém no mundo e que essa pessoa estava a salvo? Ou isso seria apenas mais uma destruição mental, mais um trauma? Teria Roseanne vontade de ter contato com essa pessoa? E essa pessoa, a conhecida caixa de Pandora, também teria? Bem, bem, seja como for, não tenho tempo, foi o que pensei. Mas deixarei a busca para lá relutantemente.

Então, estacionei como de costume e fui para o hospital. Peguei o relatório do dia com a enfermeira do plantão e, entre outras coisas, ela me contou que o nível respiratório de Roseanne Clear tinha piorado, e a equipe até ficou com medo de removê-la para a enfermaria, tão delicado era seu equilíbrio entre vida e morte, mas conseguiram deixá-la sob supervisão de dr. Wynn, e ela estava agora com uma máscara de oxigênio. Os pulmões precisam de 98% de funcionamento para que a troca de gases que oxigena o sangue seja suficiente, e os de Roseanne estavam tão congestionados que apenas funcionavam a 74%. Apesar de, no fim das contas, Roseanne ser "apenas mais uma paciente", achei a situação preocupante e incômoda. Apressei-me para a enfermaria mais próxima, como se Roseanne estivesse prestes a morrer, e fiquei inexplicavelmente aliviado por encontrá-la viva, apesar de inconsciente e com um som terrível ao respirar.

Depois de um tempo sentado ali, comecei a me sentir bastante ocioso, porque havia uma papelada à minha espera no escritório. Então, fui até lá e ataquei a pilha de papel. No fim das cartas e formulários, havia um pacote, uma resma de papel em um grande envelope usado, um envelope que, na verdade, eu havia aberto dias antes e jogado na lata do lixo. Alguém o pegou e colocou dentro a resma. As folhas estavam preenchidas por uma caligrafia bela e pequena em esferográfica azul, tão pequena que tive que colocar meus óculos de leitura, algo que sempre evito, por mera vaidade.

Não demorei muito a perceber que se tratava de um relato sobre a vida de Roseanne escrito, ao que pareceu, por ela própria. Fiquei completamente pasmado. Fiquei imediata e estranhamente feliz por não a ter pressionado no dia em que ela me contou que tivera um filho. Porque ali estava toda a história, sem a sensação de tê-la forçado a se "trair" por eu usar os truques e ardis que estudei. Eu sabia que não teria tempo de ler adequadamente o relato até chegar em casa naquela noite (ontem), mas já podia ver que ela dava informações livremente, um enorme contraste em relação às respostas que me dera em nossas conversas. Mas, de onde teriam vindo os escritos? E quem os havia colocado em minha mesa? Certamente não tinha sido Roseanne, claro. Fui obrigado a suspeitar de John Kane, afinal era a pessoa que mais frequentava o quarto dela. Ou um dos enfermeiros. Claro, com todo o bafafá no quarto de Roseanne hoje, poderia ter sido qualquer um. Fui à sala dos enfermeiros e perguntei se alguém sabia do que se tratava. Doran, um homem bastante sensato e agradável, disse que sairia perguntando. E onde estava John Kane?, perguntei. Doran contou que Kane estava em casa, um pequeno quarto que ficava na antiga estrebaria atrás do hospital (fora dispensado também por estar indisposto). Doran disse que John Kane estava se sentindo muito mal e que, depois de uma manhã de trabalhos, pediu para ir embora se deitar. Dr. Wynn o dispensou imediatamente. John Kane, claro, não é um homem de muita saúde.

Li o relato de Roseanne como um estudioso de sua vida, ligando mentalmente fatos e eventos.

Minha primeira sensação durante a leitura foi privilégio. Que estranho era pensar nela, escrevendo em segredo, como um monge em um scriptorium, enquanto eu me empenhava em avaliá-la sem chegar de fato a lugar algum. A impressão de que talvez Roseanne estivesse escrevendo para mim me impressionou.

A história difere da contada por padre Gaunt em muitos pontos, não apenas no que concerne a história e às experiências de seu pai. Para uma mulher que possivelmente não conhece ninguém e que passou os últimos sessenta anos ou mais de sua vida em um hospital como este, ela, algumas vezes, me parece surpreendentemente celebrar a vida e as pessoas. Há ainda muitos mistérios. Mas tentei organizar o pouco que sei e cheguei a nomes que, graças a Deus, reconheci. Sean Keane, que está nos registros de Percy Quinn, parece ser um filho de John Lavelle. Ao que parece, ele tinha, em algum nível, alguma deficiência mental. Há um homem a quem posso perguntar sobre isso, porque suspeito de que ele e John Kane sejam a mesma pessoa. Há aqui uma história estranha de lealdade e proteção. Seu pai lhe pediu para cuidar de Roseanne, e parece que ele fez de tudo para atender ao pedido.

Quem tomou de Roseanne seu bebê é algo que continua sem resposta, e, quanto ao trabalho do pai de Roseanne, as evidências são contrárias ao que ela dizia. Se isso está errado, outras coisas que ela escreve também podem estar "erradas". Nada pode ser aceito como se apresenta, mas talvez não mais que o relato de padre Gaunt, um homem obviamente são, mas em grau elevado a ponto de fazer da sanidade indesejável.

Tenho grandes suspeitas de que Roseanne foi erroneamente acusada no caso de John Lavelle, a não ser que eu a tenha interpretado errado, embora eu reconheça que, na tradição daquele tempo, na confusão, quase escrevi, ser simplesmente vista com John Lavelle, a mera suspeita, já era crime. A moralidade tem suas próprias guerras civis, que fazem suas próprias vítimas ao longo de tempo e lugares próprios. Mas, no momento em que Roseanne ficou grávida, foi totalmente condenada. Uma mulher casada que nunca se casou. Não haveria a menor chance de ela vencer aquela batalha.

Escrevo todas essas coisas e tenho imediatamente algumas preocupações mesquinhas. O uso do termo "errado", por exemplo. O que há de errado no relato de Roseanne se ela de fato acredita nele? Toda a História não foi mesmo escrita em um tipo de teimosa sinceridade? Creio que sim. Em seu relato, Roseanne conta, com muita sinceridade e de maneira até tocante, como seu pai tentou mostrar a ela que todas as coisas, de martelos a plumas, caem igualmente. Parece que ela estava com cerca de 12 anos quando isso aconteceu (agora tenho que olhar de novo o manuscrito, porque talvez *eu* o esteja reescrevendo). Sim, cerca de 12. Então, o terrível evento no cemitério, e depois a caça aos ratos, e, quando ela estava com 15 (droga, tenho que checar de novo), a morte do pai. Mas, na versão de padre Gaunt, a morte do pai de Roseanne aconteceu pelas mãos dos rebeldes, a primeira tentativa nessa mesma torre redonda de que Roseanne se lembra com tanto carinho, a boca do pai cheia de plumas, e ele espancado com bastões ou martelos, o que, em termos de estresse pós-traumático, parece ter sido o que aconteceu na realidade e sugere que Roseanne, em nome da própria

320

sobrevivência, limpou a história, inclusive movendo o fato para uma época de relativa inocência. Mas, em minha experiência, isso soa como uma transferência imensa e incomum, levando em conta tudo o que aconteceu. Além disso, há o fato de que o homem com que padre Gaunt sugere que Roseanne se case, Joe Brady, herdeiro do emprego do pai da menina, é apresentado por ela como quem tentou estuprá-la, uma passagem um pouco estranha quando a li. E não apenas isso, no cemitério, padre Gaunt menciona esse nome na lápide da cova em que as armas foram enterradas. Então, claro, penso, apesar de ser talvez sincero em seu grande desejo de convertê-la, padre Gaunt também estava sujeito a erros de memória e deve ter encontrado aquele nome flutuando por seus pensamentos e o colocado erroneamente na lápide. Se há algo fatal na leitura de uma História improvisada é o nocivo desejo de ser acurado. Isso não existe.

Então, para provar isso, acabo de voltar ao relato de padre Gaunt, que resumi aqui mais do que transcrevi, e, para meu absoluto espanto e até certa vergonha, vejo que, em seu relato, o padre nada diz sobre o fato de a boca do pai de Roseanne estar cheia de plumas, apenas diz que ele foi espancado com martelos. Por algum motivo, nas lacunas entre ler a narrativa e resumi-la, meu próprio cérebro deve ter preenchido a história com esse detalhe, roubando-o de Roseanne, eu gostaria de pensar, a não ser pelo fato de que eu ainda *não havia lido a versão dela.* Nessa conjuntura, encontro-me no mais selvagem dos emaranhados de Laing. É quase repulsivo pensar que eu possa ter intuído esse detalhe do éter e o usado inconscientemente, antecipando uma história que eu ainda não havia lido. Porque isso implica todo tipo de teorias horrendas dos anos 1960 sobre a natureza circular e inversa do tempo, e eu não sou partidário dessas ideias. Já temos problemas suficientes com a narrativa linear e a memória verdadeira. Ainda assim, devo concluir que tanto Roseanne quanto padre Gaunt estavam sendo tão sinceros quanto possível, diante dos caprichos e truques da mente humana. Os "pecados" de Roseanne, como autobiógrafa, são "pecados de omissão". Seu pai lhe fez uma demonstração sobre a força da gravidade naquela torre e, anos depois, houve uma tentativa de assassiná-lo no mesmo local, eventos que ela testemunhou, mas não registrou o segundo. De modo que minha primeira inclinação, considerar a lembrança que Roseanne narra uma memória traumática, com detalhes transpostos e corrompidos, com sua real época modificada, se não é improvável, é, na verdade, simplista demais. Então, houve, claro, minha própria e estranha interpolação. Oh, céus, céus. Claro, claro, há a possibilidade de Roseanne já ter me contado algo sobre os martelos e as plumas muitos e muitos anos atrás, como se fosse uma anedota, e de eu ter simplesmente me esquecido da história toda. E a leitura sobre a torre, no relato do padre, teria me trazido a lembrança. E, de fato, mesmo pressupondo ou até "inventando", parece-me que eu realmente tenho uma vaga memória do ocorrido. Desastroso! Mas, deixando tudo isso para lá, há um lado bom nessa conclusão. Posso dizer, diante de Deus (entre todas as pessoas, ouço-me dizer), que acredito que tanto Roseanne quanto padre Gaunt não tenham escrito histórias erradas, ou que compitam entre si, mas que ambos, cada qual de sua humana maneira, tenham escrito relatos verdadeiros, e que das duas histórias possam ser retiradas úteis verdades acima e além da real veracidade dos "fatos". Começo a acreditar que não há verdade factual, embora eu ouça Bet sussurrar a meu ouvido: *Sério, William?*

De qualquer forma, por causa da força que me deu a leitura do relato de Roseanne, decidi ir à Inglaterra. Ela parece ter escrito sua história quase para mim, ou, em alguns momentos, ao menos para mim, como seu amigo, talvez, e sinto ser não apenas minha obrigação, mas uma grande vontade, ir até o fim e ver como essa história termina.

Não espero conseguir muito dessa viagem, assim como dr. Wynn não espera que Roseanne recobre a consciência, *péssima notícia*, disse ele, e me perguntou se ela tem alguma família que ele precisasse contatar. Claro que fui capaz de dizer que não. Creio que não. Não há vivalma que se enquadre nesse critério, a não ser a criança misteriosa. Uma razão a mais para ir à Inglaterra, na perspectiva muito pouco provável de que haja alguém a quem avisar quando da morte dessa pessoa que outros podem julgar uma ninguém, mas que, para mim, assumiu um lugar de amiga e de um tipo de justificativa para meu trabalho aqui, e da escolha de minha profissão.

Devo lembrar sempre que, no momento de minha maior angústia, Roseanne cruzou o quarto e colocou a mão em meu ombro, um gesto extremamente simples, talvez, mas que me ajudou e agraciou muito mais que se eu fosse presenteado com um império só para mim. Com esse gesto, ela pareceu me curar, quando deveria ser eu a curá-la. Como não pareço muito capaz de curar, então talvez eu possa ser simplesmente uma testemunha responsável do milagre da alma comum.

Dou muitas graças por não ter usado o relato de padre Gaunt para interrogar Roseanne, fosse sutil ou agressivamente, e por ter seguido meus instintos. Agora percebo que teria sido um ataque às lembranças dela. Do mesmo modo, sua própria versão não deveria ser usada como instrumento para uma investigação mais aprofundada.

Meu pensamento principal é: deixe-a como está.

Aprontei-me logo para viajar, mas, antes disso, decidi deixar um recado para John Kane, para o caso de as palavras escritas terem mais chance de tocá-lo.

Caro John (escrevi), *chegaram a meu conhecimento alguns atos de bondade sua para com nossa paciente, Roseanne Clear, ex-sra. McNulty. Creio saber quem foi seu pai, John, creio que ele tenha sido o patriota John Lavelle, não? E eu gostaria muito de fazer algumas perguntas a você quando eu voltar da Inglaterra, onde espero descobrir mais sobre o filho de Roseanne Clear. Talvez possamos comparar as informações que temos. Cordialmente, etc.*

Espero que isso faça sentido para John. Usei o termo "patriota" para evitar qualquer tom de ameaça. Pode ser que eu esteja completamente enganado, e ele considere o recado obra de um lunático.

Nem para mim fez muito sentido, mas enviei o bilhete assim mesmo.

O voo mais barato era de Dublin para Gatwick, de forma que precisei dirigir cinco horas para o leste do país. Creio, porém, que Roseanne ficaria surpresa ao saber que hoje há um aeroporto em Sligo, bem em Strandhill. Vi isso em um site. Mas os aviões são pequenos e vão apenas até Manchester.

Levei comigo meu passaporte, naturalmente, além de todos os documentos que eu tinha a respeito de Roseanne, os dois relatos e um bilhete da freira de Sligo. Sei bem o quanto essas instituições antigas têm por fama (ou infâmia) serem reservadas, assim como todos nós, uma mistura de inquietação, perda de poder e até medo. De a verdade não ser desejável, de uma coisa levar a outra e fatos poderem não apenas progredir rumo a uma resolução, mas também regredir às sombras e, às vezes, aos pequenos infernos que criamos uns para os outros. De modo que, apesar de a freira ser gentil, aliás não se dispondo a me dar o telefone de Bexhill nem a intervir de outra forma, e apesar do encorajamento de Percy, eu realmente esperava ser recebido com pedras na mão ou, ainda que não se negassem a falar comigo, sair de lá frustrado.

Trouxe comigo, claro, a cópia de Roseanne do *Religio Medici*, somente para o caso de se fazer necessária. Devo confessar aqui que meu pai pode ter se revirado no túmulo quando, no avião, abri o livro e audaciosamente tirei a carta de lá e a abri, apenas para o caso de ela ser de alguma ajuda. Não sei por que pensei que seria. Talvez houvesse um motivo mais mundano, simples curiosidade e intromissão.

Fiquei surpreso ao descobrir que era uma carta de Jack McNulty. Dei outra olhada na data de postagem e percebi que ele já deveria ser um senhor de idade quando escreveu. Os garranchos inconstantes também sugeriam isso. O endereço do remetente era Hospital King James, Swansea. Tenho a carta diante de mim, pelo que posso transcrevê-la aqui e, assim, ter uma cópia.

Querida Roseanne,

Estou no hospital de Swansea e, ai de mim, sofro de um câncer de intestino. Escrevo-lhe porque a procurei e obtive informações de fonte confiável e espero que você ainda esteja viva. Recebi de Deus ordens para marchar, então acho que é de Seu desejo que eu não esteja entre os vivos por mais muito tempo. Devo dizer que gostei de viver, apreciei a visita, como se diz por aí, mas, quando Ele chama, é preciso ir. Não sei se você ficou sabendo que servi na guerra. Tenho orgulho de dizer que servi na Índia, perto do Passo Khaibar, com o regimento Gurkha Rifles, embora eu não tenha visto nenhum alemão nem japonês nem nada parecido. Ainda assim, se os mosquitos estivessem do lado dos alemães, nós teríamos perdido a guerra. Escrevo porque, quando se diz a alguém que ele não tem mais muito tempo, muitas coisas passam por sua cabeça. Por exemplo, o fato de minha mulher, Mai, depois de lutar contra o álcool, morrer aos 53 anos.

E, embora algumas vezes ela tenha me dado dores de cabeça, não me arrependo nem por um momento de ter me casado com ela, porque eu a adorava. De qualquer forma, sei que ela foi uma mulher arrogante e ferina com algumas pessoas, com você em particular. Por isso estou escrevendo. O que aconteceu há tantos anos está sempre em minha consciência, então eu quis lhe escrever para dizer isso. Você não precisa me perdoar, nem acho que você o faria, mas escrevo para dizer que me arrependo profundamente e mal sei o que fazer disso. Creio que tudo tenha sido há muito, muito tempo, mas não há muito, muito tempo suficiente para que não pareça que foi ontem, e o que aconteceu ressurge constantemente em meus pensamentos e em meus sonhos. Eu gostaria de contar que Tom se casou outra vez e teve filhos, mas talvez você não queira saber disso. Tom morreu uns dez anos atrás, de complicações no estômago, morreu no Hospital Geral de Roscommon. Nessa época, sua segunda esposa já havia morrido. Nunca falamos de você, embora nos víssemos com frequência, mas, ainda assim, eu sentia que você estava sempre lá, um não dito entre nós sempre que nos víamos. A verdade é que aquilo mexeu com a vida dele para sempre, ele se tornou um homem diferente para sempre, nunca mais aquele antigo Tom afável que conhecemos.

Talvez você diga que é bem-feito, não sei. Talvez você tenha razão. Agora, eu queria lhe falar um pouco sobre minha mãe, que, como você sabe, esteve à frente de tudo naquele momento de dificuldade. Gostaria de contar a você coisas dela que apenas posso contar, moribundo, e talvez apenas desse jeito, sem rosto, por trás da proteção de uma carta. Porque também é verdade que ela tratou seu — eu ia escrever "caso", mas você sabe a que me refiro — com uma severidade pouco característica.

Há cerca de vinte anos, quando ela mesma estava morrendo, minha mãe me contou a história do próprio nascimento. Às vezes se fofocava em Sligo que ela fora uma criança ilegítima, embora talvez você não tenha ouvido os rumores. O que aconteceu é que ela foi adotada, a mãe biológica sendo jovem e sua família, rica e, antes de mais nada, não aprovando o casamento e forçando a entrega da criança para adoção. A mãe dela era uma presbiteriana chamada Lizzie Finn.

Seu pai verdadeiro era um oficial do Exército, e parece que ela foi adotada pelo soldado, ordenança do próprio pai, um soldado católico, claro, para que ele a criasse como sua filha. É uma história nebulosa, mas vi com meus próprios olhos a certidão de casamento dos pais de minha mãe na Igreja de Cristo alguns anos depois de ela morrer. Não sei dizer o quanto ela teria ficado aliviada ao saber que eles eram casados. Talvez essas sejam questões mesquinhas no paraíso.

Antes de morrer, Tom também teve oportunidade de me contar o segredo que carregava, o qual, em alguns pontos, diz mais respeito a você e pode fazer você pensar por que minha mãe não demonstrou mais compaixão por você. Tom me confessou que eu e ele tínhamos apenas a mesma mãe e que o pai dele não era o Velho Tom, ainda que ele não soubesse quem era, apesar de ele ter tentado descobrir, não apenas por minha mãe. Ela jamais partilhou a informação com quem quer que fosse e levou o nome do homem consigo para o túmulo. Devemos lembrar que minha mãe tinha somente 16 anos quando nasci e não era muito mais velha que isso quando meu irmão (ou meio-irmão, deveria dizer?) Tom nasceu.

Por que estou lhe contando isso? Porque é claro que isso explica, se é que não justifica, o enorme desejo de minha mãe de que Tom não passasse por vivências tão confusas quanto as dela. Ela foi uma escrava de suas próprias ideias de retidão, como apenas pode ser uma pessoa que se acredita decadente.

Eneas? Nos anos 1960, consegui seu paradeiro por intermédio da Secretaria de Guerra e fui até a pensão barata onde vivia, na Ilha dos Cães, Londres. Fui lá uma tarde, disseram que ele havia saído e que eu voltasse no dia seguinte. Na manhã seguinte, quando me aproximei do albergue, apenas encontrei ruínas em brasa. Talvez, preocupado com a notícia de que alguém de Sligo havia estado lá, pensando que eram seus velhos inimigos e que seria assassinado, mesmo depois de tantos anos, o próprio Eneas tenha colocado fogo no hotel para apagar sua pista. Ou talvez alguém tenha de fato me seguido enquanto eu o procurava e tenha acabado com o pobre homem. Seja como for, eu nunca mais consegui seguir seus passos novamente. Desapareceu por completo. Imagino que esteja morto. Que descanse em paz.

Esta é minha carta e talvez ela não lhe traga nada de bom. Tudo isso está sempre em minha consciência. Roseanne, a verdade é que Tom amou você, mas falhou nesse amor. Creio que todos estávamos mais do que um pouco apaixonados por você. Perdoe-nos se puder. Adeus.

Respeitosa e sinceramente,

Jack

Uma carta estranha, que não era o que eu esperava em todos os sentidos. Havia algumas coisas nela que não entendi muito bem. De repente, desejei e pedi a Deus que tenha sido a umidade a selar novamente a correspondência, e que Roseanne a tenha aberto um dia. Certamente, foi Roseanne quem a guardou, a não ser que tenha colocado-a aberta dentro do livro e a esquecido lá. Talvez tenha sido a única carta que Roseanne já tenha recebido. Meu Deus. Eu estava muito pensativo quando o avião desceu em Gatwick.

Bexhill fica a apenas uns 80 quilômetros de Gatwick, em uma parte tão inglesa da Inglaterra que é quase indescritível. Os nomes cheiram a algodão-doce e a antigas batalhas. Brighton, Hastings. Ironicamente, a cidade é um lugar em que milhões de crianças passam as férias, embora eu não creia que os órfãos de outrora fossem concordar. Na busca que fiz na internet por voos e itinerários em Bexhill, encontrei um fórum de discussão de sobreviventes daquela época. As dores daquelas feridas chamejavam em suas palavras. Duas meninas se afogaram por lá nos anos 1950, as outras meninas tentando fazer uma corrente humana para salvá-las, enquanto as freiras rezavam bizarramente na praia. É uma pintura roubada do museu da crueldade inexplicável. Confesso que me perguntei sobre a filha da sra. McNulty e confesso que desejei que ela não estivesse entre aquelas freiras que rezaram na praia. Se o filho de Roseanne foi parar lá nos anos 1940... Esses foram os pensamentos confusos que tive enquanto embarcava no trem para Victoria.

Parece que estou fadado a registrar a frieza desalentadora das instituições. É uma constante, não se modifica. A Casa de Nazaré de Bexhill não foi exceção. A história dessas instituições parece estar no próprio cimento, como velhas conchas, na vermelhidão dos tijolos. Impossível limpar esses lugares, pensei. Mesmo o simples silêncio do lugar já sugere outros silêncios. Toquei a campainha da porta principal sentindo-me repentinamente muito pequeno e estranho, como se eu mesmo fosse um órfão chegando lá. Logo, a porta foi aberta, falei do que se tratava para a mulher que atendeu, que não era uma freira, e fui levado pelos longos corredores de linóleo brilhante e móveis de mogno maciço, um deles agraciado por uma estátua italiana de são José. Sei que era são José porque seu nome estava no pedestal. A mulher parou à porta e sorriu, eu sorri e entrei no cômodo.

Era uma espécie de pequena sala de jantar, ao menos a mesa estava cheia de sanduíches e bolos, uma mesa posta para uma pessoa, com uma xícara de chá já pronta. Eu mal sabia o que fazer, então, sentei, perguntando-me se eu estava no lugar certo, ou se era a pessoa certa no lugar certo. Mas logo surgiu uma freira alta e sorridente e encheu minha xícara com um bule de cerâmica. No qual percebi uma imagem da costa de Bexhill.

— Obrigado, irmã — disse eu, pois não sabia mais o que dizer.

— Tenho certeza de que o senhor está faminto depois de sua viagem — respondeu ela.

— Bem, estou mesmo, obrigado.

— A irmã Miriam vai vê-lo depois.

Então, comi, em meio a pensamentos confusos, e, quando terminei — a freira parecia ter um sexto sentido para isso, porque não havia ninguém ali naquele intervalo de tempo —, fui levado para as profundezas do convento e deixado, enfim, em um cômodo menor.

Era o quarto de arquivos. Tive imediatamente uma sensação de quietude e história. Suspeitei de que havia informações naqueles arquivos a que as pessoas apenas teriam acesso por intermédio de advogados, se é que conseguiriam ter acesso. E, tomando conta de tudo, havia uma freira de rosto muito límpido e pálido.

— Irmã Miriam? — perguntei.

— Sim. — respondeu ela. — O senhor é dr. Grene.

— Sou eu.

— O senhor veio, imagino, consultar alguns de nossos registros.

— Sim, também trouxe alguns documentos, que podem ajudar a identificar...

— Recebi uma ligação de Sligo e tive a oportunidade de começar antes de o senhor chegar.

— Ah, entendo. Ela ligou, então. Achei que ela havia dito...

— Esse arquivo tem duas referências — disse a freira, abrindo uma pasta fina. — A criança que o senhor procura não ficou muito tempo conosco.

Eu quase disse *Graças a Deus!*, mas consegui manter as palavras apenas para mim.

— Embora a ficha seja de muito tempo atrás, entendi que a mãe ainda está viva, além de, claro, a criança...

— Então, houve uma criança, há uma criança?

— Ah, sim, com toda a certeza — disse ela, sorrindo amplamente.

Embora eu não perceba muito bem de onde são os sotaques irlandeses, tento inevitavelmente decifrá-los e pensei que ela poderia ser de

Kerry ou, mais precisamente, do oeste. Sua escolha levemente oficial de palavras vinha, supus, de um conhecimento de longa data daqueles arquivos. Devo dizer que ela era uma pessoa simpática, muito educada e que parecia inteligente.

— Até agora, tudo entendido? — perguntou ela.

— Ah, sim.

— Há uma certidão de nascimento — disse ela. — Há também o nome das pessoas a quem a criança foi dada em adoção. Elas, porém, nunca viram a primeira certidão, ou apenas a viram rapidamente. O suficiente para saberem que a criança era irlandesa, saudável e católica.

— Parece razoável — disse eu, embora eu tenha pensado que foi uma observação tola quando ouvi as palavras serem ditas. Eu estava, na verdade, um pouco maravilhado com aquela mulher, havia algo de especial nela.

— O que deu à nossa ordem certo desejo de encontrar um bom lar para o bebê foi, claro, sua relação com a irmã Declan, que Deus a tenha. Lembro muito bem dela, de quando eu era jovem. Era uma adorável mulher do oeste irlandês, para grande honra de sua mãe e nossa. Em sua época, aliás, foi das mais admiráveis freiras mendicantes de Bexhill. Uma imensa realização. E os órfãos, em geral, a amavam. Amavam.

Houve uma leve, mas clara ênfase nesse ponto.

— Em algum outro momento, talvez o senhor queira ir ver o túmulo dela — disse irmã Miriam.

— Ah, eu me sentiria honrado...

— Sim. Reconhecemos, aqui em Bexhill, que as coisas eram muito diferentes nos anos 40 e, pessoalmente, penso que é impossível voltar adequadamente no tempo para entender essas diferenças. Mesmo dr. Who acharia difícil. — Ela sorriu outra vez.

— Essa é uma grande verdade — falei, soando imediatamente pomposo até para mim mesmo. — No campo da saúde mental. Deus me perdoe. Mas, ao mesmo tempo, é preciso...

— ... fazer o que se tem que fazer?

— Sim.

— ... para restaurar e curar feridas?

— Sim — repeti, um pouco atrapalhado com a honestidade inesperada dela.

— Concordo — disse a freira, e, como um jogador de pôquer com ótimas cartas, deitou sobre a mesa à minha frente dois documentos. — Esta é a certidão de nascimento. Este é o documento de adoção.

Inclinei-me para a frente, puxando meus óculos de leitura, e olhei para as páginas. Acho que, por um instante, meu coração parou e minha circulação ficou suspensa. Apenas por um instante aqueles milhares de rios e correntes de sangue pararam de fluir. Então, voltaram a fluir, com uma sensação quase violenta de força e movimento.

O nome da criança era William Clear, filho de Roseanne Clear, garçonete. A paternidade era creditada a Eneas McNulty, soldado. A criança fora entregue aos sr. e sra. Grene, de Padstow, Cornualha, em 1945.

Fiquei sentado diante de irmã Miriam, aturdido.

— Bem...? — disse ela, suavemente. — Então, o senhor não sabia?

— Não, não, claro que não... Estou aqui profissionalmente... Para ajudar uma senhora aos meus cuidados...

— Achamos que o senhor talvez soubesse. Não tínhamos certeza se sabia.

— Eu não sabia.

— Há outras coisas aqui, anotações sobre as conversas entre irmã Declan e Sean Keane nos anos 70. O senhor sabe algo sobre isso?

— Não.

— O sr. Keane queria muito encontrar o senhor, e a irmã Declan conseguiu encaminhá-lo. Ele chegou a encontrar o senhor?

— Não sei. Não. Sim.

— O senhor está muito confuso e, claro, é compreensível. É como um tsunami, não? Algo que chega com força e carrega coisas e pessoas...

— Irmã, com licença, acho que vou vomitar... Aqueles bolos...

— Ah, sim, claro — disse ela. — Vá por ali.

Quando me recompus, houve a experiência bizarra de visitar o túmulo de minha "tia". Então, deixei o local e voltei a Londres.

Desejei, desejei que Bet ainda estivesse viva, para eu poder lhe contar tudo isso. Foi a primeira coisa em que pensei.

Mas a cada pensamento que tive depois eu balançava a cabeça. Os outros passageiros devem ter achado que eu tinha Parkinson. Não, não, era impossível. Não havia uma porta em minha cabeça pela qual a informação pudesse entrar.

Aquela velha senhora, que mal notei todos esses anos e que, ainda assim, tomou conta de meus pensamentos mais recentemente, aquela velha senhora, com sua excentricidade, suas histórias e seus feitos controversos, ah, e, sim, com sua amizade, era minha mãe.

Voltei correndo pra casa, como se diz. As horas de viagem não me trouxeram muita clareza. Eu estava chegando em casa, porém, apressado, com um medo repéntino de que Roseanne tivesse morrido antes de eu chegar até ela. Eu não conseguiria explicar aquele sentimento a ninguém. Puro sentimento, nada mais. Emoção sem pensamento. Eu queria apenas chegar até ela, continuar seguindo e chegar. Cruzei a Irlanda o mais rápido que pude, certamente dirigindo com alguma estupidez. Larguei o carro torto em uma vaga do estacionamento do hospital, mal acenei para minha equipe e corri a passos largos para a ala em que eu esperava que Roseanne estivesse, em que rezava para que ela ainda estivesse. Havia uma cortina em torno de sua cama, embora não houvesse mais ninguém no quarto. Pensei, ah, sim, claro que esse é o desfecho, ela está morta. Dei a volta na cortina para ver seu rosto, que estava bem desperto e vivo, e que agora girava um pouco e me olhava zombeteiro.

— Dr. Grene, onde esteve? — perguntou ela. — Voltei do mundo dos mortos pelo que pareceu.

Em diferentes momentos, tentei lhe contar. Não encontrei as palavras, porém. Terei que esperar pelas palavras, pensei.

Ela parecia pressentir algo enquanto eu me protelava na abertura da cortina. As pessoas sabem das coisas mais instintivamente que em seu cérebro consciente (talvez a noção seja um pouco duvidosa em termos médicos, mais é assim).

— Então, doutor... — continuou Roseanne. — O senhor me avaliou?

— O quê?

— Fez sua avaliação sobre mim.

— Ah, sim. Creio que sim.

— E qual é o veredito?

— Você não tem nenhuma culpa.

— Não tenho culpas? Nem sabia que se dava esse veredito a mortais.

— Não tem nenhuma culpa. Foi confinada erroneamente. Peço desculpas em nome de minha profissão. Peço desculpas em meu próprio nome, na condição de pessoa que não se mexeu nem procurou por nada disso antes. Foi necessário que o hospital estivesse prestes a ser demolido para que eu fizesse isso. E sei que minhas desculpas são inúteis e lamentáveis para você.

Mesmo fraca, ela riu.

— Mas — disse ela — isso não é verdade. Eles me mostraram os prospectos do novo hospital. Imagino que vocês vão me deixar ficar lá por um tempo, não?

— A decisão é inteiramente sua. Você é uma mulher livre.

— Nem sempre fui uma mulher livre, agradeço pela liberdade.

— Para mim, é uma honra declarar isso — disse eu, repentinamente muito formal e sem jeito, mas ela prosseguiu.

— O senhor pode chegar mais perto da cama? — pediu.

Foi o que fiz. Não sabia o que ela queria. Ela simplesmente levantou minha mão e a apertou.

— Será que o senhor me permitirá perdoá-lo? — perguntou ela.

— Ah, por Deus, sim — respondi.

Houve um curto silêncio, o suficiente para que muitos pensamentos fossem soprados em minha mente.

— Bem, eu o perdoo.

Na manhã seguinte, fui até o prédio da antiga estrebaria. Quis fazer algumas perguntas a John Kane, enquanto ainda era possível, e agora eu tinha ainda mais motivos para fazê-las. Eu sabia que era bem improvável ele poder ou mesmo querer me responder. Achei que eu poderia, no mínimo, agradecer-lhe profundamente por todo o estranho trabalho que ele fizera.

Não havia absolutamente nenhum sinal dele. Os alojamentos de John Kane eram de um cômodo apenas, com um gramofone antigo sobre um aparador, daquele tipo com uma tampa que se abre de lado para que o som saia, porque a tampa esconde um pequeno amplificador na madeira. Havia uma coleção de 78 discos em um vão feito no móvel pelo fabricante (Shepherds, de Bristol). Havia discos de Benny Goodman, Bubber Miley, Jelly Roll Morton, Fletcher Henderson e Billy Mayerl. Fora isso, não havia nada no quarto, a não ser uma pequena cama de metal com uma colcha de costura grosseira e estampa de flores. Pensei imediatamente no trabalho da sra. McNulty descrito por Roseanne. Não tenho dúvida de que, para conseguir o que queria, ou o que acreditava ser melhor para ajudar Roseanne, John Kane fez toda a pressão que pôde sobre os McNulty e seu segredo. A primeira esposa, que legalmente não existia e sobre a qual a segunda família de Tom McNulty provavelmente jamais havia ouvido falar. A esposa louca, que não era esposa, mas ainda assim era de carne e osso. Tenho certeza de que a sra. McNulty e sua boa filha fizeram todo o humanamente possível para agradar John Kane, a ponto inclusive de fornecer meu nome e minha história. Não sei o que ele esperava fazer depois de me encontrar e imagino que, tendo descoberto que eu havia milagrosamente estudado psiquiatria, ele adaptou seus planos a essa nova informação e elaborou um plano ainda melhor que o primeiro o qual, no fim das contas, se era o simples encontro o que ele tinha em mente, talvez tivesse resultado em minha recusa em ver Roseanne ou em minha rejeição a ela. Afinal, por que eu não a rejeitaria depois que todos o fizeram?

Bem, conjeturei essas coisas. Nada disso pode ser tomado como história verdadeira. No entanto, começo a me questionar sobre a natureza da história. Será apenas memória bem-contada e, se for, quão confiável é? Eu diria que não muito. E, indo além, que muito da verdade e dos fatos fornecidos por meio da sintaxe é pérfido e não confiável. Ainda assim, reconheço que vivemos nossas vidas e mantemos nossa sanidade sob a luz dessa perfídia e dessa falibilidade, assim como construímos nosso amor a um país sobre mundos de equívocos e mentiras. Talvez seja essa nossa natureza e talvez, sem nos darmos conta, essa seja também parte da glória de nossa condição humana: podermos construir nossos melhores e mais permanentes fundamentos sobre alicerces de poeira.

Devo ainda registrar que havia uma caixa de charutos cubanos em cima da cama de John Kane, que, quando abri, descobri estar meio vazia. Ou meio cheia.

Fora isso, nada, salvo um recado curioso e importante em cima do gramofone:

Caro dr. Green,

Não sou nenhum anjo, não, mas tirei o neném daquela ilha. Corri com ele prum médico. Eu gostaria de fala com o senhor, mas to indo embora. O senhor vai pergunta porque eu fiz iso tudo pela Roseane e a resposta é que eu amava meu pai. Meu pai foi morto por Peerpoint. Fiz o dr. Sing escrever pro senhor e foi um milagre que ele escreveu e que o senhor veio. Fico feliz que o senhor veio. Um dia eu ia conta a verdade e esse dia chegou. Tenho certeza que o senhor sabe a verdade agora e faz favor de não se livra da sua mãe. Ninguém é perfeito, olhe pra mim, mas não foi isso o que eu quis dizer. Se não chegarmos aos portões do paraíso com amor asseverado, são Pedro não pode nos deixar entrar. *Então digo adeus, doutor, me perdoa, e que Deus também me perdoe.*

    Sinceramente,

    Seanín Keane Lavelle (John Kane)

PS: Foi Doran quem atacou a mulher de Leitrim, a mulher que voltou pra casa a salvo.

Freiras e enfermeiras não sabiam onde John estava. Não era como se ele tivesse feito as malas e se enfiado nos bosques próximos ao hospital para morrer. Simplesmente não havia qualquer vestígio dele. É claro que a polícia foi informada e que vai ficar de olhos bem-abertos para procurá-lo e localizá-lo, onde quer que esteja. Max Doran, o auxiliar a que se referiu John Kane, um sujeito bem jovem, até bonito, e que tem uma namorada, confessou, em particular, o que fez com a mulher de Leitrim, algo de que ele está, obviamente envergonhado e com que está, mais exatamente, preocupado. Confessou, mas depois voltou atrás. Quando os consultores jurídicos estiverem prontos, ele irá a julgamento, mas ainda deve levar algum tempo. Como o hospital e a equipe não continuarão por aqui, não posso dizer que os ânimos tenham sido muito afetados. Talvez tenha havido um pequeno ganho. Gosto de pensar que é o início de certa proteção a nossos pacientes, mas, céus, não sou tão ingênuo.

CAPÍTULO XXII

Agora, é outono, e ela está em um bom quarto. Construído para isso, de altíssimo nível, de fato um abrigo verdadeiramente digno desse nome. Não há dúvida de que, com sua idade avançada, é apenas uma questão de tempo, mas afinal o que não é? Muitos bons homens morreram bem antes de chegar à minha idade. Em muitos dias, ela fica silenciosa e difícil, não come e me pergunta bruscamente por que fui vê-la. Às vezes me diz que não precisa que eu a visite.

Como John Kane, estou buscando o momento certo. Entendo bem a dificuldade que ele teve.

Certo dia, quando eu estava indo embora, ela se levantou e andou uns centímetros em minha direção, como o pedaço de um pergaminho, me abraçou e me agradeceu. Até seus ossos perderam peso. Fiquei tão emocionado que quase contei tudo a ela. Mas não o fiz.

Acho que tenho medo de que, apesar de ela parecer satisfeita comigo como médico e amigo, talvez fique desapontada comigo como filho, como se eu não fosse uma recompensa suficiente para todo o seu trabalho — eu, um anglo-irlandês ridículo, soberbo e velho. Além do mais, tenho pavor de a surpreender do jeito errado, em termos médicos e físicos. Quanto a isso, eu deveria consultar dr. Wynn, mas pode ser um choque bem além das questões médicas, além do que ele sabe e do que eu sei. Algo sutil, suave e frágil pode se quebrar além de nossa tosca capacidade de cura. O cerne de sua resistência. Mas creio que isso se mantenha firme, firme. O importante é que Roseanne está a salvo, bem-cuidada. E livre.

O asilo foi demolido no mês seguinte à minha volta da Inglaterra. Decidiram fazer uma demolição controlada, de modo que os quatro andares de cima desabassem quando o térreo fosse implodido. Aquela manhã foi como sair para ver minha vida ser apagada, com fios, dinamite e belos cálculos. Ficamos todos em uma colina a uns 500 metros do prédio. Na hora marcada, um engenheiro apertou o botão e, depois de um segundo que pareceu uma eternidade, ouvimos um barulho estrondoso e vimos a parte de baixo do antigo prédio dissolver-se em uma coroa chamejante de pedras remotas e cimento. O prédio imenso foi imediatamente ao chão, deixando de pé apenas a memória de sua antiga posição diante do céu. Por trás dos escombros, havia um anjo, um grande homem de fogo do tamanho do asilo, com asas que iam de leste a oeste. Evidentemente, era John Kane. Olhei para os que estavam a minha volta e perguntei se haviam visto o que eu vira. Eles me olharam como se eu estivesse louco, acho, como alguém que perdeu seu asilo e agora estava encarregado apenas de uma enorme ausência, preenchida por um inusitado anjo, acho.

Foi a dor de meu luto quem viu o anjo, claro. Agora sei disso. Pensei que eu já tivesse esquecido Bet, ela era uma memória segura, mas era apenas o começo. Dizem que o luto dura dois anos, é o chavão dos manuais para enlutados. Mas pranteamos nossas mães antes mesmo de nascermos.

Vou contar a ela. Tão logo eu encontre as palavras. Tão logo cheguemos a essa parte da história.

Hoje, dirigi de volta a Sligo. Na parte mais alta da cidade, passei pelo cemitério municipal e me perguntei o que o tempo teria feito do tal templo
de concreto e do terreno de covas. Parei para falar com Percy, para
agradecer por ter me ajudado. Não sei se ele ficou surpreso. Quando
lhe contei o que havia acontecido, ele obviamente me olhou desnor-
teado por alguns instantes. Então, se levantou de trás de sua mesa. Eu
estava de pé à porta, sem saber muito bem se deveria entrar ou ficar
meio do lado de fora para não o incomodar.

— Meu caro — disse ele.

Sei lá, achei que ele fosse me dar um abraço. Eu sorria como um
menino, foi assim que me senti, e dei uma gargalhada de alegria. Foi
apenas então que aquilo me tocou. Fico feliz em contar que, no centro
de tudo, considerando-se o que aconteceu, a natureza da história dela e
de minha própria história, havia uma emoção bem simples.

Desejei contar a Percy que, para mim, não era tanto uma questão
de Roseanne ter escrito a verdade sobre si mesma, ou contado a verdade, ou de ela acreditar que o que ela escreveu e falou era verdadeiro,
tampouco de serem verdadeiros os fatos em si. Para mim, o importante
era que a pessoa que escrevera e contara tudo aquilo era admirável,
viva e completa. Quis contar a Percy, como um tipo de confissão, que,
do ponto de vista psiquiátrico, falhei inteiramente em "ajudá-la", em
forçar a abertura do que estava trancado em seu passado. A intenção
original, aliás, não era ajudá-la, mas a avaliar. Todo o tempo, eu deveria
tê-la ajudado, todos os anos em que ela esteve aqui, eu mais ou menos
a deixei para lá. Quis dizer a ele que ela ajudou a si mesma, que ela
falou consigo, ouviu a si mesma. É uma vitória. E que, nos assuntos do

pai dela, preferi a inverdade de Roseanne às verdades de padre Gaunt, porque da história dela irradiava saúde. E, mais ainda, que acredito que, se o maravilhoso Amurdat Singh não tivesse me convocado, eu jamais teria praticado psiquiatria, e que não acredito que eu algum dia tenha sido um bom psiquiatra, talvez nem mesmo um bom homem. Que Roseanne me iniciou no mistério do silêncio humano e na eficácia de se afastar um pouco da tarefa de questionar. Mas não consegui falar nada disso.

Então, Percy fez uma observação que poderia soar ofensiva, mas que creio que, na verdade, tenha sido um vislumbre da parte dele, do qual ele ficou bem orgulhoso e pelo qual fiquei bem grato dadas as circunstâncias.

— Você vai se aposentar em breve — disse ele — e, ainda assim, em muitos aspectos, você está apenas começando.

Então, agradeci a Percy outra vez, voltei ao carro e dirigi até Strandhill. De algum modo, eu conhecia a estrada, por conta do relato de Roseanne, e passei por lá como se já tivesse passado antes. Quando alcancei a Igreja da Irlanda, exatamente onde deveria estar, saltei do carro e olhei a meu redor. Lá estava Knocknarea, como Roseanne descrevera, erguendo-se do chão como se fosse voar até o passado, o passado tão distante e desconhecido. Abaixo estava a baía de Sligo, com a ponta Rosses à direita, e Ben Bulben, onde Willie Lavelle fora morto, e vi os cones de atracação que ainda indicavam o caminho à ilha Coney. Era apenas um lugar amontoado, alguns terrenos e casas. Quase não consegui dizer mentalmente *foi lá que nasci*. Em algum lugar por ali, à beira das coisas, como era próprio de Roseanne, que sempre viveu nos limites do mundo como o conhecemos, e John Kane também. Nasci à beira das coisas, e mesmo agora, guardião dos doentes mentais, ergui, por instinto, minha morada em um lugar parecido. Ao longe, para além da ilha, apontando eternamente, estava o Metal Man.

À minha esquerda, ficava o vilarejo. Eu diria que pouco mudara, mas é claro que há mais casas em Strandhill do que havia na época de Roseanne. Ainda assim, pude enxergar a fachada de um hotel velho próximo à praia, a grande montanha de areia que dava ao lugar seu nome tão simples e até enxerguei a parede frontal do que parecia ser um salão de dança bem humilde.

Aquele parecia ser um dia bem-escolhido, porque, enquanto eu dirigia ao longo da costa, observando o canhão e a inofensiva água, vi que havia homens trabalhando no salão de dança. Pareciam prepará-lo para demolição. Havia uma placa de empresa de arquitetura avisando que em breve seriam construídos apartamentos ali. O salão em si parecia ridiculamente pequeno, o arco de aço corrugado ao fundo, a frente o qual no passado, deve ter sido uma casa de beira de praia. A bandeira que outrora trazia o nome do local não estava lá, mas, nos últimos anos do lugar, alguém afixara cinco letras de metal na entrada, agora enferrujadas e cinzentas: P-L-A-Z-A. Para mim, foi incrível pensar em toda a história agora esmaecida dali. Pensar em Eneas McNulty caminhando por lá com seu uniforme queimado, em Tom entrando com seus instrumentos, nos carros vindos de Sligo pela praia reluzente e nas notas musicais escoando pelo ar pouco confiável do verão irlandês e talvez flanando até os ouvidos ancestrais da rainha Maeve. Por certo até os ouvidos de Roseanne, em seu próprio e sepultado exílio.

Localizar a choupana dela foi mais difícil. Pensei ter passado do lugar onde ficava, porque consegui enxergar o belo muro da enorme casa do outro lado da rua e os portões onde a mulher de Jack humilhara Roseanne. A princípio, pensei que eram apenas arbustos e destroços, mas a velha chaminé de pedra estava ainda intacta, embora coberta de limo e ervas. Os cômodos em que Roseanne recebera sua pena de morte em vida não existiam mais.

Cruzei o vão em ruínas que servia de portão àquele gramado em desalinho. Não havia nada para se ver, mas, com os olhos de minha mente, eu enxergava tudo, porque Roseanne me provera de um antigo filme daquele lugar. Nada além de uma abandonada roseira por entre a grama, com seus últimos botões vívidos. Apesar de eu ter lido os livros de Bet, descobri que eu não sabia os nomes daquelas rosas. Mas não os mencionara Roseanne? Algo, algo... Nem com todo o esforço eu lembrava o que ela havia escrito. Mas avancei por entre espinhos e ervas, pensando em levar alguns botões de rosa para Roscommon, como lembrança. Todos eles eram iguais, rosas bem-fechadas, a não ser um dos ramos, cujas flores eram diferentes, brilhantes e abertas. Senti os espinhos se raspando contra minhas pernas e puxando meu casaco, como pedintes, mas, subitamente, eu tomava consciência do que estava fazendo. Com cuidado, arranquei um ramo, conforme era recomendado nos capítulos de reprodução de flores, e o coloquei em meu bolso sentindo-me quase culpado, como se eu estivesse roubando algo que não me pertencia.

GLOSSÁRIO

Albert Pierrepoint: Mais famoso carrasco inglês do século XX, conseguia executar a pena de morte em apenas alguns segundos. Tendo vivido de 1905 a 1992, estima-se que Pierrepoint tenha executado mais de seiscentos condenados durante sua carreira.

Balfe (1808-1870): Michael William Balfe foi um compositor irlandês. É conhecido pela ópera *The Bohemian Girl*.

Banshee: Tipo de entidade mitológica irlandesa vista como mensageira do Além. Acreditava-se que quem avistasse uma Banshee sabia estar próximo de morrer e poderia contar seus dias restantes pelos gritos que a entidade desse.

Batchelors: Marca inglesa de gêneros alimentícios que distribui na Irlanda. Há, também, uma marca irlandesa de mesmo nome, sem qualquer ligação com a inglesa, igualmente produtora de alimentos.

Bedlam: O Bethlem Royal Hospital, em Londres, no passado uma verdadeira casa dos horrores para pacientes psiquiátricos, ficou conhecido como Bedlam, palavra derivada do primeiro nome do hospital e usada para designar tumulto ou confusão.

Beecham's Powders: Produto farmacêutico fabricado pela tradicional indústria britânica Beecham. É utilizado para o tratamento de pequenas dores, resfriados e indigestões.

Black and Tan: Literalmente "negros e morenos", grupo de veteranos britânicos da Primeira Guerra Mundial recrutados para esmagar a revolução irlandesa.

Cailleach: Em gaélico, a palavra significa velha senhora, anciã. Cailleach é também uma divindade da mitologia irlandesa e escocesa, representada por uma espécie de bruxa que regulava as estações da natureza, uma deusa associada à criação e à destruição, possivelmente uma ancestral verídica deificada ao longo do tempo.

Carson (1854-1935): *Sir* Edward Carson foi um político e advogado anglo-irlandês que representou a Inglaterra na Irlanda antes da independência. Foi contra o Tratado Anglo-Irlandês. Também ficou conhecido por advogar contra Oscar Wilde em ação movida pelo marquês de Queensberry, acusando o escritor de sodomia.

Complan: Marca alimentícia inglesa conhecida por produzir energéticos lácteos em pó. Atualmente, pertence à empresa Danone.

De Valera (1882-1975): Éamon de Valera, ou Dev, uma das mais proeminentes figuras políticas da Irlanda, foi um dos líderes da independência do país. Oposicionista ao Tratado Anglo-Irlandês, foi presidente do *Dáil Éireann* (Câmara dos Deputados), três vezes Taoiseach (primeiro-ministro) e presidente do país (no poder por dois mandatos, de 1959 a 1973).

Free Staters: Um dos dois principais grupos formados na Irlanda após a Guerra de Independência. O outro era o dos republicanos. Cada qual tinha apoio de diferentes setores das sociedades civil e militar. Os partidários do *Free State* (Estado Livre) eram favoráveis ao Tratado Anglo-Irlandês que, ao aceitar a separação da Irlanda, acabava por lhe desagregar a atual Irlanda do Norte.

Hash: Prato feito com carne, moída ou cortada em pequenos pedaços, e batata, às vezes com outros vegetais.

Knocknarea: Monte em que há túmulos arqueológicos, feitos de pedra, dos quais o maior é supostamente o da rainha Maeve, uma rainha-guerreira da mitologia celta.

Leaba: Cama em irlandês.

Mary McAleese: Presidente da Irlanda de 1997 a 2011 (o país tem mandato de sete anos).

Michael Collins (1890-1922): Líder revolucionário irlandês, fez parte do IRA e, com a independência, foi o primeiro chefe de Estado do governo provisório irlandês. Também foi deputado (TD) do Primeiro *Dáil* e ministro das Finanças.

MI5: Serviço britânico de inteligência.

O'Carolan (1670-1738): Turlough O'Carolan foi um harpista irlandês. Com varíola, ficou cego aos 18 anos, mas continuou a estudar, tocar e compor, viajando por toda a Irlanda com seu repertório.

O'Duffy (1892-1944): Eoin O'Duffy, político, líder do partido Fine Gael (centro-direita) e chefe de estado-maior do Exército irlandês. Liderou uma brigada para lutar por Francisco Franco na Guerra Civil Espanhola.

Plymouth Brethen: Seita protestante conservadora, fundada na Irlanda, em Dublin, no início do século XIX.

"Roses of Picardy": Uma das baladas da Primeira Guerra Mundial mais famosas na Europa. Composta pelo oficial do Exército Frederick Weatherly, foi regravada ao longo do tempo por cantores como Frank Sinatra e Yves Montand.

Shannon Hydroeletric Scheme: Primeiro nome dado à atual hidrelétrica chamada Ardnacrusha Power Plant, localizada junto à cidade de mesmo nome. É a maior hidrelétrica da Irlanda e foi considerada a maior do mundo na época de sua construção.

Skellig Michael: Ilha próxima à Irlanda com um monastério composto por pequenas cabanas redondas construídas em pedra (que lembram a forma dos iglus, mas mais altas). *Skellig Michael* significa Rocha Miguel em gaélico.

Sullivan (1842-1900): Arthur Sullivan foi um compositor inglês de ascendência irlandesa.

TD: *Teacha Dala*, deputado do *Dáil*.

"Ultrapassei a música dos Beatles": Referência à música "When I'm sixty-four", creditada a John Lennon e Paul McCartney.

Impresso no Brasil pelo
Sistema Digital Instant Duplex da Divisão Gráfica da
DISTRIBUIDORA RECORD DE SERVIÇOS DE IMPRENSA S.A.
Rua Argentina, 171 – Rio de Janeiro, RJ – 20921-380 – Tel.: (21)2585-2000